DER MODELLBAUER

BOOKS on DEMAND

Zum Buch

Im Großraum Hamburg treibt ein bizarrer Mörder sein Unwesen. Des Nachts bricht er in Pflegeheime ein, tötet bettlägerige Senioren und stiehlt etwas, von dem niemand ahnt, was er damit vorhat – eine Gliedmaße des Opfers.
Daniel Brechter vom Landeskriminalamt Hamburg und seine Kollegen ermitteln in einer Mordserie, die die Öffentlichkeit zutiefst schockiert. Hierbei gerät der selbst von Gewaltfantasien beeinträchtigte Kriminaloberkommissar, dessen demente Mutter in einem der betroffenen Pflegeheime untergebracht ist, zunehmend in eine beängstigende Situation. Es scheint eine Verbindung zwischen ihm und dem Mörder zu geben, dessen Geheimnis bis weit in die vom Terrorismus geprägten 70er Jahre der Bundesrepublik Deutschland zurückreicht.

Zum Autor

Gerald Gräf, Jahrgang 1957, lebt in einer kleinen Ortschaft am Rande Hamburgs. Neben zwei autobiografischen Werken, »DIE LIQUOR-STRATEGIE« und »WO BITTE GEHT'S DENN HIER ZUM LEBEN?« (Letzteres zusammen mit Iris Lewe) veröffentlichte der Autor bisher folgende Bücher: »DER SCHATTEN VON APOPHIS« Mystery-Science-Fiction-Roman, »GOTTES UNSICHTBARE ARMEE« Thriller, »DER MODELLBAUER« Thriller, »DER PAKT DES TERRORISTEN« Thriller.

Die Reihe um Daniel Brechter wird fortgesetzt!
WO »DER MODELLBAUER« endet, fängt »DER PAKT DES TERRORISTEN« an. Dort erfahren Sie mehr über den Hamburger Kriminalbeamten Daniel Brechter und das spektakuläre Schicksal des MODELLBAUERS.

GERALD GRÄF

DER MODELLBAUER

Thriller

Impressum:

Bibliografische Information der Deutschen Nationalbibliothek.
Die Deutsche Nationalbibliothek verzeichnet diese Publikation in der
Deutschen Nationalbibliografie; detaillierte bibliografische Daten sind im
Internet über http://dnb.dnb.de abrufbar.

2. Auflage: Oktober 2018
© Originalausgabe August 2016 Gerald Gräf
Alle Rechte vorbehalten

Autor: Gerald Gräf
Umschlaggestaltung: Astrid Winter / grafik, Ahrensburg
Coverfoto: © Clipdealer GmbH und Astrid Winter

Herstellung und Verlag:
BoD - Books on Demand, Norderstedt
www.bod.de

ISBN: 978-3-7528-9605-3

Dieses Buch ist ein Roman und damit ein Werk der Fiktion. Charaktere,
Orte und Handlungen sind entweder frei erfunden oder werden vom Autor
in fiktiver Weise verwendet. Jede Ähnlichkeit mit lebenden Personen wäre
rein zufällig.

Wie es sich anfühlt, einen Blick in die Hölle zu werfen …?

PROLOG

Niemand tötet so wie ich ...
Es gibt keine vergleichbaren Fälle. Die erbärmlichen Vollstrecker dieser Welt sorgen sich hingebungsvoll um ihre Opfer, solange sie noch am Leben sind, danach sind sie ihnen gleichgültig. Bei mir ist das anders; die Prozedur ist meine Erfindung. Ich ergötze mich an ihnen und dann zerstückele ich. Kein Mensch ahnt, was ich mit den Trophäen mache, und mittlerweile weiß ich genau, wie ich vorgehen muss, um an das Material heranzukommen, das ich so dringend für meine Arbeit benötige.

Als ich die Knochensäge vor zwei Jahren das erste Mal in die Hand nahm, um mir ein handliches Stück Bein von einer bettlägerigen Alten abzutrennen, sah ich vor meinem geistigen Auge diese schier unüberwindliche Grenze, die zu überschreiten alles verändern würde. Sie manifestierte sich vor meinem geistigen Auge zu einem schimmerndes Etwas, in dem sich eine Botschaft spiegelte, die etwas Endgültiges in sich trug.

»Wenn du die Grenze überschreitest, gibt es kein Zurück mehr«, flüsterte ich mir damals leise zu.

Was für eine abgedroschene, verschissene Phrase, doch genau so war es tatsächlich. Damals schien sich die Prophezeiung meiner Mutter zu erfüllen. Ich hätte sie umbringen sollen, doch ich hatte nie die Gelegenheit dazu.

Ich kann mich noch genau daran erinnern, wie seltsam unwirklich sich dieser Moment vor der ersten Prozedur angefühlt hatte. Wie ich trotz der umfangreichen Vorbereitungen, für die ich ein volles Jahr benötigte, zögernd innehielt und ungläubig meine zitternde Hand bemerkte. Wie mir der Schweiß auf der Stirn hervortrat und wie ich darüber nachdachte, ob es schicklich sei, die Skrupel, die ich empfand, zuzulassen, und ob es nicht besser wäre, wenn ich mich gleich zu Beginn ihrer entledigen würde? Vielleicht würden sie mich beherrschen, sich unkontrolliert in mir ausbreiten und meine Arbeit erschweren. Hätte ich ihnen einen festen Platz in meiner Welt eingeräumt, wäre ich vermutlich nicht zu dem geworden, der ich heute bin. Skrupel sind wie Hundescheiße, die sich in den Fugen der Schuhsohlen festsetzt und die man trotz aller verzweifelten Bemühungen nie wieder vollständig entfernen kann, sodass die Schuhe letztlich im Mülleimer landen. Ich zwang mich damals, gleich zu Beginn meiner kreativen Phase eine souveräne Professionalität an den Tag zu legen, doch trotz all der Planungen, des sich Hineindenkens, trotz der angespannten Ungeduld und der neugierigen Erwartung war da immer auch ein unerträgliches Gefühl der Ungewissheit gewesen, das sich im Augenblick der Prozedur auf einen Punkt zu konzentrieren schien, in dem sich all das bündelte, für das ich die letzten Jahre gelebt hatte.

Würde ich die Kraft aufbringen, diese Grenze zu überschreiten? Ich hatte es tausendfach im Geiste durchgespielt, hatte an betäubten Schweinen geübt, ein totes Reh zerlegt, das mir im Morgengrauen vor den Wagen gelaufen war, und mich sogar in die Leichenhalle eines Friedhofes geschlichen, um einen kürzlich Verstorbenen zu zerschneiden, doch erst die Arbeit an einem Menschen, der die Schwelle des Todes erst vor wenigen Augenblicken überschritten hat, übertraf meine kühnsten Vorstellungen.

Heute weiß ich, warum das so ist.

Die Gliedmaße, die Muskeln, die Haut, die Sehnen und die Gelenke: Alles ist noch so ... warm und geschmeidig.

Und immer wieder erlebe ich etwas überaus Faszinierendes, das mich in jeglicher Hinsicht für meine Anstrengungen entschädigt. Etwas, das mir kein Mensch geben kann, der bereits tot ist, wenn ich das Zimmer betrete. Etwas außerordentlich Lebendiges. Es sind die ... Augen meiner Klienten. Wenn sie erwachen und sie sie öffnen, dann ist da dieser suchende Blick nach etwas Verlässlichem, nach einem Orientierungspunkt, der ihre ursprünglichsten Sehnsüchte nach Sicherheit und Stabilität befriedigt. Doch in diesem frühen Moment des Überganges vom Schlaf zum Erwachen ist da noch nichts. Nur ein Gefühl der Leere, das mir auch schon begegnet ist, als ich aus einem tiefen Traum erwachte. Es fühlt sich an, als wenn sich die Realität noch in einer Warteschleife befindet, die den Schlafenden daran hindert, ein Bestandteil der ihn umgebenden Wirklichkeit zu werden.

Irgendwann bemerken sie dann, dass etwas nicht stimmt. Sie werden unruhig. Das ist der Augenblick, in denen ich ihnen die Säge zeige. Die Pupillen weiten sich. Es scheint etwas aus ihnen herauszukommen, das ich das Elixier der Hölle nenne. Es berauscht mich, macht mich zu einem Dämon, der immer dann die Erde heimsucht, wenn die Prozedur beginnen soll. Ich warte lange, manchmal zu lange, da ich den Moment hinauszögern will, ihn am liebsten einfrieren würde, doch dann erbarme ich mich ihrer und drücke dem Todgeweihten das mit Chloroform getränkte Tuch auf den Mund.

Damals betrat ich das erste Mal eines dieser modrigen Zimmer, in denen der Tod schon unter dem Bett lauerte, um mir das zu nehmen, was ich am dringendsten benötigte. Damals hatte ich Blut geleckt. Der Zugang zu den Einrichtungen, in denen die von Fleisch umhüllten Gerippe ihr Dasein fristen, ist leicht, und dort finde ich alles, was ich brauche: Finger, Zehen, Arme und Beine im Überfluss ...

Vor zwei Jahren verwandelte ich mich das erste Mal in den Dämon, der die Hölle verließ, um sie alle teilhaben zu lassen an der Erschaffung meines Werkes. Von da an fiel es mir leicht. Jeder wird sie bewundern und nicht erkennen, woraus sie gemacht sind. Niemand erbaut so etwas wie ich.

Niemand ...

1.

Lustlos blickte Daniel Brechter aus dem Fenster seines Büros, das sich in der fünften Etage des Hamburger Polizeipräsidiums befand. Der einem Polizeistern nachempfundene Gebäudekomplex lag etwas abseits der Innenstadt zwischen der U-Bahn-Station Alsterdorf und dem großen Stadtpark. Je nach Lage des Büros konnten dadurch einige Mitarbeiter der Polizei einen ungewöhnlichen Blick ins Grüne genießen, der für eine Großstadt wie Hamburg nicht selbstverständlich war. Im Moment allerdings konnte Brechter so gut wie nichts erkennen. Der sich seit den frühen Morgenstunden aufbauende Nebel wirkte wie eine undurchdringliche Wand aus pulsierender Watte, die durch die Ritzen des Fensters in sein Büro einzudringen schien. Ein bedrohlicher Anblick, der beklemmende Angstfantasien in ihm freizusetzen begann.

Er schüttelte den Kopf, so als wolle er seine Gedanken reinigen, und erinnerte sich an einen Horrorfilm, den er vor Kurzem zusammen mit Clara im Fernsehen gesehen hatte. *The Fog – Nebel des Grauens* gelang es, durch die Darstellung von langsam aufkommendem, undurchdringlichem Nebel eine angsterfüllende Atmosphäre zu erzeugen, der sich der Zuschauer nur schwer entziehen konnte. Clara teilte Daniel Brechters Vorliebe für Horrorfilme eigentlich kaum – sie fand mehr Gefallen an Psychothrillern – und spielte zu seinem Leidwesen während des Films fast die ganze Zeit an ihrem Smartphone herum. Er nahm sich vor, sie beim nächsten Mal darauf anzusprechen, doch zur zeit gab es dringendere Probleme, die ihn in jeglicher Hinsicht beeinträchtigten. Sogar das Verlangen, einen gut gemachten Horrorfilm anzuschauen, war vorübergehend verschwunden, da er das Gefühl hatte, sich selbst in einem zu befinden.

Vier äußerst bestialische Morde in nur achtzehn Monaten – ausnahmslos im Großraum Hamburg verübt. Zwei davon kurz hinter der Stadtgrenze im wohlhabenden Kreis Stormarn, der zu Schleswig-Holstein gehört. Im Oktober 2014 hatte der überaus pervers handelnde Killer zum ersten Mal zugeschlagen.

Wir konzentrieren uns ausschließlich auf einen Mann als Täter, doch es kann auch nicht ausgeschlossen werden, dass eine Frau hierzu in der Lage wäre, dachte Brechter und starrte in den Nebel hinein, in dem sich plötzlich seltsame, monströse Konturen herauszubilden begannen, die ihn an die Brut eines Dämons erinnerten.

Die Blutspur schien im Sommer des vergangenen Jahres mit einem Mord in dem Pflegeheim, in dem auch seine Mutter lag, vorerst zu enden, doch vor wenigen Tagen, in der Nacht von Sonntag, dem 10. April 2016, zu Montag hatte der Täter erneut zugeschlagen. Und wie bereits in den Fällen davor betäubte er das jeweilige Opfer im Schlaf, erstickte es dann vermutlich mit einem Kissen und amputierte eines der Gliedmaßen. Ein Arm oder ein komplettes Bein, welches er dann mitnahm, um … ja, um was zu tun? Brechter wusste es nicht; niemand wusste es.

Ein Psycho eben, dachte er und schaute auf die weiße Uhr mit den schwarzen Zeigern an der Wand. Noch fünfzehn Minuten bis zur Lagebesprechung. Brechter war der einzige Mitarbeiter der Soko, der nicht am Tatort erschienen war, da er zu diesem Zeitpunkt einen dringenden, dienstlichen Gerichtstermin wahrnehmen musste. Eine Routineangelegenheit, die der phlegmatische Kriminalbeamte – unerlaubterweise – mit einem Besuch bei seiner Hausbank verbunden hatte.

Die Fotos auf seinem Schreibtisch, die der Dienststellenleiter heute Morgen an alle fünf Mitarbeiter der Soko-Altenheim verteilt hatte, schockierten ihn nicht sonderlich, obwohl das Blut aus dem Fotopapier herauszufließen schien. Die alte Frau in dem Pflegebett sah seltsam entstellt aus. Der Stumpf des fehlenden Beines war nach hinten gedrückt. Er musste ihr die Hüfte gebrochen haben, bevor er das Bein abgesägt hatte. Der ausgemergelte Körper der Alten war vermutlich in kürzester Zeit ausgeblutet. Außerdem hatte er dem Opfer beide Arme ausgekugelt, um sie dann auf unnatürliche Weise auf dem Bett abzulegen.

Vermutlich will er damit irgendetwas symbolisieren, dachte Brechter und tastete nach seiner Waffe, die er seitlich im Holster trug. Die Waffe gab ihm ein Gefühl der Sicherheit.

Claras Vater ist ein Arschloch, dachte er unvermittelt und erinnerte sich an eine der seltenen Begegnungen mit ihren Eltern, die glücklicherweise schon lange zurücklag. Das Treffen hatte in einem Fiasko geendet.

13

Wenn ich wollte, könnte ich ihn mit meiner Dienstwaffe erschießen. Vielleicht schon morgen …

Er nahm die fragile, randlose Brille ab und rieb sich die Augen. Diesmal also hatte der Täter seinem Opfer ein komplettes Bein entfernt. Sauber abgesägt, vermutlich mit einer professionellen Knochensäge, wie sie auch in der Gerichtsmedizin Verwendung findet.

Brechter stöhnte leise in sich hinein.

Er hatte beständig daran gearbeitet, sich möglichst unauffällig in dem riesigen Behördenapparat der Hamburger Polizei fortzubewegen, doch offenbar war er nicht vorsichtig genug gewesen. Im April 2015, kurz nach dem zweiten Senioren-Mord, der sich in einem beschaulich gelegenen Pflegeheim am Rande Hamburgs in Hoisendorf ereignete, wurde der 41-jährige Kriminaloberkommissar mit den auffällig roten Haaren zur Soko-Altenheim abgeordnet. Die Soko bestand nicht auf Dauer, doch immer dann, wenn der Täter erneut zuschlug oder wenn sich neue Erkenntnisse ergaben, wechselte die Crew ihren angestammten Arbeitsplatz und nahm die Tätigkeit in den vorgehaltenen Räumlichkeiten im Erdgeschoss des Hamburger Polizeipräsidiums auf.

Daniel Brechter lebte seit einigen Jahren mit Clara Sommer – einer Bezirksamts-Mitarbeiterin – in einer Eppendorfer Altbauwohnung zusammen und galt unter den Kollegen als freundlich und kompetent. Seine zahlreichen Sommersprossen verliehen dem schlanken, mittelgroßen Kriminalbeamten, der im Dienst ständig bunte Sakkos zu tragen pflegte, etwas Lausbubenhaftes, das ihn sympathisch erscheinen ließ, doch hinter der Sunnyboy-Fassade verbarg sich noch ein anderer Charakterzug. Niemand schien zu ahnen, dass er auch etwas Dunkles, Unberechenbares in sich trug.

Er hatte Clara während einer Fortbildung in Hamburg-Ohlstedt kennengelernt, in deren Verlauf ihnen die Vorzüge des Zeitmanagements nähergebracht wurden, und sich spontan in die schüchterne, aber anpassungsfähige 33-jährige Verwaltungsangestellte verliebt. Es war ihm bisher für gewöhnlich gelungen, seine abgründige Seite vor ihr zu verbergen – die Vorliebe für Horrorfilme und die damit verbundenen Albträume einmal ausgenommen –, doch die Mordserie schien irgendetwas Seltsames in ihm auszulösen. Er hatte das ungute Gefühl, seine Objektivität zu verlieren. Außerdem fiel es ihm während des Dienstes zunehmend schwerer, eine seiner Defizite erfolgreich zu vertuschen: die Bequemlichkeit.

In früheren Zeiten war es ihm zumeist problemlos gelungen, gegenüber den Kollegen den Eindruck eines viel beschäftigten Beamten zu vermitteln, der gigantische Aktenberge vor sich herschob, doch die Wirklichkeit sah anders aus. Brechter hatte sich über die Jahre hinweg zu einem Meister der Täuschung entwickelt und verstand es perfekt, andere für sich arbeiten zu lassen, doch in der überschaubar kleinen Gruppe der Sonderkommission gab es keine Nische mehr, in der er sich verstecken konnte. Er würde sich einen Alternativplan überlegen müssen und ging im Geiste die Liste der Personen durch, mit denen er jetzt wieder Tag für Tag zusammenarbeiten müsste.

Leonard Katzmann, den Leiter der Soko, hielt er für akzeptabel, obwohl ihm die Selbstverliebtheit des grauhaarigen Kriminalhauptkommissars gehörig auf die Nerven ging. Er schien nicht zu merken, dass die Kollegen hinter seinem Rücken über seine Eitelkeit tuschelten. Zugegeben: Er sah für sein Alter, das vermutlich irgendwo bei Anfang sechzig lag, ausgesprochen gut aus – drahtig, fast zwei Meter groß, sportlich durchtrainiert und solariumgebräunt –, doch er machte keinen Hehl daraus, selbst sein größter Fan zu sein, und gab sich auf diese Weise der Lächerlichkeit preis. Fachlich allerdings hatte der verheiratete Vater von vier Kindern eine Menge auf dem Kasten, und Brechter kam nicht umhin, Leo Katzmann zu den *Guten* in seinem Polizeiuniversum zu zählen.

Für Thomas Storak aus Kiel galt das nicht. Der aufstrebende Kriminalkommissar reiste im Bedarfsfall zusammen mit seiner Kollegin Ilka Sewensio als Leihgabe des Kieler Landeskriminalamtes mit dem Dienstwagen an, um die Hamburger Soko personell zu unterstützen. Auf den als schwierig geltenden Storak hätte Brechter nur allzu gern verzichtet. In Kiel hatte der 32-jährige Einzelgänger mit der auffallend großen Knollennase bereits einige spektakuläre Ermittlungserfolge vorzuweisen, doch von alleine fielen sie ihm nicht in den Schoß. Die Rücksichtslosigkeit, mit der er seine Ziele zu verfolgen pflegte, ekelte Brechter geradezu an. Ein arrogantes Arschloch, das über Leichen ging, um einen potenziellen Täter zu präsentieren, der sich im Nachhinein nicht selten als unschuldig erwies. Seine Arbeit erinnerte Brechter an die Rasenmähermethode. Er nahm pauschal alle möglichen Beteiligten ins Visier und konnte auf diese Weise bisweilen auch den wahren Täter dingfest machen. Dass dabei jede Menge Porzellan zu Bruch ging, schien den als trinkfest geltenden Storak nicht sonderlich zu interessieren.

Ilka tat ihm irgendwie leid. Neben dem brachial agierenden Storak wirkte die junge Frau wie eine zerbrechliche Elfe, die sich im falschen Film befand. Kriminalkommissarin Ilka Sewensio war intelligent und fleißig, aber schüchtern und unterwürfig. Sie hielt sich im Hintergrund und war ständig damit beschäftigt, ihre Unsicherheit zu überwinden. Ihr äußeres Erscheinungsbild war unspektakulär. Schwarzes, mittellanges Haar, ein geradezu langweiliges Allerweltsgesicht und viele überzählige Pfunde, die sich gleichmäßig über ihren kleinen Körper verteilten. Brechter arbeitete trotzdem – oder gerade deswegen – gern mit ihr zusammen. Sie gab ihm ein stetiges Gefühl der Überlegenheit, das er genoss – aber nicht instrumentalisierte. Er achtete peinlich genau darauf, dass die ständig leidende Kollegin aus Kiel aufgrund seiner Überheblichkeit nicht noch mehr unter Druck geriet.

Die toughe Verwaltungsangestellte Corinna Feldt komplettierte die Crew, um die Einsatzzentrale im Präsidium am Laufen zu halten. Das unermüdliche Mädchen-für-Alles war in jeglicher Hinsicht ein unverzichtbares Mitglied der Soko-Altenheim. Brechter war beeindruckt. Recherchen aller Art, Telefonauskünfte, Aktenablage, Kopierdienste, Materialbeschaffungen und die Versorgung der Soko mit durchaus akzeptablem Kaffee: Die quirlige 53-Jährige mit der hohen Stirn und den weichen Gesichtszügen war ein Allround-Talent, ohne das die Truppe so gut wie handlungsunfähig gewesen wäre. Brechter war sich sicher, dass die attraktive Frau mit den brünetten Haaren und der gepflegten Ausdrucksweise das Bindeglied zwischen Katzmann, Storak, Sewensio und ihm darstellte. Dennoch blieb er zeitweise etwas auf Abstand, denn ihre Perfektion ließ ihn misstrauisch werden. Sie gab sich alle Mühe, jede Art der Schwäche zu verbergen, sodass ihm seine eigenen Fehler umso präsenter erschienen. Nur einmal fiel ihm auf, dass die emsige Alleskönnerin eine Schwachstelle zu haben schien. Corinna Feldt litt offensichtlich unter einer ausgeprägten Art der Höhenangst, die sich bereits in einem fortgeschrittenen Stadium befand. Selbst bei geringen Höhen trat ihr der pure Angstschweiß auf die Stirn.

Es gibt so viele Ängste, dachte Brechter zerstreut und versuchte, seine eigenen zu klassifizieren: die Angst vor Schmerzen, vor dem Verlust der Würde, vor dem Tod, vor Demütigungen, die Angst zu versagen und die Angst vor dem Erwachen …

2.

Daniel Brechter öffnete die Schublade seines Schreibtischcontainers und entnahm den neuen Tablet-PC, der ihn seit Kurzem zu jeder Lagebesprechung begleitete.

Der Eingabestift? Er durchwühlte alle Schubladen und war kurz davor, entnervt aufzugeben, da entdeckte er ihn auf der Computertastatur. Während sich die Kollegen mit Notizzettel und Kugelschreiber an den Konferenztisch setzten, nutzte er die digitale Technik, um sich einen Arbeitsgang zu ersparen. Teile seiner Notizen konnte er auf diese Weise später einfach in die umfangreichen Berichte kopieren, die er für jede neue Akte schreiben musste. Außerdem war ihm nicht entgangen, dass die Kollegen einen beeindruckten Blick auf seine Arbeitsweise warfen. Natürlich würde das niemand offen zugeben, doch er hatte ein Gespür dafür entwickelt, derartige Schwingungen im Raum zu deuten. Dabei hatte jeder die Möglichkeit, sich in die neue Technik einzuarbeiten, und irgendwann, so war es bisher immer gewesen, wollte niemand mehr auf die Arbeitserleichterung verzichten.

Reine Schwellenangst, dachte er und blickte zur Uhr. Es wurde Zeit.

Die fünf Mitarbeiter der Soko Altenheim wurden immer dann aktiviert, wenn eine entsprechende Einsatzlage bestand. Da zwei der Morde im Hamburger

Umland auf Schleswig-Holsteinischem Gebiet ausgeübt worden waren, arbeiteten auch zwei Kollegen vom LKA Kiel in der Sonderkommission mit – selbstverständlich unter Leitung der Hamburger Behörden, die im Bereich der Schwerstkriminalität die größeren Erfahrungen vorzuweisen hatten.

Bislang konnten allerdings keine nennenswerten Ermittlungserfolge verzeichnet werden, sodass die Polizeiarbeit seit einiger Zeit unter massiver Kritik stand. Die Presse titulierte sie als Soko *Demenz*; eine Anspielung auf die unterstellte Unfähigkeit der ermittelnden Beamten. Katzmann ging das am Arsch vorbei, doch Storak verfiel jedes Mal in eine längere Phase launenhafter Stimmungsschwankungen, wenn er sich mit den Kollegen im Hamburger Polizeipräsidium einfand, um einen neuen Fall zu bearbeiten. Selbstverständlich standen auch die Altfälle der Mordserie im Fokus der Ermittlungen, doch es gab bisher keine heiße Spur und die Indizienlage war nach wie vor dünn. Brechter war gespannt, ob seine Kollegen diesmal brauchbare Hinweise gefunden hatten, und verließ das Büro, um an der ersten Soko-Besprechung des Jahres 2016 teilzunehmen. Er musste eine gefühlte Ewigkeit auf den Fahrstuhl warten, ging danach den kreisförmigen Flur im Erdgeschoss entlang und öffnete die graue Tür zum Konferenzraum.

»Moin«, grüßte Brechter knapp in die Runde seiner Soko-Kollegen, die sich bereits vollzählig um die quadratisch angeordnete Tischformation versammelt hatten. Ein allgemeines Begrüßungsgemurmel erfüllte den Raum; Katzmann nickte bedächtig und räusperte sich lautstark. Brechter setzte sich auf einen der freien Stühle, positionierte den Tablet-PC vor sich auf dem Tisch und startete die entsprechende Bürosoftware.

»Ah, guckt mal«, schwadronierte Storak daraufhin. »Brechter hat wieder sein Hightech-Gerät dabei. Dann ist der Fall ja so gut wie geklärt.«

»Irgendwann habt ihr alle so ein Ding vor der Nase«, konterte Brechter gelangweilt.

»Ich vermutlich nicht«, sagte Katzmann im Hinblick auf seine baldige Pensionierung. »Doch jetzt alle zusammen Klappe halten. Ilka, fassen Sie mal für Brechter die Fakten zusammen und bringen ihn auf den neusten Stand.«

Ilka Sewensio zuckte zusammen und sortierte umständlich die Unterlagen, die sie vor sich auf dem Tisch liegen hatte.

»Mach ich, Chef«, antwortete sie sichtlich nervös.

»Einiges weiß ich ja bereits«, sagte Brechter lächelnd, während er umständlich seine Brille putzte.

Die Kommunikationsgepflogenheiten innerhalb der Soko waren in ständiger Bewegung. Die meisten Kollegen waren per du, doch manchmal wurde auch gesiezt – insbesondere von Katzmann –, wobei auch dann oft der Vorname benutzt wurde.

»Also, Tatort ist diesmal das städtische Pflegeheim in Hamburg-Öjendorf«, sagte Ilka Sewensio einleitend. »Der Modus Operandi ist ähnlich wie beim letzen Mal. Zeugen gibt es nicht. Der Täter hat wahrscheinlich so gegen zwei Uhr nachts die Tür an der Rückseite des Gebäudes aufgebrochen und ist auf diese Weise über die Serviceräume zu den Stationen gelangt. Er hat sich vermutlich im Vorfeld einen Überblick über die gesamte Anlage verschafft – getarnt als Besucher. Allerdings gibt es keine Überwachungskamera am Haupteingang. Na ja, über das Treppenhaus ist er in den dritten Stock und betrat dann das Zimmer 031, das er vermutlich von innen verriegelte, falls die Nachtwache gekommen wäre. Die Tote, eine Frau Sieglinde Klatte, wurde aber erst am nächsten Morgen entdeckt. Er konnte die Tat also in aller Ruhe begehen.«

»Was haben wir über diese Frau Klatte?«, fragte Katzmann. »Gibt's da zwischenzeitlich neue Erkenntnisse?« Er blickte zu Corinna Feldt.

»Überhaupt nichts«, antwortete die adrette Frau, die seit zwei Jahren Witwe war. »Frau Klatte war alleinstehend, mittellos und ihr Leben lang völlig unauffällig gewesen. Sie war einundneunzig Jahre alt, schwer krank und bettlägerig; da ist rein gar nichts. Vermutlich wäre sie demnächst sowieso gestorben.«

»Na dann hat der Täter dem Steuerzahler ja noch einen Gefallen getan«, frotzelte Storak grinsend.

Katzmann ignorierte die Bemerkung. »Berichten Sie weiter, Frau Sewensio.«

»Ja.« Sie verteilte Kopien des Befundes der Rechtsmedizin. Während die Kollegen den Text überflogen, sprach sie weiter. »Also, laut Rechtsmedizin trat der Tod so gegen drei Uhr ein. Wie bereits in den letzten Fällen hat der Täter …«

»Oder die Täterin«, unterbrach Brechter sie.

Alle starrten ihn an.

»… oder die Täterin«, wiederholte Sewensio irritiert, »äh, hat er also das Opfer mit Chloroform betäubt – das konnte durch die Obduktion zweifelsfrei bestätigt werden – und dann vermutlich mit dem Kissen erstickt.«

»Das Chloroform könnte er sich doch sparen«, sagte Storak. »Warum bringt er sie nicht gleich um?«

»Er ... oder sie wird schon einen Grund haben«, kommentierte Brechter.

»Den wir aber nicht kennen«, sagte Katzmann und runzelte unzufrieden die Stirn. »Und das ist ärgerlich. Weiter!«

»Na ja«, sagte Sewensio. »Chloroform hält nicht lange an. Vielleicht will er die Amputation in Ruhe ausführen, aber auf der anderen Seite einen möglichst frischen Leichnam zerlegen.«

»Interessant«, sagte Brechter nachdenklich. »Er hat also wieder ein Bein amputiert und mitgenommen, stimmt's?«

»Genau. Das rechte Bein. Wieder die ganze Sauerei. Sehr hoher Blutverlust, rechte Hüfte und beide Arme gebrochen, wobei die Arme seltsam verdreht abgelegt worden sind. Auf den Fotos ist das ja recht gut zu erkennen.«

»Vielleicht sollen die Arme einen Buchstaben symbolisieren?«, spekulierte Brechter. »Er will uns damit etwas sagen.«

Alle schwiegen.

»Was?«, fragte er verunsichert. »Findet ihr die Überlegung so abwegig?«

Storak grinste über das ganze Gesicht. »Wir haben was viel Besseres, Daniel.«

»Ach ja? Und da kommt ihr jetzt erst mit raus?

Endlich eine brauchbare Spur? Raus damit, ich platze gleich vor Neugierde.«

»Er hat einen Zettel auf dem Nachttisch liegen lassen«, verkündete Corinna Feldt stolz und hielt ein Papier hoch, auf dem einige große Buchstaben aufgeklebt waren, die aus einer älteren Zeitung ausgeschnitten waren.

Brechter stieß einen lauten Pfiff aus. »Wow, wer hätte das gedacht. Dem wird offensichtlich langweilig. Er sucht die Auseinandersetzung. Standard-DIN-A4-Papier mit Buchstaben aus einer Zeitung drauf, nehme ich an?«

Katzmann nickte. »Wir sehen das genauso. Er will, dass wir ihm näher kommen, damit er uns dann zeigen kann, wie clever er ist. Der Fetzen war schon in der KTU, ist aber leider nichts bei rausgekommen.«

»Oder er will uns einen Hinweis geben. Er wird die Leichenteile ja irgendwie verwenden und hat das Bedürfnis, ein Publikum zu gewinnen, welches ihn dabei bewundert«, spekulierte Brechter.

»Wir sind schon gespannt, was du von dem Wort hältst, das er auf den Zettel geklebt hat«, sagte Storak und kratzte sich an der Nase. »Ach ja, und bevor du uns blöde Fragen stellst: Ja, wir haben das bereits gegoogelt.«

Feldt legte das Papier, das sich in einer durchsichtigen Folientasche befand, auf den Tisch und schob es zu Brechter hinüber, der laut zu lesen begann.

»I L M I G ... Hm, was soll das bedeuten?«

»Was glaubst du?«, entgegnete Katzmann.

»ILMIG«, wiederholte Brechter nachdenklich. »Sagt

mir nichts. Komisches Wort! Nie gehört, vielleicht ein Name? Eine Firma oder ein Produkt?«

»Also …« Ilka Sewensio kramte einen Vermerk aus ihren Unterlagen heraus. »Es gibt ein paar Personen, die so heißen, jedoch fast nur im Ausland. Die Recherchen hierzu haben allerdings nichts Verwendbares ergeben. Ansonsten haben wir keine Idee, was das bedeuten könnte.«

»Lag da sonst noch was Brauchbares rum?«, fragte Brechter und murmelte immer wieder leise das Wort »ILMIG« vor sich hin.

»Dann hätte ich dich schon darauf hingewiesen«, antwortete Katzmann genervt. »Wir hatten dreißig Beamte auf dem Gelände, die haben alles abgesucht und nichts gefunden. Die Kollegen hier …« – er vollführte eine lässige Handbewegung – »… haben alle Personen aus dem Umfeld des Opfers befragt, doch auch da ist nichts bei rausgekommen.«

»Schon gut, war ja nur eine Frage«, entgegnete Brechter diplomatisch. »Habt ihr denn mal mit den einzelnen Buchstaben gespielt?«

Ilka Sewensio fasste sich ein Herz. Die 29-jährige Kriminalkommissarin hatte ständig Angst, sich zu blamieren, doch ihr war auch bewusst, dass sie sich immer wieder aufs Neue den Herausforderungen ihrer Defizite stellen musste.

»Na ja, haben wir schon«, sagte sie vorsichtig. »Irgendwie hat da nichts gepasst, doch je länger ich darüber nachdenke …«

»Sag bloß, du hast was entdeckt?« Storak unterbrach sie lautstark und warf ihr einen Blick zu, der

25

irgendwo zwischen Verachtung und Neid lag. »Warum rückst du denn erst jetzt damit raus? Da hätten wir ja in der Zwischenzeit ...«

»Ist mir ja auch gerade erst eingefallen«, versuchte sich Sewensio zu verteidigen.

»Also was jetzt?«, unterbrach Katzmann die beiden. »Raus damit, Ilka, und wenn es noch so seltsam ist. Wir brauchen endlich eine Spur.«

»Na ja, wenn man die Buchstaben ... äh, einfach von hinten nach vorne vertauscht, kommt äh ..., kommt GIMLI raus.«

Alle starrten sie an.

Storak brach in schallendes Gelächter aus. »GIMLI? Was soll das sein? Jetzt sind wir genauso schlau wie vorher.«

»Mensch, Thomas, halt die Klappe.« Katzmann holte kurz Luft. »Ilka, was soll das bedeuten? Wer oder was ist GIMLI«, bohrte er nach.

»Na, GIMLI ist ein ...«

»Na klar, ... ein Zwerg«, vervollständigte Brechter Sewensios Satz. »GIMLI ist ein Zwerg aus der »Herr der Ringe«-Trilogie.«

Mann, was für ein Quatsch. »Dieser abgedrehte Fantasy-Kram?«, sagte Storak irritiert. »Das ist doch wohl nicht euer Ernst?«

»Warum nicht?«, fragte Brechter Storak. »Vielleicht ist unser Täter ein besonders kleiner Mensch mit Minderwertigkeitskomplex?«

»Vielleicht geht er auch nur einfach gern ins Kino?«, konterte Storak. *Du Wichsbirne!*

»War eines der Opfer kleinwüchsig?«, fragte Katzmann und blätterte wild in den Unterlagen herum, die vor ihm auf dem Tisch lagen.

»Fehlanzeige!«, antwortete Corinna Feldt wie aus der Pistole geschossen. »Das weiß ich genau.«

»Gut. Wir gehen der Sache trotzdem nach. Lasst euch was einfallen. Alles mit Zwergen oder kleinen Menschen ist von Interesse. Außerdem brauchen wir jetzt, wo wir diesen Zettel haben, den Polizeipsychologen.«

Wie immer war die Feldt umfassend informiert. »Ist derzeit im Urlaub. Mindestens noch für zwei Wochen. Oder soll ich wieder in Kiel anfragen?«

»Nein!«, sagte Katzmann. »Den auf keinen Fall. Der Kieler hatte doch immer nur in seinem Fachjargon gequasselt. Ich hab nie verstanden, was der eigentlich meinte.«

»Was ist mit dem dicken Bayern?«, fragte Brechter beiläufig.

»Dauerkrank«, sagte Katzmann, kniff die Augen zusammen und fügte hinzu: »Ich will ihn aber trotzdem haben, zwei Wochen können wir nicht warten. Außerdem: Auf Bollweidenthaler konnte man sich immer verlassen. Ich hoffe, er ist nicht auch noch an das Bett gefesselt. Kümmern Sie sich darum, Corinna?«

Die schlanke Brünette nickte.

»Also, an die Arbeit.« Katzmann hob die Hand. »Geht alles noch mal durch und sucht nach kleinwüchsigen Personen in den Akten. Telefoniert die Altenheime ab und befragt die Angehörigen.«

»Ich besuch mal diesen Verein kleinwüchsiger

27

Menschen«, sagte Storak bedeutungsschwer. »Vielleicht gibt es da einen Hinweis.«

Katzmann starrte ihn lange nachdenklich an. »Mach das, aber halt dich zurück, sonst kannst du wieder in Kiel Dienst schieben. Wir wollen hier keine Negativ-Schlagzeilen wegen Diskriminierung von Minderheiten.«

»Nein«, sagte Storak trotzig. »Wir wollen Monster in der Stadt, die senilen Windelträgern die Beine absägen.«

3.

In dem maroden Verlies herrschte eine eisige Grabeskälte, die seiner entweichenden Atemluft eine nebulöse Schönheit verlieh, die ihn innehalten ließ. Er hielt die Hand vor den Mund und bewunderte den Tanz des kondensierenden Wasserdampfes, der wie ein Nebelhauch zwischen seinen Fingern hindurchströmte. Er war schon einmal hier gewesen, doch die Erinnerung daran erwachte nur sporadisch, sodass er beschloss, dem dunklen Raum seine heutige Jungfräulichkeit zu entreißen.

Der Besucher ging einige Schritte und vernahm das Wimmern einer Frau. Oder waren es zwei, oder vielleicht drei wehklagende Stimmen, deren auf- und abschwellende Symphonie der Angst wie ein Streichorchester in seinen Ohren klang? Er versuchte, sich im Zwielicht des weiß gekachelten Raumes zu orientieren und bemerkte, dass seine nackten Füße in einer rötlich schimmernden Lache standen, auf deren Oberfläche sich die Silhouette eines Mannes spiegelte. Ein Muskel in seinem Fuß zuckte, sodass sich das Bild in wellenförmigen Ringen aufzulösen begann. Der Besucher trug einen blutbefleckten Lederschurz und hielt ein Reagenzglas in der Hand.

Er ging noch einige Schritte in die Richtung, aus der das Klagelied der Frauen zu vernehmen war, und blieb dann abrupt stehen. Der Fußboden vor ihm war mit Blutlachen übersät, in denen zahlreiche abgetrennte Körperteile lagen. Hände, Füße, einzelne Finger und Fleischstücke, auf deren Haut sich Bruchstücke von Tätowierungen befanden.

Ein halbes Arschgeweih, dachte er amüsiert, als sein Blick auf ein Stück Rücken fiel. Er sah, wie einige Ratten zwischen den Körperteilen geschäftig umherliefen. Eine von ihnen inspizierte einen Mittelfinger, nahm ihn in das Maul und verschwand damit in der Dunkelheit des Raumes.

Der Besucher setzte sich wieder in Bewegung, manövrierte zwischen den Leichenteilen hindurch und bemerkte zu seiner Rechten ein metallisches Rasseln, das ihn an Eisenketten erinnerte. Nur noch wenige Schritte, dann konnte er die Umrisse der Frauen erkennen, die mit hoch erhobenen Armen an der Decke angekettet waren. Als sie ihn bemerkten, wanden sich ihre Körper, und ihr Jammern und Klagen schwoll lautstark an, sodass seine Ohren zu schmerzen begannen.

Sie sollen einfach nur das Maul halten!

Er ging zu einer von ihnen, griff ihr in das volle, blonde Haar und zog ihren Kopf nach hinten. Angstvoll sah die unbekleidete Frau ihn an und flehte schluchzend, dass er ihr nichts antun möge, doch der Besucher verstärkte seinen Griff und blickte ihr dabei direkt in die Augen.

»Weine«, sagte er drohend. »Weine …, sofort. Ich brauche das Elixier.«

Die Augen der Frau weiteten sich. »Bitte …, ich …«

»Du jammerst doch schon. Also kannst du auch

weinen, oder soll ich …?«

»Nein, bitte nicht … nein … Bitte!«

Tränen liefen ihr über die Wangen. Der Besucher nahm das Reagenzglas, entfernte den Verschluss und drückte es an ihr Gesicht, um die Tränen einzufangen.

»Du musst das verstehen«, sagte er hämisch und verzog das Gesicht zu einer Grimasse, die sie erschaudern ließ, »aber ich benötige das Elixier jetzt. Nachher wirst du es mir nicht mehr geben können.«

Sie schluchzte laut auf und wollte sich von ihm abwenden, doch er zerrte an ihren Haaren und sammelte die Körperflüssigkeit auf, die aus ihren Augen herausquoll und sich mit dem Angstschweiß vermengte, der ihre glänzende Stirn hinunterlief. Plötzlich hielt er inne, hielt das Reagenzglas prüfend nach oben und nickte zufrieden, als er den Inhalt kontrolliert und für ausreichend befunden hatte. Er ließ von ihr ab und fingerte ein kleines Etui aus der Innentasche des Lederschurzes, öffnete es behutsam und entnahm einen kleinen, hellbraunen Korken, den er unter größter Vorsicht in die Öffnung des Glases schob. Nachdem er das Etui mit dem Reagenzglas im Lederschurz verstaut hatte, blickte er sich gedankenverloren um.

Wo nur hatte er sie bei seinem letzten Besuch abgestellt? In der Dunkelheit konnte er keinen entsprechenden Anhaltspunkt erkennen, aber auf einmal lächelte er, so als wenn die Erinnerung urplötzlich einen Weg an die Oberfläche seines Bewusstseins gefunden hätte, doch das hatte sie nicht. Es gab etwas anderes, das ihm die Orientierung erleichtern würde.

Der Besucher hob den Kopf leicht an und sog den

Geruch des Raumes tief in seine Nase ein. Es roch nach Moder, nach Blut und Verwesung, nach Erbrochenem, Urin, Fäkalien, ja es roch sogar nach Angst und Entsetzen, doch da war noch etwas Besonderes in dieser Komposition der Abscheulichkeiten. Etwas, das sich vom Rest der Gerüche gänzlich abhob und dessen Konsistenz einer völlig andersartigen Natur entsprach: das Benzin für einen Verbrennungsmotor.

Zielstrebig setzte er sich in Bewegung.

An der gefliesten Wand auf der gegenüberliegenden Seite des Raumes stieß er auf ein Regal. Der Besucher erinnerte sich. Genau hier auf diesem Regal hatte er die Kettenmotorsäge deponiert, nachdem er sie bei seinem letzten Besuch gründlich gereinigt hatte. Er nahm das handliche Gerät, legte es auf den Fußboden, fixierte den Griff mit seinem Fuß und zog mehrmals heftig am Starterseil, bis die Maschine kraftvoll aufschrie. Das Kreischen der rotierenden Kette brachte die abgestandene Luft in dem Verlies zum vibrieren. Noch überlagerte es die immer lauter werdenden Hilferufe, die von der anderen Seite des Raumes zu ihm herüberdrangen. Er wusste, dass die Frauen in ihrer Todesangst schreien würden, bis ihm die Trommelfelle platzten, nahm den Kopfhörer aus dem Regal und setzte sich zielstrebig in Bewegung. Ihre sich windenden Körper schälten sich aus der Dunkelheit heraus und der Angstschweiß auf ihren Gesichtern glänzte ihm fiebrig entgegen.

Er hob die rotierende Kettensäge an, betätigte den Gashebel und …

Es war nicht das erste Mal, dass Daniel Brechter

von einem Wachtraum gepeinigt wurde, in dem sich furchterregende Halluzinationen mit Angst und Gewaltfantasien paarten. Er versuchte verzweifelt, den Übergang zum Wachzustand durch eine Bewegung zu beschleunigen, doch ihm war bewusst, dass im Zustand der Schlafparalyse sein gesamter Körper einer vorübergehenden Bewegungsunfähigkeit ausgesetzt war. Eigentlich ein normales Phänomen, doch bei einem Wachanfall waren die leidgeprüften Betroffenen dem Zustand der Lähmung bei völlig klarem Bewusstsein ausgeliefert. In Daniel Brechters speziellem Fall kamen dann noch die Albträume dazu, in denen sich Elemente der Horrorfilme widerspiegelten, die er mit Vorliebe zu konsumieren pflegte. Er war gefangen in dem unerforschten Reich zwischen Schlafen und Wachen und träumte einen Traum voller Gewaltexzesse. In solch einer Situation war Brechter von alleine nicht in der Lage, dem Spuk im Verlies ein Ende zu bereiten. Obgleich er genau wusste, dass es sich nicht um reale Erlebnisse handelte, konnte er sich den Empfindungen, die ihm sein Gehirn vorgaukelte, nicht entziehen. Es könnte unter Umständen noch Minuten dauern, bis er endgültig erwachte und die Lähmung der Muskulatur hiermit beendet wäre. Ein sich endlos dahinziehender Zeitraum, in dem er mehrere Frauen mit einer Motorsäge zerstückeln würde.

Er müsste das Gemetzel bei vollem Bewusstsein erleben und versuchte verzweifelt, Clara auf sich aufmerksam zu machen, doch die Lähmung ließ auch seine Stimme versagen. Clara hatte sich eingehend mit dem Phänomen beschäftigt und ihm immer wieder nahegelegt, den Konsum an gewalttätigen Filmen einzustellen oder zumindest zu reduzieren. Vergebliche Liebesmüh, denn Brechter war uneinsichtig. Obwohl ihr das Prozedere jedes Mal eine Heidenangst einjagte, war die junge Frau mittlerweile in der Lage, ihn auf sanfte Art aus der misslichen Lage zu befreien, aber heute war Sonntag und Clara joggte, wie immer am Sonntagmorgen, mit ihrer Kollegin Birte um die Außenalster.

Clara …!!

Auf einmal hörte er ein lautes Knacken; das Türschloss wurde geöffnet.

Endlich, dachte Brechter erleichtert, *Clara ist zurückgekommen.* Durch den Türspalt drang helles Licht in das Schlafzimmer und es dauerte nicht lange, dann stand Claras zierliche Gestalt vor ihrem gemeinsamen Bett, auf dem ihr Freund mit geschlossenen Augen in einer regungslosen Starre lag.

»Du schläfst noch?«, fragte sie ihn herausfordernd und öffnete die Jalousetten, sodass der Raum augenblicklich in helles Licht getaucht wurde. »Und ich dachte, das Frühstück steht bereits auf dem Tisch.«

Der plötzliche Überfall war seine Rettung. Brechter bemerkte erleichtert, dass sich der Traum wie eine vorbeiziehende Sonnenfinsternis verflüchtigte und er die Kontrolle über seinen Körper wiedererlangte. Er streckte die Glieder, räusperte sich lautstark und lächelte sie verlegen an.

»Ich muss wohl verschlafen haben.«

»Hattest du wieder einen dieser Wachträume?«, fragte sie ihn mit kritischem Blick und befreite ihr langes, schwarzes Haar von dem Stirnband, das sie immer beim Joggen trug.

Er schüttelte nachdenklich den Kopf und antwortete gähnend: »Ich habe sie nur gemolken.«

»Du hast bitte *was* getan?« Clara schaute ihn fragend an und setzte sich auf die Bettkante, um seine Hand zu ergreifen.

»Das Elixier …, ich benötigte noch etwas von dem Elixier«, hörte sich Daniel Brechter sagen.

4.

Das Pflegeheim in Hamburg-Wandsbek lag idyllisch in einem parkähnlichen Gelände, das von zahlreichen Laubbäumen, schlanken Koniferen und hochgewachsenen Büschen begrünt wurde. Daniel Brechter hatte seinen Wagen in einer abseits gelegenen Wohnstraße geparkt, da auf dem Gelände des Pflegeheims nur wenige Stellplätze für Besucher vorhanden waren. Gemächlich schlenderte er durch die Grünanlage auf den länglichen Gebäudekomplex zu, der aus einer asymmetrischen Formierung von Alt- und Neubauten bestand, die scheinbar planlos aneinandergereiht waren.

Sein Blick fiel auf einige Wohncontainer, in denen die Stadtverwaltung Asylbewerber untergebracht hatte. Aus Platznot-Gründen waren die grauen, unansehnlichen Unterkünfte aus Stahl und Blech auf ein freies Stück Wiese gestellt worden, das zum Gelände des Pflegeheims gehörte. An einer provisorisch aussehenden Holzkonstruktion, die vor den Containern stand, hing kopfüber ein totes Tier mit weißem Fell. Jemand hatte ihm den Kopf abgeschnitten, wodurch auf den ersten Blick nicht zu erkennen war, um was es sich hierbei eigentlich handelte. Aus der Abtrennungswunde tropfte ununterbrochen Blut auf den Rasen, und unzählige Fliegen umschwirrten den Kadaver, der sein Schicksal aller Voraussicht nach den ortsansässigen Asylbewerbern zu verdanken hatte.

Vermutlich eine Ziege, dachte Brechter angewidert und schüttelte den Kopf. *Mit den Neuankömmlingen ändern sich auch die Sitten.*

Er ging durch den Haupteingang und betrat das rote Backsteingebäude mit gemischten Gefühlen. In diesen Häusern, in denen die Menschen am Ende ihres Lebens auf die Erlösung warten, hatte der Tod – so kam es ihm vor – bereits seine Signatur in die abgestandene Luft hineingehaucht.

Außerdem: Genau in dieser Anlage geschah im Sommer 2015 der dritte Mord aus der Altenheim-Serie. Auch hier wieder die gleiche perfide Vorgehensweise: Erst erstickte der Täter sein Opfer, dann amputierte er eine der Gliedmaßen und nahm diese als Beute mit. Ausgerechnet in dem Pflegeheim, in dem auch seine Mutter – Ingelore Brechter – seit drei Jahren ihren Lebensabend verbrachte. Am anderen Ende des Flures, Zimmer zweiunddreißig, keine fünfzig Meter entfernt.

Nach einem Schlaganfall ging es mit der von zahlreichen Krankheiten geplagten Frau kontinuierlich bergab, und Daniel Brechter sah sich gezwungen, seine 76-jährige Mutter in einem der städtischen Pflegeheime unterzubringen. Eine Einrichtung, in der man auch auf die professionelle Betreuung von Patienten mit fortschreitender Demenz eingestellt war, denn auch diese Diagnose hatte seine Mutter vor einiger Zeit erhalten – ohne sie wirklich zu verstehen. Ein Befund, der gleichbedeutend mit einem Todesurteil war, das hier in diesem Heim Stück für Stück seiner Vollstreckung entgegensehen würde.

Als einziger Angehöriger hatte Brechter sich seinerzeit um die notwendigen Formalitäten gekümmert, allerdings musste er sich eingestehen, ansonsten nicht sonderlich viel zum Wohlbefinden seiner Mutter beizutragen. Die wöchentlichen Besuche würde er als notwendiges Übel empfinden – wenn da nicht diese überaus angenehme Begleiterscheinung wäre, die das wortarme Absitzen am Bett der dementen Frau erträglich machte. Es gab auch Momente, an denen so etwas wie eine Unterhaltung zustande kam, doch er konnte nie genau erkennen, wo bei der alten Dame die Realität aufhörte und wann sie zu fantasieren begann.

So wie vor zwei Wochen. Sie hatte ihm etwas von einer *dritten Generation* und einem Herrn *von Krüger* erzählt; Wortfetzen und seltsame Zusammenhänge, mit denen er nichts anfangen konnte. Allerdings gab sich Brechter auch keine besondere Mühe, das Gehörte zu hinterfragen. Für ihn war das nichts weiter als das unlogische Gefasel einer Dementen. Fast jedes Mal jedoch erwähnte sie die *Grablow*, die mehrfach in der Woche zu Besuch kam. Brechter war der aufgetakelten Frau, die sich in einem ähnlichen Alter wie seine Mutter befinden musste, bereits mehrfach begegnet und hatte von Anfang an ein seltsames Gefühl des Misstrauens entwickelt. So, als wenn es eine unüberwindbare Distanz gäbe, eine negative Energie, die er nicht erklären konnte und die zwischen ihnen stand wie eine scheinbar längst vergessene Fehde. Anna Grablow trug Hippie-Mode – selbstverständlich inklusive einer übergroßen Peace-Zeichen-Kette –, roch nach abgestandenem Zigarettenqualm, redete über internationale Verschwörungstheorien und hatte sich als ehemalige Arbeitskollegin seiner Mutter ausgegeben. Er hatte noch nie zuvor etwas von der vermeintlichen Arbeitskollegin gehört, und sein kriminalistischer Spürsinn sagte ihm, dass mit dieser Frau etwas nicht stimmte.

Bei ihrem ersten Zusammentreffen hatten sie einige belanglose Floskeln über das Wetter gewechselt und die Grablow hatte abschließend gesagt: ›Ich bin Ihrer Mutter noch was schuldig. Auch wenn sie mich nicht mehr erkennt, so freut sie sich doch über jeden Besuch von mir. Da bin ich mir ganz sicher.‹

Er hatte damals nicht so recht gewusst, was er darauf antworten sollte, und wunderte sich, denn auch als Erbschleicherin kam die Grablow eigentlich nicht in Frage. Bei seiner Mutter war nichts zu holen, sonst hätte er sie auch nicht in dem städtischen Pflegeheim unterbringen müssen, das unter chronischem Personalmangel und ständigen Finanzproblemen litt. Er konnte sich noch gut an das Chaos erinnern, das in den düsteren Gängen des Heims um sich gegriffen hatte, nachdem der schreckliche Mord entdeckt worden war. Jeder hatte sich damals gefragt, wie es dem Täter in einer derartigen Einrichtung gelingen konnte, sich in der Nacht Zugang zu verschaffen, einen Mord zu begehen, dem Opfer ein Körperteil zu amputieren und damit unerkannt zu verschwinden, obwohl eine Nachtwache anwesend war, die alle Unregelmäßigkeiten im Blick hatte – theoretisch jedenfalls.

Die Heimleitung zog Konsequenzen aus dem Vorfall. Ein privater Sicherheitsdienst sollte die Spät- und

Nachtschicht unterstützen, doch als Brechter ungefähr um 20 Uhr an der Rezeption vorbeiging, bemerkte er, dass die gläserne Kabine unbesetzt war.

Vermutlich wurde der Vertrag mit dem Wachdienst nach ein paar Monaten wieder gekündigt, dachte Brechter und zuckte im Gehen mit den Schultern. *Sicher viel zu teuer!*

Natürlich hatte er während des Mordfalls daran gedacht, seine Mutter verlegen zu lassen, doch nachdem er zu der Erkenntnis gekommen war, dass der Täter hier mit an Sicherheit grenzender Wahrscheinlichkeit nicht noch einmal zuschlagen würde, verwarf er den Gedanken daran wieder.

Während er die Treppe in den zweiten Stock nahm, kam ihm Storak in den Sinn. Der Kollege mit den fragwürdigen Methoden aus Kiel hatte den Verein der Kleinwüchsigen in unangebrachter Weise aufgemischt und sich auf diese Weise Ärger mit Katzmann eingehandelt. Würden sie nicht dringend einen Ermittlungserfolg brauchen, hätte der Chef den Kieler bereits wieder rausgeschmissen. Überhaupt schob jeder in der Soko Frust. Die Idee mit dem GIMLI-Zwerg hatte bislang nichts Brauchbares zutage gebracht, und Katzmann hoffte, dass zumindest bei der morgigen Besprechung mit dem Polizeipsychologen etwas herauskommen würde. Katzmann hielt große Stücke auf Matthias Bollweidenthaler, der sich unter dem Beinamen *der dicke Bayer* einen exzellenten Ruf in der Hamburger Polizei erworben hatte. Leider litt der übergewichtige, stark rauchende Kollege aus Bayern, den es bereits vor Jahrzehnten an die Elbe verschlagen hatte, seit Monaten unter einer amtsärztlich bescheinigten

Dienstunfähigkeit, doch Corinna Feldt war es gelungen, dem neugierigen Sonderling die Teilnahme an der nächsten Lagebesprechung abzuringen – trotz seiner zahlreichen Unpässlichkeiten.

Eigentlich braucht er ja auch nur sitzen, zuhören und antworten, dachte Brechter und betrat einen langen, mit grünem Linoleum ausgelegten Flur, in dem mehrere mannshohe Zimmerpflanzen ihr Dasein fristeten, die allesamt einen vernachlässigten Eindruck machten. An einer der weiß lackierten Türen war ein Schild mit der Aufschrift *Heimleitung* angebracht. Er klopfte an und spürte wie immer in diesem Moment, dass seine Männlichkeit anzuschwellen begann. Sein Herzschlag beschleunigte sich, und zahlreiche Erinnerungen an den letzten Besuch vermengten sich mit erotischen Fantasien, die wie auf Knopfdruck in ihm aufzukeimen begannen, seitdem er das Gelände des Pflegeheims betreten hatte.

»Herein!«, rief eine resolute Frauenstimme.

5.

Niemand lebte so wie ich. *Vielleicht wäre die Welt der faden Mittelmäßigkeiten für mich ohnehin keine Option gewesen, doch natürlich hatte ich immer eine Wahl gehabt – so wie jeder andere auch. Alle diejenigen, die sich auf eine verkorkste Kindheit berufen, sind nichts weiter als feige, unfähige Arschlöcher. Sie verstecken sich hinter ihren Dämonen, anstatt mit ihnen zu tanzen. Meine Mutter war eine Dämonin, mit der ich gern getanzt hätte, doch sie hatte mich nie gesäugt, obwohl ihre Titten voll von Milch gewesen sein müssen. Es hat lange gedauert, aber ich habe einen anderen Weg gefunden, um in den Besitz des Elixiers zu kommen. Ich trinke mit den Augen. Wenn ich in die Augen der Alten hineinschaue, sehe ich immer die Augen meiner Mutter, in denen sich der Ekel und ihre Ablehnung widerspiegeln. Es ist wie eine Therapie. Je länger ich hineinsehe, umso bedeutungsloser wird der Fluch, mit dem sie mich belegt hat.*

Ich betrat diese Welt auf einem Nährboden, in dem die Saat von Mord und Totschlag bereits zu sprießen begann, und meiner Mutter wurde damals allzu schnell bewusst, dass ich nur ein deplatzierter Fremdkörper war, ein Behinderer, jemand, der die Ziele der Gruppe infrage stellen könnte. Sie musste mich einfach hassen und erschuf sich die Prophezeiung, nach der auch ich mich eines Tages zu einem Dämon der Hölle verwandeln würde.

All dies hat mir mein Vater erzählt, der mich mitnahm,

als ich neun Jahre alt war. Wir verließen sie und führten ein seltsames Leben, das von Flucht, Angst und Alleinsein geprägt war. Manchmal lebten wir im Ausland, doch nie für längere Zeit am selben Ort. Ständig waren wir in Bewegung, ständig übernachteten wir in Hotels oder bei Freunden. Ich ging in diesen unsteten Jahren unregelmäßig zur Schule – wenn überhaupt, dann auf Privatschulen – und lebte ein Leben im Untergrund – genau wie mein Vater. Von ihm hab ich am meisten gelernt. Dinge, die andere Kinder nicht lernen; weder in Schulen noch sonst irgendwo. Dinge, die dir helfen, wenn du dich im Kampf gegen das System befindest. Mein Vater hat wider Erwarten überlebt. Es ist den Schergen des Systems nicht gelungen, ihn dingfest zu machen. Trotzdem ist er elendig krepiert. Der Krebs hat ihn zu einem Gerippe geformt und seinen Kopf zum Bersten gebracht; vor fast zwanzig Jahren. Ich habe ihn verbrennen lassen und seine Asche im Meer verteilt, als der Ostwind sie mit zahllosen Schneeflocken vermengte. Es waren diese Jahre des letzten Kampfes, an dem auch ich mich an seiner statt beteiligt hatte. Danach wurde ich sesshaft, schuf mir meine Legende und begann, mit den Dämonen der Vergangenheit zu tanzen.

6.

Die altmodische Büroeinrichtung mit den wuchtigen Regalen, in denen sich die bunten Aktenordner akkurat aneinanderreihten, war ihm vertraut, doch irgendetwas schien sich seit seinem letzen Besuch verändert zu haben.

Neue Vorhänge ... oder wurden die Wände gestrichen? Als er den Raum der Heimleiterin betrat, wanderte sein Blick die Wände entlang und blieb an der vollbusigen Frau hängen, die ihn unverhohlen anlachte.

Ihr Alter lag vermutlich irgendwo in den Fünfzigern – und somit war sie deutlich älter als Daniel Brechter –, doch die Haut ihres Gesichtes war auffallend glatt, und ihre attraktive Figur deutete darauf hin, dass sie viel Sport trieb, um dem Zahn der Zeit entgegenzuwirken. Sie war sich ihrer Attraktivität bewusst, schloss die Tür des Büros ab, ging dann direkt auf ihn zu und drückte ihren Körper fest an den seinen, sodass sich ihre Nasen fast berührten.

»Sie sind wie immer pünktlich, Herr Kommissar«, hauchte sie ihm in das Ohr und streichelte seine Wange, auf der sich die Stoppeln eines Drei-Tage-Bartes abzuzeichnen begannen.

»Oberkommissar!«, frotzelte Brechter und ließ seine Hände ihren Rücken hinuntergleiten, bis er ihr pralles Hinterteil umfassen konnte. »Die korrekte Ansprache lautet ...«

»… Oh natürlich, wie konnte ich das nur vergessen«, unterbrach sie ihn lächelnd. »Herr Oberkommissar natürlich. Und? Fällt Ihnen nichts auf, Herr Oberförsterkommissar?«

»Äh, ja Frau Pott, irgendetwas hat sich hier verändert, doch momentan kann ich nicht …«

Ein leidenschaftlicher Kuss unterbrach seine Ausführungen. Ihre Augen blitzten auf und wanderten hinunter zu seiner Hose, in der sich seine prall geschwollene Männlichkeit abzeichnete. Sie ergriff seinen Gürtel und ging einige Schritte rückwärts zu dem Schreibtisch. Brechter wurde mitgezogen, griff ihr dabei in die weit offenstehende Bluse und überhäufte ihr Dekolleté mit einer Vielzahl feuchter Küsse. Laut aufstöhnend setzte sie sich auf die Schreibtischkante, öffnete seine Hose und begann, sein steifes Glied zu massieren. Brechter schnappte nach Luft und unterdrückte ein lautes Juchzen.

»Frau Pott …, ich glaube … wir sind etwas zu …«

»… zu laut?«, sagte sie schwer atmend. »Meinen Sie, wir sollten etwas leiser …?«

»Ja, mir war so, als wenn …, als wenn ich vor der Tür einen Rollator …«

Evelyn Pott lachte laut auf. Er stimmte beherzt mit ein, und um ein Haar wäre die erotische Stimmung in eine ausgelassene Albernheit gekippt, doch dann küsste er sie erneut und versuchte entschlossen, ihr den schwarzen Rock hochzuschieben. Sie hob ihren Po etwas, um seine Bemühungen zu erleichtern, und zog ihren Slip nach unten, den er dort in Empfang nahm, um ihn ihr über die schwarz glänzenden Pumps zu streifen. Mit einer kurzen Handbewegung schob sie einige auf dem Schreibtisch stehenden Utensilien beiseite, hob die langen Beine an und ließ ihren Oberkörper auf die graue Holzplatte sinken, deren Ausmaß einen nicht unbeträchtlichen Teil des Büros ausfüllte. Brechter schob ihre Beine auf seine Schultern und streichelte die Innenseiten ihrer Schenkel. Während er ihre hochhackigen Schuhe neben sich sah, stieg seine Erregung ins Unermessliche, doch als er seine Hose komplett heruntergezogen hatte, kamen ihm erste Zweifel an der Ausführbarkeit des angestrebten Aktes.

»Äh … Frau Heimleitungschefin, das wird schwierig … Äh … die Höhe des Tisches passt nicht so ganz, Frau …äh«, gab er stöhnend zu bedenken und versuchte mühsam, sich auf die Zehenspitzen zu stellen.

»Sehen Sie, Herr Oberkellnerkommissar«, verkündete Evelyn Pott amüsiert und hielt plötzlich ein Kabel mit einem daran befindlichen Schalter triumphierend in die Höhe, das vorher auf dem Schreibtisch herumgelegen hatte. »Das ist jetzt der Moment, in dem Sie erkennen können, was sich hier verändert hat.«

Sie betätigte den Schalter, worauf sich die gesamte Schreibtischplatte mit ihrem darauf befindlichen Körper unter einem leisen Surren nach oben bewegte.

»Ein neuer, ergonomischer Schreibtisch, der auf Knopfdruck höhenverstellbar ist. Wie finden Sie das?«

»Oh ja!«, sagte Brechter daraufhin fasziniert. »Man soll ja öfter auch mal im Stehen …«

»Soll man das, Sie Ferkel?«

»Unbedingt!«

Sie stöhnte laut auf, als er in sie eindrang, und

klammerte sich mit beiden Händen an der Schreibtischkante fest, damit er sie mit seinen Stößen nicht über die Tischplatte schob. Leidenschaftlich beschleunigte er seinen Rhythmus und bemerkte mit einem Anflug von Enttäuschung, dass sie beide nicht mehr weit von einem berauschenden Höhepunkt entfernt waren ...

Später, Daniel Brechter und die Heimleiterin Evelyn Pott saßen an dem kleinen, runden Besuchertisch in Potts Büro, kamen sie auf den Serienkiller zu sprechen, der erneut in einem der Hamburger Pflegeheime zugeschlagen hatte. Sie tranken dabei von dem grünen Tee, den die Heimleiterin bereits vor seinem Besuch aufgesetzt und in der Thermoskanne warm gehalten hatte.

»Genau wie beim letzten Mal, oder?«, fragte Pott besorgt und trank einen Schluck Tee. Er war noch sehr heiß, sodass sie sich mit der Hand vor dem Mund Luft zufächelte. »Ich meine ... den erneuten Mord in dem Öjendorfer Pflegeheim.«

»Im Prinzip ja«, bestätigte Brechter und nickte. »Aber diesmal haben wir zum ersten Mal etwas gefunden, das der Täter zurückgelassen hat.«

Sie sah ihn fragend an.

»Du weißt ja«, fügte er hinzu. »Ich darf nicht darüber sprechen.«

»Ja, natürlich«, sagte sie und deutete auf seinen Becher. »Willst du nichts trinken?«

»Doch. Klar ... natürlich«, entfuhr es Brechter. Er nahm einen kräftigen Schluck und lächelte gedankenverloren. »Unsere Treffen haben immer etwas überaus Prickelndes, nicht wahr?«

Sie nickte aufreizend. »Dir ist aber schon klar, dass wir nur Sex miteinander haben? Alles andere in meinem Leben ist bereits zu meiner vollsten Zufriedenheit geregelt.«

»Ja natürlich!«, entgegnete Brechter verlegen. »Das war der Deal. Ich wollte dir auch nicht zu nahe treten, Evelyn.«

Sie ging nicht weiter darauf ein. »Übrigens, Daniel. Deiner Mutter geht es seit einiger Zeit zunehmend schlechter. Ich könnte mir vorstellen, dass sie …«

»Ja, ich weiß«, sagte Brechter bedauernd und schnitt ihr das Wort ab. »Ich geh gleich noch mal bei ihr vorbei, doch ich befürchte, dass sie mich wieder nicht erkennen wird.«

»Durchaus möglich.«

»Da fällt mir gerade was ein. Kürzlich hat sie mir von einer *dritten Generation* und einem Herrn *Krüger* erzählt. Sagt dir das irgendwas?« Kaum hatte er seine Frage formuliert, bereute er sie auch bereits wieder, ohne einen triftigen Grund hierfür erkennen zu können.

Scheiße, vielleicht hätte ich das jetzt besser für mich behalten?

Sie spitzte die Lippen. »Krüger? Na klar, ich kenne Leute, die so heißen. Meine Tochter hatte mal einen Lehrer, der so hieß …, und hier im Heim wohnte auch mal ein Herr Krüger. Ein Allerweltsname eben.«

»Du hast Recht«, bestätigte Brechter monoton. »Das bringt mich nicht weiter. Sie redet eben nur wirres

Zeugs.«

»Wie mir vom Pflegepersonal berichtet wurde, bekommt sie recht häufig Besuch von einer auffallend gekleideten, älteren Frau. Das wirre Gerede scheint die Dame nicht zu stören. Eine Verwandte?«

»Die Grablow? Nein, das ist angeblich eine frühere Arbeitskollegin meiner Mutter«, widersprach Brechter entschieden. »Ist allerdings schon seltsam, dass ich vorher noch nie was von ihr gehört habe.«

»Vielleicht will sie von deiner Mutter irgendetwas erfahren?«, sagte Pott und sah ihn fragend an.

»Darüber habe ich auch schon nachgedacht, doch was soll das sein?«, antwortete Brechter und seufzte. »Meine Mutter besitzt nichts, das irgendeinen Wert darstellen würde.«

»Vielleicht eine Information?«

»*Information?*« Er runzelte die Stirn.

»Wo hat sie denn früher überhaupt gearbeitet?«, fragte Pott und griff zum Becher.

Sie schwiegen eine Weile.

»Soweit ich mich erinnere, in einer Berliner Rechtsanwaltskanzlei«, murmelte Brechter. »Allerdings muss ich mir eingestehen, dass ich vieles gar nicht weiß, da bei uns über die Vergangenheit kaum geredet wurde. Findest du das seltsam?«

Evelyn Pott kratzte sich an der Nase. »Irgendwie schon. Was war denn damals mit deinem Vater, Daniel?«

»Der hat uns seinerzeit in Berlin sitzen lassen, als ich noch relativ klein war. Sagt jedenfalls meine Mutter. Ich kann mich gar nicht mehr an ihn erinnern.«

»Eine andere Frau?«

»Keine Ahnung. Das Arschloch ist eben abgehauen.« Brechter bemerkte, wie ihm das Blut in den Kopf schoss. Er redete nur mit Widerwillen über seinen Vater. Die dürftigen Andeutungen der Mutter waren widersprüchlich und ergaben kein klares Bild.

Er ist wohl lange tot, doch das geht Evelyn nichts an. Vielleicht ist da doch noch etwas. Etwas, an das sich mein Unterbewusstsein nicht erinnern will! »Also, zurück zu dieser geheimnisvollen Frau Grablow. Was will die von meiner Mutter? Hat sie nur Langeweile?«

»Kann schon sein«, antwortete Pott. »Du glaubst gar nicht, was für seltsame Typen sich hier manchmal blicken lassen.«

Brechter wurde hellhörig. »Zum Beispiel?«, hörte sich sein kriminalistisch geschultes Ohr sagen.

»Vor einigen Tagen zum Beispiel kam ein Tätowierer vorbei, der hier seine Dienste anbieten wollte. Ein ausgesprochen schmuddeliger Typ mit fettigen Haaren und Klamotten, die offenbar noch nie eine Waschmaschine von innen gesehen haben.«

»Wie bitte? Ich hör wohl nicht richtig? Ein Tätowierer hier im Pflegeheim?«

»Es kommt aber noch besser. Er bezeichnete sich als Demenz-Tätowierer. Ein Spinner, der sich angeblich auf das Tätowieren von Dementen spezialisiert hat.«

Brechter lachte laut auf. »Du willst mich verarschen, Evelyn! Das ist nicht nett!«

»Nein, wirklich!«, eiferte sich Pott. »Der meinte das völlig ernst. Er tätowiert den Dementen sinnvolle

Informationen auf den Arm. Name, Anschrift, Telefonnummer oder auch medizinische Daten wie die Blutgruppe. Im Notfall brauchen sie nur den Arm hinhalten und der Taxifahrer fährt sie nach Hause. ... zum Beispiel.«

Brechter schüttelte verwundert den Kopf. »Ich fasse es nicht. Ein ganz neues Betätigungsfeld.«

»Auf Wunsch tätowiert er dir auch den Organspendeausweis auf den Bauch«, sagte Pott ohne äußerliche Regung. »Dann kannst du ihn nicht verlieren, und falls du nach einem Unfall im Krankenhaus ...«

Brechters Augen blitzten auf. »Moment mal! Dieser Tätowierer? Ist der hier in der Anlage überall rumgelaufen und hat die Örtlichkeiten erkundet? Und wenn ja, dann hat er andere Heime bestimmt genauso inspiziert.«

»Du meinst ...?«

»Wer weiß? Das scheint mir doch alles sehr verdächtig zu sein. Wir müssen diesen Typen unbedingt überprüfen.«

Evelyn Pott blickte Brechter kritisch an. »Dieser durchgeknallte Spinner als Serienkiller? Dann hätte er mir wohl kaum seine Visitenkarte übergeben.«

»Visitenkarte!«, sagte Brechter aufgedreht. »Zeig mal her.«

Sie ging zum Schreibtisch, öffnete eine Schublade und platzierte das winzige Stück Karton direkt neben seinem Becher.

Er warf einen Blick darauf und stöhnte. »Da benötigt man ja eine Lupe für. Noch kleiner ging es wohl nicht.« Brechter hielt sich die Visitenkarte vor die Brille und las.

Zaggy Taloser, Künstler und Spezial-Tätowierer, Hamburg-Altona, Funkerstraße 31.

»Was für ein seltsamer Name«, sagte Brechter. »Kann ich die behalten?«

»Selbstverständlich«, antwortete Pott und fügte schnell hinzu: »Ich mache mir nur kurz eine Kopie. Falls doch noch einige der Angehörigen auf die Idee kommen sollten, ihren dementen Liebsten eine Informationstätowierung zu spendieren.«

7.

Im Innenhof des Polizeipräsidiums tanzten die Mücken. Die Planer des Bauwerkes hatten nicht an die Konsequenzen gedacht, als ihnen die Idee kam, das großflächige Areal zwischen dem ringförmigen Hauptgebäude unter Wasser zu setzen. Die Licht reflektierende Wasserfläche sollte eine Bereicherung für das Neubauprojekt sein, doch die Rechnung ging nicht auf. Es waren nur wenige Zentimeter Wasser in dem riesigen Bassin; für die Mücken allerdings war es das Paradies auf Erden.

Völlig sinnlos, dachte Daniel Brechter. *Sie werden das Wasser bald wieder ablassen müssen.*

Er saß in dem großen Besprechungsraum und blickte zufrieden in die Gesichter seiner Kollegen. Schließlich war er es gewesen, der gleich zu Beginn der Lagebesprechung einen Tatverdächtigen präsentieren konnte: Den absonderlichen Demenz-Tätowierer Zaggy Taloser. Er hatte den Kollegen die Einzelheiten mitgeteilt – ohne natürlich auf seine Affäre mit der Heimleiterin hinzuweisen – und zuerst nur ungläubiges Kopfschütteln geerntet, doch Katzmann hatte schnell gehandelt. Noch aus der Besprechung heraus veranlasste er, dass der Verdächtige zur Vernehmung ins Präsidium überstellt werden sollte.

»Du übernimmst das Verhör«, sagte er zu Storak und klopfte beherzt auf den Tisch. »Endlich mal was

Positives. Gut gemacht, Daniel.«

»War ja mehr ein Zufall«, sagte Brechter zögerlich. »Würde meine Mutter nicht in diesem Pflegeheim wohnen, ich hätte wohl nie von dieser verrückten Sache gehört.«

Er versuchte die Angelegenheit herunterzuspielen, platzte aber trotzdem vor Stolz, zumal er bemerkte, dass Storak neidisch auf ihn war. Der Beamte aus Kiel und seine Kollegin Ilka Sewensio saßen rechts neben Brechter, Corinna Feldt, wie üblich mit Bleistift und Notizblock bewaffnet, links, und der Leiter der Soko, Leonard Katzmann, saß ihm gegenüber, genau neben Matthias Bollweidenthaler, dem heutigen Gastteilnehmer der Lagebesprechung. Brechter kannte den Polizeipsychologen bereits aus älteren Fällen und wusste, dass Katzmann ein besonderes, freundschaftliches Verhältnis zu dem *dicken Bayern* hatte, der aufgrund seiner zahlreichen Erkrankungen eigentlich als dienstunfähig eingestuft war. Es gingen Gerüchte umher, dass der stark übergewichtige, rauchende Diabetiker nicht um die vorzeitige Pensionierung herumkommen würde.

Katzmann ergriff das Wort. »Ihr kennt ja alle unseren Polizeipsychologen, Matthias Bollweidenthaler. Ich habe ihn gebeten, sich die Akten anzusehen, um uns bei der Ermittlungsarbeit zu unterstützen. Matthias hat freundlicherweise zugesagt, obwohl er sich momentan eigentlich nicht im Dienst befindet.«

Der Angesprochene nickte bedächtig. Katzmann vermied es, auf die krankheitsbedingten Einzelheiten des Kollegen einzugehen, und fuhr fort: »Der Hinweis auf diesen Tätowierer kommt überraschend, und es scheint eine vielversprechende Spur zu sein, doch die Sache könnte sich auch als Flop erweisen. Insofern ist mir die fachliche Meinung von Matthias in der jetzigen Phase der Ermittlungen außerordentlich wichtig. Die Perso braucht davon nichts zu wissen. Er ist sozusagen momentan als privat agierender Psychologe unser Ratgeber, alles klar?«

Alle in der Runde nickten; ihre Blicke richteten sich erwartungsvoll auf den fülligen Polizeipsychologen, der den Beinamen *der dicke Bayer*, den seine Kollegen ihm verliehen hatten, mit einem gewissen Stolz trug. Bollweidenthaler war jetzt fast sechzig; seine lockigen blonden Haare hatten sich stark dezimiert, und auf dem kantigen, grobschlächtigen Gesicht zeichneten sich neben den wulstigen Tränensäcken auch zahlreiche Altersflecken ab, die in unterschiedlicher Form und Größe bis zum Hals herunterreichten. Seine Ausbildung absolvierte er in seiner Heimatstadt München, doch die Liebe zu einer Hamburgerin hatte ihn bereits vor Jahrzehnten in die Hansestadt verschlagen.

Ilka Sewensio warf einen neugierigen Blick auf die gelb-schwarze Banane, die Bollweidenthaler vor sich auf dem Tisch liegen hatte. Sie rümpfte die Nase und roch an ihrem Handrücken, auf dem sich noch Spuren des neuen Parfums befanden, das sie heute Morgen aufgelegt hatte.

»Was hältst du denn von diesem Tätowierer, Matthias?«, fragte Katzmann den Psychologen.

Bollweidenthaler räusperte sich. »Nun ja, äh … kann man hier rauchen?«

»Später«, antwortete Katzmann und zuckte ungeduldig mit den Schultern.

Der Polizeipsychologe nickte bedächtig und spielte unschlüssig mit der Banane herum. »Ja ... also dann ... Kollegen. Erstmal herzlichen Dank für die Einladung. Ich hab die Akten ausgiebig studiert, kann euch aber leider kein offizielles schriftliches Gutachten erstellen, weil ..., äh, nun ja ..., ihr wisst ja wohl Bescheid.«

»Ist auch nicht nötig«, bestätigte Katzmann. »Erzähl uns einfach, wie du die Lage einschätzt.«

Bollweidenthaler blickte kurz zu Katzmann. »Mach ich gerne. Habt ihr vielleicht noch einen Kaffee für mich?«

Corinna Feldt sprang auf. »Ich hole Ihnen eine Tasse.« Es dauerte keine dreißig Sekunden, dann stand ein Becher mit dampfendem Kaffee neben der deformierten Banane.

»Milch? Zucker?«

»Danke.« Bollweidenthaler schüttelte den Kopf. »Also Leute, ich glaube nicht, dass dieser Tätowierer euer Mann ist, doch selbstverständlich müsst ihr der Spur nachgehen, versteht sich von selbst. Dieser schräge Typ bewegt sich ja wie ein Elefant im Porzellanladen durch die Pflegeheim-Landschaft. Auffälliger geht's eigentlich nicht mehr. Nein, der tatsächliche Mörder – und ich bin mir ziemlich sicher, dass es ein Mann ist – bewegt sich unauffällig. Er meidet Überwachungskameras, arbeitet weitgehend lautlos und hinterlässt keine Spuren. Also eine unbekannte männliche Person. Außerdem: Es scheint ihm nichts auszumachen, hilflosen Personen ein Körperteil zu amputieren – völlig untypisch für eine Frau. Ich nehme an, dass er Erfahrungen mit solchen blutigen Aktivitäten hat. Vielleicht ein Schlachter, ein Chirurg oder jemand, der bereits in der Kindheit mit blutiger Gewalt oder Verbrechen in Berührung gekommen ist.«

»Ist das Schwein noch jung oder haben wir es mit einem älteren Täter zu tun?«, fragte Storak und ließ seine Stimme kräftig klingen.

»Weder noch, würde ich sagen«, antwortete Bollweidenthaler gelassen. »Um sich zu so jemand zu entwickeln, braucht es Zeit. Vermutlich ist er bereits über vierzig, aber auf keinen Fall älter als siebzig. Er muss über gute Nerven und einige medizinische Kenntnisse verfügen.«

»Also doch ein alter Sack!«, stellte Storak lakonisch fest.

Der beleibte Polizeipsychologe überging die Bemerkung und fuhr fort: »Indem er ausschließlich bettlägerige Senioren umbringt, kommt er leicht und ohne großen Widerstand an die Objekte seiner Begierde heran, doch ich vermute, dass da noch etwas anderes ist.«

»Wie meinen Sie das?«, fragte Brechter.

»Er hasst die Alten insgesamt. Deswegen verrenkt er ihnen auch die Arme. Dabei ist es ihm egal, ob er einen Mann oder eine Frau tötet. Vermutlich liegt diesem Verhalten eine schwere Beziehungsstörung zu den Eltern zugrunde, die sich bereits in der frühen Kindheit herausgebildet hat. Vielleicht wurde er bereits als Baby von der Mutter nicht angenommen, oder unser Täter wurde als Kind misshandelt.«

»Na klar!«, prustete Storak hervor. »Er kann gar nichts dafür. Hat eben ne schlimme Kindheit gehabt, die Sau. Das erklärt alles.«

Katzmann winkte ab.

»Wie passt da die Sache mit diesem Zettel hinein, den der Täter am Tatort platziert hat?«, fragte Ilka Sewensio den Polizeipsychologen vorsichtig. »Dieser komische Begriff: ILMIG. Können Sie damit was anfangen?«

»Das ist interessant«, antwortete Bollweidenthaler, ohne näher auf die Zwischenbemerkung von Storak einzugehen. »Ich tipp mal, er will euch ein Rätsel aufgeben. Er fühlt sich sehr sicher, sehr überlegen und er glaubt, dass ihr ihm nie auf die Spur kommen werdet. Insofern wirft er euch einen Brotkrumen zu. Ihr tut ihm leid; er will euch wenigstens ein kleines Erfolgserlebnis gewähren, ohne dabei selbst ein größeres Risiko einzugehen.«

»Und?«, fragte Brechter stöhnend. »Haben wir das Rätsel gelöst? Gimli, der Zwerg?«

»Ja …, ich glaube schon. Und ich denke, dass dieses Rätsel in einem direkten Zusammenhang mit den Trophäen steht, die er seinen Opfern absägt.«

»Es ist ein Hinweis auf die Körperteile; die Arme und die Beine?«, sinnierte Brechter.

»Genau. Er nimmt die Trophäen nicht ohne Grund. Irgendetwas macht er damit. Vielleicht setzt er sie neu zusammen, oder er baut eine Art Frankenstein-Zwerg aus den Einzelteilen?«

Storak pfiff lautstark. »Der sägt aber nur Arme oder Beine ab. Da fehlt ihm zu der Bastelstunde doch noch der Rumpf – und ein Kopf.« Seine Gedanken begannen zu kreisen. *Vielleicht will uns das Arschloch auch nur in die Irre führen, und in Wirklichkeit brät er sich aus dem Schenkelfleisch panierte Koteletts, die er dann genussvoll in sich hineinstopft.*

»Eventuell hat unser Mörder irgendwann einmal einen kleinwüchsigen Menschen umgebracht und konserviert«, spekulierte Bollweidenthaler. »Jetzt baut er ihm Gliedmaßen in normaler Größe an und macht auf diese Weise aus einem Zwerg einen Normalo.«

»Das werden wir klären«, sagte Katzmann spontan. »Brechter, überprüfen Sie doch morgen mal ... oder nein, am besten gleich nach der Sitzung, ob in den letzten Jahren ein Kleinwüchsiger ermordet oder als vermisst gemeldet wurde.«

Brechter nickte und kratzte sich an der Nase. *Jetzt geht das wieder los; das hätte auch Corinna machen können.*

»Was geht in so einem Typen vor?«, wollte Storak wissen. »Warum macht der das, was treibt ihn an?«

»Das kann vielerlei Gründe haben«, antwortete Bollweidenthaler spontan. »Serienmörder sind oft Psychopathen, doch dieser hier könnte auch ein Narzisst sein. Auch sie kennen kein Mitgefühl, können sich aber besser organisieren; das macht sie gefährlicher. Eine von Gewalt geprägte Kindheit gepaart mit einer narzisstischen Persönlichkeitsstörung ergibt eine tödliche Mischung. Narzissten sind egozentrisch und gefühlskalt, aber sie haben Geduld und können ihre Taten präzise planen, im Gegensatz zu Psychopathen, die gern mal zu viel riskieren. Der unstillbare Durst nach Anerkennung und Bestätigung kann dem Narzissten allerdings auch zum Verhängnis werden.«

»Eine Menge Informationen«, sagte Katzmann verlegen, da er aufgrund seiner Selbstverliebtheit auch schon einmal als *kleiner Narzisst* tituliert worden war. »Vielen Dank, Matthias. Das hilft uns sicher weiter. Vielleicht das Ganze noch mal zum … Mitschreiben?«

»… zum Mitschreiben«, wiederholte Sewensio nachdenklich und kramte den Kugelschreiber aus ihrer Jacke, als sie den auffordernden Blick ihres Kollegen Storak bemerkte.

Brechter warf ihr einen befremdenden Blick zu.

»Okay, also … ich fasse zusammen«, antwortete Bollweidenthaler geduldig. »Fünfundachtzig Prozent aller Serienmörder sind Männer; zweiundvierzig Prozent zwischen dreißig und fünfzig Jahre alt. Unser Täter ist auch ein Mann, da bin ich mir sicher. Vielleicht ist er auch etwas älter; so zwischen fünfundvierzig und fünfundsechzig. Er ist äußerst skrupellos, leidet vermutlich seit Langem unter einer narzisstischen Persönlichkeitsstörung – so wie vier Prozent der Bevölkerung – und ist ein Einzelgänger. Er hat medizinische Kenntnisse, kann mit Schlachterwerkzeug umgehen und hasst Senioren. Sein Hass wurzelt vermutlich in seiner Kindheit, in der ihm etwas Ungewöhnliches zugestoßen sein muss.«

Der Polizeipsychologe machte eine Pause und trank gierig von dem mittlerweile lauwarmen Kaffee. Sein Handy läutete. Er ging ran, beendete das Gespräch aber nach kurzer Zeit wieder. »Es war die Amtsärztin.« Er räusperte sich. »Wo war ich? Ach ja …, unser Mann ist also ein Einzelgänger. Er lebt allein; vermutlich in einem abseits gelegenen Haus, in dem er sich in Ruhe seinen Trophäen widmen kann. Da er sich sicher fühlt und es unter seinem Niveau liegt, weite Wege zurückzulegen, liegt sein Haus irgendwo am Rande der Stadt – vermutlich in einem der kleineren Dörfer. Würde mich nicht wundern, wenn er über einen Keller verfügt, in dem er eine kleine Werkstatt betreibt. Schließlich will er sein Diebesgut sicher verwahren und in Ruhe bearbeiten. Als Narzisst braucht er aber vor allem eines: Bewunderung. Also, was auch immer er mit den Körperteilen macht, er wird es irgendwie zur Schau stellen wollen.«

Schweigen erfüllte den Raum. Die Soko-Mitarbeiter blickten sich nachdenklich an.

Bollweidenthaler fuhr fort: »Und genau hier liegt eure Chance. Wenn es sich tatsächlich um einen Narzissten handelt, benötigt er früher oder später eine gehörige Portion Anerkennung. Vielleicht macht er dann einen Fehler. Ihr setzt euch also einen Radius um Hamburg – sagen wir mal so zwanzig Kilometer –, sucht nach einem einsam gelegenen Haus mit Keller, in dem ein alleinstehender Mann zwischen fünfundvierzig und fünfundsechzig wohnt, der besondere Kenntnisse beziehungsweise einen auffälligen Lebenslauf vorzuweisen hat und der bewundert werden will.«

»... für das, was er aus den Körperteilen gebaut hat«, ergänzte Brechter.

»Vielleicht ein Künstleratelier oder eine Bildhauerwerkstatt?«, spekulierte Katzmann.

»Genau«, sagte Bollweidenthaler. »Und ich gehe

jede Wette ein, dass es etwas mit Zwergen zu tun hat. Ich würde auf alles achten, was damit in Zusammenhang gebracht werden könnte.«

»Ich bin beeindruckt, Matthias«, sagte Katzmann sichtlich ergriffen.

»Das ist …, oder nein … war ja mein Job, Leo, doch die Arschkarte liegt wie üblich bei euch. Bis hierhin ist alles Theorie, die Drecksarbeit müsst ihr selber machen. Viel Glück dabei.«

8.

Mit der Dämmerung kamen die Krähen. Zu Hunderten versammelten sie sich in den Kronen der alten Buchen, die an der Rückseite des Gartens wurzelten und das verwitterte Haus mit dem moosbewachsenen Dach von dem benachbarten Wald abgrenzten. Das Spektakel faszinierte ihn jedes Mal aufs Neue. Er sah aus dem Fenster im Obergeschoss und dachte darüber nach, dass sich die Gefiederten verabredet hatten, um ihn bei seinem seltsamen Treiben zu beobachten. Obgleich sie nicht in das Innere seines abseits gelegenen Hauses hineinsehen konnten, schienen sie doch zu ahnen, dass hinter diesen fast hundertjährigen Mauern etwas Ungeheuerliches geschah.

Er verließ das Zimmer, betrat den spärlich beleuchteten Flur und sah die Treppe hinunter. Seit fünfzig Jahren hatte sich hier nichts verändert. Die Teppiche, die Tapeten an den Wänden, die Vorhänge und fast das gesamte Mobiliar stammte aus der Zeit, als er die ersten Laute seines Lebens in diese absonderliche Welt hinausgeschrien hatte. Der von Zigarettenqualm geschwängerte Geruch der Nachkriegszeit lag in der Luft und durchdrang die verwinkelten Räume bis in den Keller hinein, obgleich hier seit vielen Jahren niemand mehr Tabak geraucht hatte. Der Einsiedler betrat die Küche im Erdgeschoss und blickte versonnen aus dem

Fenster. In dem mit zahlreichen Farnen überwucherten Vorgarten befand sich ein Großteil der Objekte, die er in mühevoller Arbeit hergestellt hatte. Auf der unbefestigten Schotterstraße standen Pfützen, in denen sich der wolkenverhangene Himmel spiegelte. Sein Blick fiel auf eines der neueren Modelle, das sich neben einem mit Wasser gefüllten Kübel befand, in dem verschiedene Gräser und Seerosen in Konkurrenz zueinander standen.

Es wird Zeit für ein weiteres Modell, dachte der Mann und bemerkte interessiert, wie ein Liebespaar Händchen haltend an seinem Haus vorbeiging, um in den angrenzenden Wald zu gelangen. Enttäuscht registrierte er, dass die Spaziergänger seinem Modell keine Beachtung schenkten, da beide offenbar in eine angeregte Unterhaltung versunken waren.

Wenn ich sie töten würde, hätte ich genügend Vorrat für meine neuen Modelle. In zwei Stunden wird es dunkel und dann wird niemand …

Kopfschüttelnd wandte er sich ab, nahm eine Flasche Bier aus dem Kühlschrank und betrat den Keller, in dem eine nackte 40-Watt-Birne ein spärliches Licht verbreitete. Nachdem er mehrere Räume durchquert hatte, in denen sich zahlreiches Gerümpel bis unter die Decke stapelte, stand er vor einem grauen, mannshohen Holzschrank, den er regungslos betrachtete. Das Prozedere hatte sich im Laufe der Zeit zu einer zwanghaften Handlung entwickelt, da er immer wieder aufs Neue überprüfen musste, ob jemand an seiner statt bemerken würde, dass dieser Schrank kein gewöhnlicher Schrank war. Er hatte ihn mit Rollen ausgestattet, die sich hinter Holzleisten befanden, sodass nicht zu erkennen war, dass er das wuchtige Möbelstück mit Leichtigkeit wegschieben konnte. Er gab sich einen Ruck, um den Kontrollzwang zu überwinden, schob den Schrank zur Seite, öffnete eine massive Metalltür und betrat einen fensterlosen Raum, der sich unterhalb der Terrasse befand. Eine knisternde Neonleuchte an der Decke offenbarte eine perfekt organisierte Heimwerker-Ausstattung, die umfangreicher nicht hätte sein können. Zahlreiche Regale mit Utensilien, Werkzeuge aller Art an den Wänden, verschiedene Arbeitstische mit Spezialgeräten, Säge- und Schleifmaschinen, eine Drehbank, ein altertümlicher Zahnarztstuhl mit einem eierschalenfarbenen Plastikbezug, mehrere Punktstrahler, ein Laptop und zwei Tiefkühltruhen, in denen sich das Rohmaterial für seinen Modellbau befand.

Den größten Teil des Beines hatte er gleich nach der Tat in handliche Stücke zersägt und eingefroren, doch ein kleineres Stück vom Oberschenkel wollte er sofort bearbeiten. Es lag in einer Metallwanne, die er auf einem der Arbeitstische deponiert hatte. Als er hineinblickte, schwamm das fleckige Stück Fleisch in einer rötlichen Lache. Er nahm eine leere Plastikflasche, setzte einen Trichter darauf und kippte den Inhalt der Wanne vorsichtig hinein. Nachdem er die Flasche verschlossen hatte, blickte er sich unschlüssig um. Sein Blick fiel auf den Laptop, der auf einem der Tische lag. Er schaltete das Gerät ein und wartete. Es dauerte lange, bevor er die AVI-Datei seines letzten Beutezuges in der verwirrenden Ordnerstruktur des Dateimanagers gefunden hatte. Ein schneller Doppelklick auf das entsprechende Symbol, dann startete der kurze Film.

Die kleine Actioncam mit der Kopfhalterung leistet gute Dienste, dachte er, während sich die Bilder in seinen Augäpfeln spiegelten. Er sah, wie die alte Frau stöhnend die schläfrigen Augen öffnete und irritiert in das Antlitz der Kamera blickte. Plötzlich schob sich die Silhouette einer Säge in das Bild hinein. Schlagartig weiteten sich ihre Augen, in denen jetzt ein panisches Entsetzen zu funkeln begann, das unvermittelt seine Faszination erweckte. Er beugte sich dicht an den Bildschirm heran und suchte erneut – wie schon in der Nacht, in der er die alte Frau in ihrem Zimmer besucht hatte – nach dem Elixier, das in seiner Vorstellung aus ihren todgeweihten Augen herauszuströmen schien.

»Der Herr ist mein Hirte«, flüsterte er intuitiv und wunderte sich über die religiöse Anwandlung, die spontan in ihm zu keimen begann. Nein, Gott war keine Option, er würde auch zukünftig nur mit *ihm,* seinem Gegenspieler, tanzen.

Er beendete das Programm, schloss die Augen und dachte an die Herstellung des nächsten Modells. Sein Ziel war die Perfektionierung der Arbeit, die Vollkommenheit der Schöpfung, doch der Albtraum, der ihn letzte Nacht aus dem Schlaf gerissen hatte, beunruhigte ihn.

Die Erinnerung daran war schwammig.

Ich verließ das Haus. Die Dämmerung hatte schon eingesetzt, doch die Gefiederten waren noch aktiv. Überall saßen sie herum und flüsterten sich Gemeinheiten zu. Sie saßen in den Bäumen, auf dem Dach des Hauses, dem Gartenzaun, dem Modell und auch auf den Kindern, die im trüben Schlamm der Straße lagen. Sie hatten die Kinder getötet und holten sich das, was sie am liebsten verschlangen: ihre Augen. Ich sah, wie sie im Fluge die glibberigen Kugeln in ihren Schnäbeln wegtrugen, um die Beute in Sicherheit zu bringen. Sie kreischten und stritten wie Hyänen, die sich gegenseitig zerfleischten.

Ich hatte Angst vor den Gefiederten und verscheuchte die bösartige Plage von meinem Modell, das sich daraufhin dankbar schüttelte. Es erwachte zum Leben, unsicher wie ein eben geborenes Kalb, und lief in den Wald, so als wenn es die neu gewonnene Freiheit um keinen Preis wieder hergeben wollte. Ich folgte ihm. Seltsame Tiere kreuzten unseren Weg, der immer tiefer in das Gehölz hineinführte. Einmal stand ein brennendes Fahrzeug am Wegesrand, aus dem zwei Männer ihre verkohlten Gesichter streckten. Sie schrien wie am Spieß, doch ich achtete nicht darauf. Ein anderes Mal sah ich zwei Frauen mit langen blonden Haaren. Sie hielten Rasierklingen in ihren grazilen Händen, mit denen sie sich gegenseitig die Haut auf den Armen aufritzten. Dünne Rinnsale von scharlachrotem Blut liefen über ihre nackten Körper, und als sie mich sahen, floss das Blut auch aus ihren Augen heraus. Ich folgte meinem Modell, das mich zu einer Lichtung führte, in dessen Mitte ein altes Holzhaus stand. Auf dem Dach saßen Krähen, und vor der Tür stand ein Mann, der eine schwarze Uniform trug. Immer wieder versuchte er, die Tür mit Gewalt zu öffnen, doch sie war abgeschlossen. Als er das Modell bemerkte, aus dessen Leib sich zuckend eine lange Machete herauszuschälen begann, trat er panisch mit dem Fuß gegen die schwere

Holztür, und ein dröhnendes Wummern hallte in meinen Ohren. Als der Uniformierte seine Ausweglosigkeit bemerkte, wollte er flüchten, doch es war bereits zu spät. Das Modell vollführte einen bizarren Tanz, fuhr die Machete zur vollen Länge aus und schlug dem Verängstigten mit einem einzigen Hieb den Kopf ab. Der Körper des Mannes sackte in sich zusammen; sein Kopf rollte blutend über den Waldboden. Das Modell spießte den toten Schädel mit der Machete auf und schlug damit heftig gegen die Tür, die sich daraufhin knarrend öffnete. Dann fraß es den Kopf und verschwand so schnell aus meinem Blickfeld, dass ich mich zu fragen begann, ob es jemals hier gewesen war. Neugierig näherte ich mich dem Haus und blickte vorsichtig in das Zwielicht des Raumes hinein, der sich hinter der jetzt offen stehenden Tür befand. Alles hätte ich erwartet, alles, doch das nicht. Nicht hier ...

Der Uniformierte war plötzlich wieder da und er tanzte, ... oh Gott, er tanzte ...

Er tanzte tatsächlich mit einem Dämon ...

9.

Thomas Storak hatte einen Riesenschädel, ließ sich aber nichts anmerken. Er war zusammen mit einigen Kollegen den Verlockungen von Hamburgs bekanntester Amüsiermeile – der Reeperbahn – erlegen und hatte sich anschließend bei der nächtlichen Kneipentour durch die Straßen von St. Pauli einen Rausch angetrunken, der heute, am zweiten Tag des Mai 2016, immer noch ziemlich präsent war – zumindest in seinem von Schmerzen geplagten Kopf.

Storak saß in einem der spartanisch ausgestatteten Vernehmungszimmer des Landeskriminalamtes Hamburg und fuhr sich stöhnend durch das volle schwarze Haar. Der Mann, der ihm respektlos gegenübersaß, roch nach einem tierartigen Wesen, welches die Evolution noch gar nicht hervorgebracht hatte, und beschwerte sich lautstark über die seiner Meinung nach ungerechtfertigte Ingewahrsamnahme. Storak schaute mürrisch drein und versenkte den Kopf in die dünne Akte, die vor ihm auf dem Tisch lag. Um ein Haar wäre er eingeschlafen, doch dann fuhr er ruckartig hoch und brüllte sein Gegenüber mit einer Lautstärke an, die vermutlich mit der Intensität einer Flugzeugturbine hätte konkurrieren können.

»DU HÄLTST JETZT MAL DIE SCHNAUZE, DU STINKSTIEFEL!«

Der Andere wäre fast vom Stuhl gefallen, verhielt sich aber plötzlich auffallend ruhig. Storak atmete tief durch, hielt sich die Hand vor den Mund und gähnte. »Entschuldigung …!«

Er hatte nicht lange überlegen müssen, als Katzmann ihn beauftragte, die Vernehmung des Tatverdächtigen durchzuführen. Endlich eine Spur, die vielversprechend erschien. Durch Zufall hatte Brechter von dem Tätowierer erfahren, der die Hamburger Altenheime abklapperte, um seine seltsamen Dienste anzubieten.

Eine irre Geschichte, dachte Storak, doch er liebte schmuddelige Absonderlichkeiten – auch unter massivem Restalkoholeinfluss. Katzmann hatte nicht lange gefackelt und die Verbringung des Verdächtigen in das Polizeipräsidium angeordnet. Selten hatte Storak eine derartige Geschwindigkeit bei der Polizeiarbeit erlebt.

»Sie heißen Zaggy Taloser?«, fragte er emotionslos, ohne den Kopf zu heben.

»Ja. Na und, was wirft man mir vor?« Taloser wirkte heruntergekommen. Sein Alter lag vermutlich irgendwo in den Fünfzigern; die langen, grauen Haare hatte er zu einem Zopf zusammengebunden, und seine Halspartie war mit seltsamen Tätowierungen übersät.

»Komischer Name«, sagte Storak matt. »Ist das ein Künstlername?«

»Nein, ist es nicht. Das sehen Sie doch in meiner Akte.«

»Steht nicht viel drin … in der Akte«, stellte Storak

fest. »Mal einen Joint geraucht, Ladendiebstahl und mit der Sprühdose ein paar Ferkeleien an Wände gesprüht. Eben ein Künstler, was?«

»Na und?«, fragte Taloser und kratzte sich am Kinn.

»Sie sind ziemlich pleite und klappern neuerdings die Altenheime ab, nicht wahr?« Storaks Stimme gewann an Schärfe. »Was gibt's denn da zu holen? Scharf auf die alten Omis, oder was?«

»Ich arbeite als Demenz-Tätowierer«, verteidigte sich Taloser und hielt Storak seinen Arm hin. »Hier, schauen Sie. Telefonnummer auf dem Arm und solche Sachen. Das ist ja wohl nicht verboten.«

»Ich schreib dir gleich ne Telefonnummer in die Visage, du Spinner. Die vom Irrenhaus … Du glaubst doch wohl nicht ernsthaft, dass ich dir diesen Schwachsinn abnehme?«

»Wenn es nun aber genauso ist …«, beharrte Taloser und ruderte mit den Armen in der Luft herum. »Die Zeiten ändern sich eben. Heute sind ganz andere Jobs gefragt. Ich gebe ja zu, dass ich momentan etwas klamm bin. Das eigene Studio kann ich mir nicht mehr leisten, doch ich improvisier eben mit den dementen Alten und …«

»Mann, du quatschst vielleicht eine gequirlte Scheiße!«, konterte Storak. »Für mich sieht das ganz anders aus: Du verschaffst dir in den Pflegeheimen einen Überblick über die Örtlichkeiten, hörst dich überall ein bisschen um und steigst dann in der Nacht unbemerkt ein. Hab ich Recht?«

Taloser wurde kreidebleich. »Nein, Mann, mach ich

nicht«, dementierte er lautstark. »Wirklich nicht. Warum auch ... sollte ich so was machen?«

Storak schaltete einen Gang höher. Er sprang auf, beugte sich über den Tisch und starrte Taloser direkt in die Augen. »Dann bringst du einen von den Bettlägerigen um, sägst ein Arm oder ein Bein ab und klaust denen noch das Taschengeld. Vielleicht ist da ja auch noch etwas Schmuck zu holen ...?«

»Ihr sucht doch nur einen Dummen, weil ihr zu blöde seid, den wahren Täter zu finden«, fauchte Taloser abfällig. »Aber nicht mit mir. Alles Schwachsinn, was Sie da erzählen. Was sollte ich auch mit einem Bein anfangen? Können Sie mir das mal bitte erklären?«

Storak quittierte seine Frage mit einem breiten Grinsen und lehnte sich entspannt im Freischwinger zurück. »Kann ich«, antwortete er lässig. »Du konservierst das Teil irgendwie, bemalst es dann komplett mit deinen verrückten Tätowierungen ...« – er deutete auf Talosers bemalten Hals – »... und verkaufst das Ganze dann als Kunstwerk an irgendwelche reichen Spinner. So ist es doch? Perverse Sachen lassen sich immer gut verkaufen.«

Taloser hatte die Arme vor der Brust verschränkt; kleine Schweißperlen bildeten sich auf seiner Stirn. »Nein, so ist es nicht. So einen Scheiß glaubt Ihnen doch kein Mensch.«

»Es sieht schlecht für dich aus, Zaggy Taloser. Ich gehe jede Wette ein, dass wir in dem Öjendorfer Heim haufenweise DNA-Spuren von dir finden ...« Storak tippte mit dem Finger stakkatoartig auf die abgewetzte

Tischplatte »… und in den anderen Heimen bestimmt auch«, fügte er anklagend hinzu.

Taloser schüttelte den Kopf. »Natürlich findet ihr meine Spuren«, spie er verzweifelt aus. »Ich war ja dort, aber trotzdem bin ich unschuldig.«

»Als Tätowierer stichst du den Leuten doch ständig in die Haut, was?«, fragte Storak und grinste abfällig. »Da fällt es doch bestimmt nicht schwer, manchmal auch die Säge anzusetzen. Ist doch so, was?« Er machte eine Pause und fixierte Taloser, dessen coole Fassade zu bröckeln begann. »Nun komm schon, du hast jetzt die Chance, endlich reinen Tisch zu machen.«

»Völliger Bullshit! Auf den Scheiß antworte ich gar nicht mehr«, entrüstete sich der Angeklagte. »Ich will mit einem Anwalt sprechen!« Der Demenz-Tätowierer geriet zunehmend in Bedrängnis. Langsam dämmerte es ihm, dass die Polizei dringend einen Fahndungserfolg brauchte – und das um jeden Preis. Er wäre nicht der erste Fall von Justizirrtum in Hamburg und überlegte fieberhaft, wie er aus der Sache herauskäme.

Storak ignorierte Talosers Bitte nach einem Rechtsbeistand und verfiel wieder in die Rolle des akribisch ermittelnden Polizeibeamten. »Wo waren Sie denn in der Nacht vom 10. auf den 11. April dieses Jahres?«

»Zuhause.«

»Wirklich?«

»JA!«

»Zeugen?«

»Hab ich nicht, aber …«

»Wo bewahren Sie die Gliedmaße Ihrer Opfer auf? Was genau machen Sie damit? Mann, reden Sie endlich!«, forderte Storak mit Nachdruck.

»Alles Quatsch, ermitteln Sie lieber mal in Richtung RAF«, entfuhr es Taloser, der den Satz im selben Moment zu bereuen schien. »Sie liegen falsch ..., ich bin nicht Ihr Mann.«

»RAF ...?« Storak schaute ihn verduzt an.

»Rote Armee Fraktion!«

»Ja, ich weiß, was RAF bedeutet«, murmelte Storak verärgert. »Und was soll das jetzt? Ein billiges Ablenkungsmanöver, oder was? Die RAF gibt es schon seit zwanzig Jahren nicht mehr.«

»Das mag ja stimmen, aber nicht alle Mitglieder von damals wurden geschnappt. Einige sind bis heute unauffindbar.«

Wie kommt der plötzlich auf so einen Scheiß? Storak runzelte die Stirn. »Na und?«

»Einige von denen, vor allem aus dem militanten Umfeld der RAF, sind bis zum heutigen Tag noch auf freiem Fuß. Die werden immer noch vom BKA gesucht und natürlich sind diese Leute mittlerweile älter geworden – wie alle anderen auch.«

»Was wollen Sie damit andeuten?«, fragte Storak genervt. Er ärgerte sich über die plötzliche Wendung, mit der das Verhör außer Kontrolle zu geraten schien.

»... und manchmal werden diese ehemaligen Terroristen und ihre Helfer auch pflegebedürftig«, ergänzte Taloser und kniff das rechte Auge zu, so als wolle er dem Polizisten veranschaulichen, wie begriffsstutzig er eigentlich war.

Storak wurde nachdenklich. Seine Kopfschmerzen hatten sich in ein leichtes Ziehen verwandelt, dafür knurrte ihm jetzt der Magen. »Sie meinen, dass in unseren Pflegeheimen ehemalige RAF-Leute liegen?«

»Ich weiß zumindest von einem Fall.«

»Woher?«

»Ich kenne eine Menge Leute aus der Sympathisantenszene, da spricht sich so einiges rum. Ich würde jetzt nicht gerade meine Hand dafür ins Feuer legen, aber ich hab's aus verschiedenen Quellen. Würde mich schon sehr wundern, wenn das nur ein Gerücht sein sollte.«

Kaum hatte er den Satz beendet, da öffnete sich die Tür. Leonard Katzmann betrat das Vernehmungszimmer und setzte sich auf den freien Stuhl neben Storak. Der Leiter der Soko hatte die Vernehmung im Nebenraum verfolgt und war hellhörig geworden, als Taloser die RAF ins Spiel gebracht hatte.

»Und wenn es so wäre?«, mischte sich Katzmann in das Gespräch. »Warum sollte jemand aus der alten RAF-Szene eine derartige Tat begehen? Was hätte er davon? Politisch motiviert sieht das Ganze ja nun wirklich nicht aus.«

Taloser sah den Hinzugekommenen grinsend an. »Man munkelt, dass aus der Zeit des terroristischen Untergrundes eine Menge Kohle übrig geblieben ist. Vielleicht auch Diamanten und ein Batzen Gold, das noch irgendwo versteckt sein muss. Diverse Geheimdienste haben die RAF damals logistisch und finanziell unterstützt – und zwar massiv. Außerdem gab es Einnahmen durch die Banküberfälle.«

Storak pfiff laut. »Ja und?«, fragte er neugierig.

»Vielleicht täuscht da jemand einen verrückten Serienkiller vor, um von dem wahren Motiv abzulenken. In Wirklichkeit ist es die RAF-Kohle, an die er unbedingt ran will.«

»Ziemlich gewagte Hypothese«, sagte Katzmann. »Wenn da was dran wäre, könnten *Sie* zum Beispiel jemand sein, der ein Interesse an dem RAF-Schatz hat. Sie scheinen ja Bescheid zu wissen.«

»Dann hätte ich Ihnen wohl kaum davon erzählt.«

»Der will doch nur von sich ablenken«, sagte Storak misstrauisch und verfiel in eine nachdenkliche Bewegungslosigkeit, während er Katzmann anstarrte. Nach einigen Minuten des Schweigens beugte sich Katzmann zu Storak hinüber und flüsterte ihm ins Ohr: »Wir müssen der Sache nachgehen, Thomas. So was Verrücktes kann man sich gar nicht ausdenken.«

Storak nickte müde.

Enttäuscht musste er sich eingestehen, dass Katzmann wohl Recht hatte. Als die RAF im Jahr 1998 ihre Selbstauflösung verkündete hatte, war Storak noch nicht einmal in den Polizeidienst eingetreten, doch auch die Beamten seines Jahrgangs verfügten hinsichtlich des Terrorismus in Deutschland über ein solides Grundwissen, auf das sie jederzeit zurückgreifen konnten. Die Rote Armee Fraktion: eine linksextremistische terroristische Vereinigung, die Anfang der siebziger Jahre in Deutschland gegründet wurde. Die Gruppe um Andreas Baader, Ulrike Meinhof und Gudrun Ensslin bildete die erste Generation von Terroristen, die sich nach südamerikanischem Vorbild selbst als Stadtguerilla bezeichnete. Der bewaffnete Kampf als höchste Form des Klassenkampfes: gegen den Kapitalismus, gegen den US-Imperialismus und den Vietnamkrieg, radikal bis in den Tod.

Zwei weitere Generationen sollten folgen. Insgesamt gingen vierunddreißig Morde auf das Konto der meistgesuchten Verbrecher Deutschlands. Selbstverständlich wurde die RAF seinerzeit finanziell unterstützt, sonst hätten diese durchgeknallten Spinner keine vier Wochen überlebt. Gewiss gab es zahlreiche ausländische Einflüsse, die ein großes Interesse an der Destabilisierung der damaligen BRD hatten und denen keine Summe zu hoch gewesen war, um ihre anvisierten Ziele zu erreichen. Nicht alle Täter von damals sind gefasst worden. Terroristen und Sympathisanten leben noch heute unter uns – einige von ihnen mit gefälschten Papieren und unter neuer Identität. Vermutlich zehren sie von den Reichtümern, die sie damals angehäuft hatten, doch wo war das Geld? Sicher nicht auf einem Konto bei der Sparkasse!

Storak wurde nachdenklich. Die Verbrecher aus der Terrorszene wurden älter – wie alle anderen auch. Was war so abwegig daran, dass der eine oder andere Terrorist aus den siebziger Jahren sein Dasein bereits in einem Pflegeheim fristete?

Sein Blick fiel auf den Tätowierer. »Sie sind da noch nicht raus, Herr … äh, Taloser«, sagte er vage. »Wir werden Ihre Angaben überprüfen. Welches Heim?«

»Was?« Taloser schreckte auf und schaute sich verunsichert um.

»Sie sagten, Sie hätten Kenntnis von einem pflegebedürftigen Ex-Terroristen. In welchem Heim liegt der momentan?«

Die Frage traf ihn wie eine Ohrfeige. »Ich ..., keine Ahnung. So genau ...«

»Okay, ich habe keinen Bock mehr auf diesen Scheiß«, sagte Storak genervt. »Dann zeigen Sie uns mal den Gewerbeschein, die Steuererklärung, Führungszeugnis: sämtliche Papiere eben. Ach ja ... und die Bezugsquellen von den Farben, mit denen Sie arbeiten. Unbedenklichkeitsbescheinigung hierfür, und selbstverständlich den Nachweis über die Einhaltung der Hygienevorschriften. Und da wir gerade dabei sind, bitte auch ...«

»Es ist das Pflegeheim in Hamburg-Wandsbek, Hopfenbachstraße«, sagte Taloser resigniert.

»Zimmer?«

»Mann, ich bin mir nicht sicher!«, stöhnte Taloser.

»Die Zimmernummer!«, beharrte Storak.

»Äh ..., zweiunddreißig, soweit ich mich erinnere.«

»Das war's. Sie hören von uns.«

10.

Die Untoten verfolgten ihn auf Schritt und Tritt. Gehetzt blickte er sich um und beschleunigte seine Schritte, um im nahen Wald Zuflucht zu finden. Die stolpernde Horde hatte sich bereits bis zur Abzweigung der Straße vorangearbeitet, und aus den angrenzenden Häusern kamen immer mehr Untote hinzu, die nur ein Ziel zu kennen schienen: frisches Menschenfleisch.

Voller Grauen bemerkte er, dass Männer, Frauen und sogar Kinder unter den lebenden Toten waren, die sich in ihrer maßlosen Gier gegenseitig zu Fall brachten, um sich dann zuckend wie ein Spastiker wieder in Bewegung zu setzen.

Panisch lief er in den Wald hinein, doch die erhoffte Sicherheit täuschte. Überall schienen sie auf ihn zu warten. Wo er auch hinblickte: ihre entstellten Gesichter mit den weit aufgerissenen, zähnefletschenden Mäulern lauerten hinter jedem Baum.

Es sind so furchtbar viele!

Mit grotesken Bewegungen stolperten sie grunzend und scheinbar planlos durch das Gehölz, doch der Geruch nach frischem Menschenfleisch lenkte die Meute immer wieder auf die richtige Fährte. Die Hetzjagd führte ihn immer tiefer in den Wald, und als er sich dazu entschlossen hatte, in die Krone einer hohen Buche zu flüchten, entdeckte er die alte Hütte versteckt zwischen den Tannen.

Ein robustes Holzhaus, das mir Schutz gewähren wird, dachte er hoffnungsvoll, doch zu seiner großen Enttäuschung war die schwere Eichentür verriegelt. Auch der Versuch, sie gewaltsam zu öffnen, misslang. Die Dämmerung hatte bereits eingesetzt, und aus den aufkommenden Nebelschwaden sah er die Silhouetten der Untoten auf sich zukommen.

Panik breitete sich in ihm aus.

Ihr grunzendes Rumoren wurde lauter; es schien keinen Ausweg mehr zu geben. Aus allen Richtungen kamen sie auf ihn zugewankt, die Arme gierig nach vorne gerichtet. Ihm wurde speiübel. Ätzende Magensäure schoss in seinen Rachen, sodass er kraftlos auf die Knie sank, um das üble Gemisch herauszuwürgen. Alles in ihm schien sich zu verkrampfen; sein Gehirn wurde nur noch von einer Botschaft überflutet: *Kotz dich endlich aus!*

Urplötzlich gewann der Würgereflex die Oberhand und sein Mageninhalt ergoss sich schwallartig auf den feuchten Waldboden. Er musste husten; irgendetwas war in seinem Hals stecken geblieben. Die Angst, ersticken zu müssen, beflügelte seine Anstrengungen, und nachdem er ein letztes Mal einen wässrigen Schwall einer übel riechenden Flüssigkeit aus seinem Magen heraufbefördert hatte, fiel etwas Längliches, Hartes aus seinem Mund in die Lache aus Kotze hinein. Obwohl ihn die geifernde Horde fast erreicht hatte, erregte der seltsame Gegenstand seine Aufmerksamkeit. Ungläubig fingerte er einen schwarzen, altmodisch aussehenden Schlüssel aus der trüben Flüssigkeit heraus, an dem noch sein Erbrochenes klebte.

Sein Blick fiel auf die Tür.

Hektisch wischte er den Schlüssel an seiner Jacke ab und prüfte kurz entschlossen, ob das Unglaubliche tatsächlich Wirklichkeit werden könnte. Ein kurzes Knacken, dann öffnete sich die Tür im letzten Moment und er befand sich in Sicherheit.

Zwielicht. Flackernde Neonlampen an der Decke tauchten den Raum alle paar Sekunden in ein gespenstisches Licht, das es ihm erlaubte, sich vorsichtig zu orientieren. In der Ferne konnte er hören, wie sich die Untoten die Fingernägel an der Holztür abbrachen, doch nachdem er sich tastend in den Raum hineingewagt hatte, verstummten ihre selbstzerstörerischen Anstrengungen und es erklang ein verzerrtes Geigenspiel, das ihn an experimentelle klassische Musik erinnerte. Das flackernde Licht gewährte ihm nur eine unzureichende Sicht, doch er konnte spüren, dass sich noch etwas anderes in diesem Raum aufhielt. Trippelnde Schritte zum Takt der Musik, das Knistern von Kleidung, die aneinander gerieben wurde, und der keuchende Atem einer Angst einflößenden Kreatur erregten seine Aufmerksamkeit. Plötzlich schälte sich ein tanzendes Paar aus der Dunkelheit hervor.

Was geht hier vor?

Das Duo drehte sich im Kreise, verschwand immer wieder in der Finsternis und tauchte dann unvermittelt an einer anderen Stelle wieder auf. Es fiel ihm schwer, ihre Gesichter zu erkennen. Der Reigen war geprägt von stürmischer Ausgelassenheit, und erst als sich die beiden in seiner unmittelbaren Nähe zum

Klang der seltsamen Musik drehten, erkannte er voller Schrecken die abscheuliche Wahrheit.

Die tanzende Frau war seine Mutter. Mit geschlossenen Augen gab sie sich hingebungsvoll ihrem Partner hin, der ein Dämon zu sein schien. Auf seinem scharlachroten Kopf wuchsen seltsam verrenkte Hörner, die sich von den Schläfen nach oben streckten. Die Augen schimmerten schwarz, seine fleckige Haut war übersät mit runzeligen Malen, und als er grinsend den Schlund öffnete, offenbarte sich eine Reihe langer und spitzer Zähne.

»Ich werde sie heute noch ficken«, sagte der Dämon mit hämischer Fratze, als er mit seiner Mutter in den Klauen an ihm vorbeitanzte. Sein riesiger, erigierter Penis schlug ihr dabei immer wieder gegen die nackten Oberschenkel. »Willst du dabei zusehen, wie ich es ihr besorge? Willst du ihr wollüstiges Stöhnen hören?«

Um Gottes willen!

Panisch ergriff er die Flucht und stolperte orientierungslos durch die Schwärze des Raumes. Er stieß gegen Wände, tastete nach einer Tür und hielt sich die Ohren zu, als er das höhnische Lachen des Dämons hinter sich wahrnahm. Hektisch bekam er eine Klinke zu fassen, öffnete die Tür und betrat einen fensterlosen Raum, der ihn an eine Werkstatt erinnerte. Still hielt er inne und blickte sich erschöpft um.

Dies ist sein Refugium, dachte er fasziniert. *Hier verarbeitet der Altenheim-Mörder seine Trophäen.*

Er konnte nicht sagen, woher er die Gewissheit für seine Behauptung nahm, doch es gab keinen Zweifel.

Dies war die Höhle des Löwen, und das perverse Schwein, das die Körperteile stahl, saß genau vor ihm an einem Tisch, auf dem ein eingeschalteter Laptop stand. Der Mann schien ihn nicht zu bemerken; seine ganze Aufmerksamkeit galt dem Video, das auf dem Bildschirm zu sehen war. Auf leisen Sohlen näherte er sich ihm und blickte dem unheimlichen Mörder neugierig über die Schulter.

Großer Gott, ich kenne diese Frau in dem Film.

Sie war sehr alt und schien zu schlafen, doch jemand hatte sich in ihr Zimmer geschlichen. Jemand, der sie betäuben und dann umbringen würde, jemand, der ihr das Bein absägen würde, jemand, der …

Ungläubig starrte er über die Schulter des Mannes und verfolgte die Geschehnisse in dem Film. Etwas gezacktes, metallisches schob sich vor das Gesicht der alten Frau. Er sah eine unbeschreibliche Panik in den Augen der Alten aufkeimen und wollte sich abwenden, doch dann …

BROTOX, da steht BROTOX! Es ist … Ich muss es mir unbedingt … ich darf es nicht vergessen!

Urplötzlich wurde ein Areal in seinem Gehirn aktiviert, das an den momentanen Erlebnissen bisher nicht beteiligt war. Verwirrt dachte er darüber nach, was so wichtig daran sei, dieses Wort auf keinen Fall zu vergessen, da geschah etwas völlig Unerwartetes. Der Mann an dem Tisch – das Monstrum mit der Knochensäge – drehte sich in seine Richtung und blickte ihm in die Augen. Fassungslos schreckte er zurück und begann zu schreien. Es war sein eigenes Antlitz, in das er befremdet blickte und das ihm plötzlich eine absonderliche Frage stellte, während sich die Hand des Mörders um seine Kehle legte.

»Willst du etwas von meinem Elixier, oder willst du mit dem Teufel tanzen?«

Obwohl sich der Griff um seinen Hals verfestigte, schrie er sich die Lunge aus dem Leib.

Das Kreischen einer Frau gesellte sich hinzu. Langsam begann Daniel Brechter zu realisieren, dass die lautstarken Aufforderungen der Frau aus einer erwachten Realität zu kommen schienen, während seine eigenen Schreie noch immer in dem Traum widerhallten, in dem er auf den Altenheim-Mörder gestoßen war.

»WACH AUF, DANIEL! WACH ENDLICH AUF!«, schrie Clara Sommer immer wieder verzweifelt, da ihr Freund sie nicht zu hören schien. »DU HAST EINEN ALBTRAUM, KOMM ENDLICH ZU DIR!«

Verschlafen verließ sie das gemeinsame Bett, tapste unsicher auf Daniels Seite und verpasste ihm einige heftige Ohrfeigen, die ihn aus der Traumwelt, in der er gefangen war, herauskatapultieren sollten.

»Daniel, aufwachen! Hallo, hör auf zu schreien, du träumst nur! Gib endlich Ruhe, Mann!«

Daniel Brechter reagierte nur langsam. »Was … ich weiß nicht … was ist denn bloß …?«

Clara war müde, gereizt und stinksauer. Der Vorfall hatte ihr die Zornesröte in das Gesicht getrieben, die langen schwarzen Haare lagen kreuz und quer über den Kopf, und unter ihren Augen hatten sich dunkle Ringe gebildet. »Weißt du überhaupt, wie spät es ist? Drei Uhr morgens. Du brüllst hier das ganze

Haus zusammen ... mit deinen Scheiß-Träumen. Du müsstest dich mal gehört haben!«

Daniel hatte zwischenzeitlich die Traumwelt verlassen und rieb sich gähnend die Augen. »Verdammt«, sagte er. »Tut mir leid, aber da ist etwas ...«

»Es tut dir leid? Mann, so ein verdammter Mist! Du machst mir Angst. Ehrlich, geh lieber mal zu einem Arzt und lass dich untersuchen. Das ist doch nicht mehr normal, Daniel.«

»Hast du mal einen Schreiber und einen Zettel?«, fragte Daniel benommen und setzte sich auf die Bettkante. »Wie hieß das noch? Äh ...«

»Wie bitte? Du hast sie ja nicht mehr alle«, antwortete Clara entrüstet. »Nimm dein Bett und geh ins Gästezimmer. Ich brauche meinen Schlaf.«

»Ich kann ja schließlich nichts ...«

»Und hör endlich auf, dir diese bescheuerten Horrorfilme anzusehen«, unterbrach Clara Daniel. »Da muss man ja krank im Kopf von werden.«

»Und deine Essstörungen? Was ist damit? Da ist der Fernsehkoch dran schuld, oder was?«

»Lass mich in Ruhe.«

Daniel nahm das Bettzeug und schlich sich dumpf davon. Während er das Gästezimmer betrat und nach einem Notizzettel suchte, murmelte er immer wieder dieses Wort.

... *BROTOX, BROTOX, BROTOX ...*

11.

Hartnäckigkeit zahlte sich aus. Das richtige Timing war ebenfalls ein nicht zu unterschätzender Faktor, zumal es um viel Geld ging – außerordentlich viel. Bei Schichtwechsel war das Pflegepersonal beschäftigt; dreißig Minuten Zeit, um einer alten, dementen Frau die richtigen Antworten zu entlocken. Notfalls auch mit Gewalt.

Anna Grablow betrat das städtische Pflegeheim in Hamburg-Wandsbek am Mittwoch um 13:30 Uhr und schlich sich ungesehen an der Pförtnerkabine vorbei. Hinter dem Tresen saß ein dicker Mann mit Schnauzbart auf einem wackeligen Holzstuhl, der gelangweilt in einer Zeitung herumblätterte. Grablow besuchte ihre Freundin aus alten Tagen bereits seit Wochen, doch sie kam immer unregelmäßig und achtete sorgfältig darauf, möglichst ungesehen in das Zimmer von Ingelore Brechter zu gelangen. Die eigenwillige Frau bewegte sich zielstrebig durch die sterilen Flure des alten Gebäudes, bis sie vor der grauen Holztür stand, hinter der sich das Zimmer zweiunddreißig befand. Es handelte sich um eines der wenigen Einbettzimmer mit eigener Nasszelle. Ein Glücksfall für die Grablow, denn bei dem, was sie bei ihren Besuchen herausfinden wollte, konnte sie keine Zeugen gebrauchen, schon gar nicht, wenn sich ihre Vermutung bestätigen sollte.

Als die 75-Jährige mit den hellbraunen, hochgesteckten Haaren und dem unscheinbaren, grauen Tweedmantel – unter dem sie ihr Hippie-Kleid versteckte – das Zimmer betrat, schaukelten die zahlreichen Modeschmuck-Ketten, die sie um den Hals trug, im Rhythmus ihrer Bewegungen sachte hin und her.

»Ingelein, Besuch für dich«, rief die Grablow mit rauchiger Stimme, deponierte ihren Mantel an dem Kleiderhaken hinter der Tür und stellte ihre farbenfrohe Handtasche auf den kleinen Tisch, der unter dem Fenster stand.

Ingelore Brechter verbrachte die meiste Zeit des Tages in dem hölzernen Pflegebett, das an der einzigen freien Wand des kleinen Raumes stand. Das Bett verfügte über eine elektrische Höhenregulierung, doch das Personal hatte das Bedienteil blockiert, da die Demente ständig damit herumspielte. Wie üblich dämmerte sie im Halbschlaf vor sich hin und gab summende Geräusche von sich.

Als sie vor drei Jahren eingeliefert wurde, gab es seitens der Pflegedienstleitung zahlreiche Versuche, die demente Frau mit einer sinnvollen Beschäftigung in den Heimalltag einzubinden, doch aufgrund ihrer zunehmenden Verweigerungshaltung sah sich das Pflegepersonal genötigt, das ungewöhnliche Verhalten von Frau Brechter zu respektieren.

»Wer … ist denn da?«, fragte sie misstrauisch und warf einen ängstlichen Blick auf die Besucherin, die sich mittlerweile auf einen der zwei Stühle gesetzt hatte, die in dem spartanisch eingerichteten Zimmer zur Verfügung standen.

»Deine Freundin aus alten Tagen. Na komm, du erinnerst dich doch, oder? Ich bin's, die Anna.«

»Anna …? Haben wir damals zusammen gespielt, als uns die Bomben auf den Kopf fielen?«

»Ja, natürlich«, log die Grablow voller Überzeugungskraft. »Wir sehen uns jetzt öfter, nicht wahr? Ich komm dich besuchen, so oft ich kann. Du erinnerst dich, Liebes?«

»Du wolltest mir doch etwas mitbringen?«

»Richtig. Du hast es nicht vergessen, ich bin stolz auf dich, Inge, doch vorher erzählst du mir alles, nicht wahr? So hatten wir es bei meinem letzten Besuch abgemacht. Du erinnerst dich doch an unsere Vereinbarung? Du hast es geschworen, Ingelein, da musst du jetzt auch dein Versprechen einhalten, sonst passiert etwas Schlimmes. Und das willst du doch nicht, Inge, oder?«

Ingelore nahm eine Zahnbürste von der Kommode und begann, sich damit die Haare zu kämmen. »Nein, aber … ein Versprechen? Ich kann mich nicht erinnern.«

Anna Grablow hatte in den letzten Wochen viel Zeit und Geduld investiert, um das Langzeitgedächtnis von Ingelore Brechter anzuzapfen. Es war außerordentlich schwierig, die *lichten* Momente der dementen Frau zu erkennen und korrekt zu interpretieren, aber die Grablow war pleite und sah nur noch eine Möglichkeit, den finanziellen Ruin abzuwenden. Ihre Bestrebungen zielten darauf ab, in den Besitz wichtiger Informationen zu gelangen, doch dazu musste sie lernen, wie ihre demente Freundin *tickte*. Welche Erinnerungen beruhten auf Tatsachen, auf welche Weise gelang es am ehesten, sie zum Reden zu bringen, bei welcher Gelegenheit wurde sie aggressiv, wann litt sie unter Wahnvorstellungen? Die Anstrengungen hatten sich gelohnt; mittlerweile hatte die Grablow eine recht gute Vorstellung davon, welche Methode die effektivsten Ergebnisse erzielte.

»Hat Daniel dich auch mal wieder besucht?«, fragte sie beiläufig.

»Morgen gibt es Kohlrouladen. Die hab ich früher auch immer gemacht.«

Anna Grablow improvisierte. »Ja, genau. Die besten, die ich je gegessen habe. Hat Daniel sie auch gemocht? Haben sie ihm geschmeckt?«

»Ich … weiß nicht.«

»Und Wolfgang? Wie war das mit Wolfgang?«, wollte Anna wissen. »Er hat dir wohl nie verziehen?«

Ingelore schwieg eine Weile, plötzlich sagte sie erregt: »Wolfgang hat mich besucht.«

Annas Augen begannen zu leuchten. »Wolfgang war hier? Wann war das?«

»Er war hier und … er hat … er war so seltsam.«

»Was wollte er denn von dir, Inge? Habt ihr euch wieder vertragen?«

»Er hat mich nicht lieb. Ich habe Angst vor ihm, große Angst. Er ist ein dunkler Mann.«

»Aber er ist doch dein …«

»Er wohnt jetzt wieder am Moorwald in dem Haus von Oma.«

Annas Pulsschlag erhöhte sich. Sollte es wirklich so einfach sein? Sie hatte den Namen *Wolfgang* schon des

Öfteren erwähnt, doch Ingelore hatte bisher nicht darauf reagiert. Warum jetzt? Plötzlich bekam sie die Informationen, die sie seit Wochen mühsam aus ihr herauskitzeln wollte, ohne große Anstrengungen.

Was spielt sich bloß in den kranken Köpfen von Dementen ab? »Sag bloß in Großseedorf?«

»Warum bist du hier, Anna?«

»Ich … ich mache mir nur Sorgen um dich. Ich geh zu Wolfgang und sage ihm, dass er dich nicht mehr besuchen soll, ja?«

»Ja, sag ihm, ich habe Angst vor ihm. Ich will ihn nicht mehr sehen. Nie mehr.«

»Wo wohnt er denn jetzt? Wo soll ich hingehen? Ist es das alte Haus am Moor, wo wir beide …?«

»Ja, in Großseedorf. Da wohnt er. Was meinst du? Ist er noch böse auf mich … wegen damals?«

Anna ignorierte die Frage. »Und wovon lebt Wolfgang? Macht er noch diese schlimmen Sachen?«

»Nein, Wolfgang macht so was nicht. Wolfgang war immer lieb, nur die Revolution hat ihn verdorben. Ja …, das hat sie.«

»Ja, du hast Recht, er soll doch aber genug zu essen haben, nicht wahr? Und er braucht auch Geld, um das schöne alte Haus zu erhalten.«

»Ja. Er hat mir erzählt, dass er das Geld gefunden hat. Viele *Krüger* und andere Sachen. Er hat schon lange genug zu essen. Er hat ausgesorgt, sagte er.«

»Die Erddepots der dritten Generation? Meinte er die?«, fragte Anna monoton. Sie musste sich mächtig beherrschen, um nicht in euphorische Jubelgesänge auszubrechen.

»Ja, er hat jetzt alles, sagte er, doch ich darf es niemandem weitererzählen. Und er geht wieder so gerne tanzen. Ich freue mich für ihn. Vielleicht wird uns am Ende auch noch vergeben. Der Herr vergibt uns doch, oder?« Ingelore zeigte mit dem Finger nach oben und warf ihr einen beschämten Blick zu.

»Bestimmt«, antwortete Anna und betrachtete Ingelore mit einem Blick, als wollte sie sagen, *Ingelein, wenn es wirklich einen Gott geben würde, dann kann er nur ein voyeuristisches Arschloch sein.* »Uns wurde schon vergeben. Außerdem haben wir uns nichts vorzuwerfen, Inge. Wir waren die Vorkämpfer. Der Kommunismus ist das einzige wirksame Mittel gegen die Ausbeutung. Schau dich doch nur um, Inge, wohin uns der Kapitalismus geführt hat.«

»Ob heute wieder die Bomben fallen? Vielleicht gehen wir lieber in den Keller.«

Anna schwieg eine Weile. »Wir bleiben lieber hier, das ist sicherer«, antwortete sie schließlich. Sie ging zur Tür, nahm sich unterwegs den anderen Holzstuhl und klemmte ihn unter die Türklinke, sodass von außen niemand hereinkam. »Jetzt können sie uns nichts mehr tun. Das ganze dreckige Pack muss draußen bleiben.« *Und was ich wissen wollte, weiß ich jetzt.*

»Auch die politische Polizei?« Ingelore schaute sie fragend an.

»Auch die, keiner kommt hier rein. Wir sind unter uns. Jetzt zeige ich dir, was ich mitgebracht habe.«

»Ich habe Durst.«

Anna zupfte zwei Latexhandschuhe aus einer auf dem Nachttisch stehenden Box, zog sie an, öffnete ihre

Handtasche, beförderte mit der Linken eine schwarze Pistole und mit der Rechten einen Schalldämpfer an das Tageslicht und begann, den Aufsatz auf den Lauf der Pistole zu schrauben.

»Du erinnerst dich, Inge? Wir hatten beide damals die gleiche Beretta. In Jordanien beim Training ist uns das Schießeisen so richtig ans Herz gewachsen, nicht wahr? Und zurück in Deutschland hatten wir sie ständig dabei. Ohne das Ding ging gar nichts, nicht wahr? War doch immer ein geiles Gefühl. Ich hab immer noch ein paar hübsche Schießeisen in einem sicheren Versteck – allerdings auch andere Modelle.«

Ingelore verzog angewidert das Gesicht. »Was machst du da, Anna?«

»Wir spielen ein Spiel, so wie früher.«

»Ich spiele nicht mit dir.«

»Nun stell dich nicht so an«, sagte Anna und lächelte. »Du musst doch noch wissen, was wir damals für einen Quatsch mit den Knarren gemacht haben? Auch im Bett …«

»Bitte hör auf, Anna, bitte. Ich will das nicht …«

»Ach komm schon, Inge. Wir waren eben jung und geil, oder etwa nicht? Der lange Lauf einer stahlharten Pistole zwischen den Schenkeln, das war doch überaus erregend. Soweit ich mich erinnere, hattest du die geniale Idee, den Schalldämpfer mit Vaseline einzureiben.«

Ingelore drehte den Kopf zur Wand und fing an zu singen. »Ein Männlein steht im Walde … ganz still und stumm …«

»Einmal haben wir uns den langen Lauf auch in

den Mund gesteckt, weißt du noch, und dann so getan, als würden wir russisches Roulette spielen. Wir haben uns dabei über die Männer aus der Gruppe lustig gemacht. Die haben es immer genossen, wenn wir ihnen ab und zu solche geilen Geschichten erzählt haben, was? Waren ganz wild darauf, die Schweine.«

»... es hat von lauter Purpur ein Mäntlein um ... Sagt, wer mag das ...«

»Komm schon, Inge. Du hast doch früher auch gern jeden Scheiß mitgemacht, gib's doch zu. Weißt du noch, als du mal mit Andreas in der Kiste gelandet bist? Gudrun hätte dich fast erschossen, als sie Wind von der Affäre bekam. Ich hab dich damals kurzzeitig versteckt. So gesehen hab ich dir sogar das Leben gerettet, aber für mich hat sich ja damals kaum einer interessiert. Ich durfte immer nur die Kohlen aus dem Feuer holen ...«

»... sagt, wer mag das Männlein sein, das da steht im Wald allein ...«

»Komm, Inge, wir spielen eines der geilen Spiele noch einmal. Los, nimm das Teil in den Mund.«

Anna umfasste Inges Kinn, zog es zu sich herum und drückte ihr fest auf die Wangen, sodass sich ihre Lippen öffneten. Sie steckte ihr den Pistolenlauf in den Mund und ergriff nacheinander die zitterigen Hände der alten Frau, um sie um den Griff der Waffe zu legen.

»Na komm schon, halt sie schön fest. Und? Wie fühlt sich das an? Ist doch geil, nicht wahr?

Ingelore konnte nur noch ein angstvolles Stöhnen von sich geben.

»Los, Inge, so wie in alten Zeiten. Lass uns ein Spiel spielen. Komm, wir denken uns verrückte Sachen aus, das hat dich doch immer so angemacht. Geilheit hat nichts mit dem Alter zu tun, findest du nicht auch?« Anna führte Inges Hände und platzierte dabei den Zeigefinger der Dementen um den Abzug der Waffe.

»Los, komm, Inge, denk dir mal was neues Versautes aus. Irgendein irres Spiel, bei dem die Männer verrückt geworden wären. Du kannst dich doch erinnern, oder? Wir wollten alle Grenzen überschreiten, nicht wahr? Wir waren vogelfrei und voller Adrenalin. Wir wollten radikal und mutig sein, wir wollten die Welt verändern und …«

Inge wollte schreien, doch sie brachte nur ein gurgelndes Stöhnen hervor, das abrupt endete, als Anna Inges Finger krümmte, der dadurch den Abzug der Waffe betätigte. Die 9-mm-Kugel der Beretta bohrte sich durch Ingelores Gehirn, durchschlug ihre Schädeldecke, zerfetzte das Kopfkissen und blieb in der Antidekubitusmatratze stecken, die die Pflegedienstleitung zur Vermeidung von Druckstellen bewilligt hatte.

Anna Grablow blieb noch eine Zeit lang still sitzen und wartete, bis das Zittern ihrer Hände nachließ. Sie kam sich selbst fremd vor in ihrem Körper und stellte voller Verwunderung fest, dass sie kein Mitleid empfinden konnte. Sie hatte die Tat mehr oder weniger spontan verübt und befürchtet, dass ihr der Arsch auf Grundeis gehen würde, doch da war lediglich eine grenzenlose Leere in ihrem Kopf.

Ich hatte keine Wahl. Irgendwann hätte sie die Geschich-

te sogar dem Pförtner erzählt.

Ihr Blick fiel auf die Waffe.

So sieht es eindeutig nach Selbstmord aus.

Sie stand auf, ließ die Latexhandschuhe in ihrer Handtasche verschwinden und verließ das Zimmer, ohne sich umzudrehen.

»Sei froh, Ingelein. Du hast den ganzen Scheiß hinter dir«, flüsterte sie zu sich selbst, während sie den menschenleeren Gang entlangging.

Ich hab dich wieder mal gerettet.

12.

Fahndungslisten, Vorstrafenregister, AFIS, Interpol: Überall das Gleiche – keine Auffälligkeiten. Nichts, das sein Misstrauen bestätigen würde. Sie hatte kein Auto, stand nicht im Telefonbuch und auch die Eingabe ihres Namens im Internet brachte keine brauchbaren Treffer zutage.

Anna Grablow schien eine völlig unscheinbare Frau zu sein. Immerhin hatte Daniel Brechter herausbekommen, dass die ältere Dame bereits seit vielen Jahren in Hamburg gemeldet war, doch als er ihre Spur zurückverfolgen wollte, kamen seine Recherchen ins Stocken. Vor der Wende hielt sie sich zeitweise in Ost-Berlin auf, konnte sich dann aber anscheinend bereits Anfang der Siebziger in den westlichen Teil der Stadt absetzen. Momentan lebte sie in einem der alten Mietshäuser in Hamburg-Horn. Das Quartier war heruntergekommen, die Häuser aus der Nachkriegszeit sanierungsbedürftig und das Stadtbild geprägt von bunt besprühten Wänden und einem hohen Ausländeranteil.

Hm ... sie lebt in einer Einzimmer-Wohnung, vermutlich am Rande des Existenzminimums, dachte Brechter grübelnd. *Eine Finanzspritze käme ihr sicher nicht ungelegen. Vielleicht ist sie deswegen ständig bei Mutter und ...*

Er verwarf den Gedanken daran sofort wieder, denn die Ersparnisse seiner Mutter waren bescheiden.

Für die Beerdigung würde es reichen, doch ansonsten besaß sie nichts, das für die Grablow von Interesse sein könnte. Es sei denn ...?

Vielleicht hatte Evelyn Recht gehabt? Vielleicht gab es etwas anderes, das sich zu Geld machen ließ. Eine Information? Doch was könnte das sein?

Frustriert schüttelte er den Kopf und ärgerte sich über seine misstrauische Grundeinstellung, die er sich im Laufe seines beruflichen Werdegangs als Polizist zugelegt hatte – unfreiwillig.

Vermutlich ist sie nichts weiter als eine alte Freundin, die es gut meint.

Brechter sah auf die Uhr: zehn. Zeit für die Frühstückspause, doch daraus schien heute nichts zu werden. Katzmann hatte ihn bereits vor zwei Stunden zu einem Gespräch in sein Büro geladen – unter vier Augen. Den Andeutungen zufolge, die er am Telefon gemacht hatte, ging es unter anderem um das von Storak durchgeführte Verhör mit diesem seltsamen Tätowierer. Es gab noch keine internen Informationen über den Inhalt des Verhörs, und Brechter wunderte sich, warum Katzmann ausgerechnet mit ihm über diese Sache sprechen wollte – und zwar allein.

Beabsichtigte der Leiter der Soko, sich bei ihm für den Tipp mit dem Tätowierer persönlich zu bedanken? Oder konnte er bereits einen Fahndungserfolg präsentieren, zu dem es vorab noch Klärungsbedarf gab? Vielleicht ein Spezialauftrag, eine delikate Observation oder ... hatte er irgendetwas verbockt? Argwöhnisch überlegte Brechter, was Katzmann eigentlich von ihm wollen könnte.

Völliger Quatsch!

Vermutlich würde er ihn nur über den Verlauf des Verhörs aufklären. Außerdem war Katzmann sicher erpicht darauf zu erfahren, wie der zwischenzeitliche Stand der Ermittlungen war, die nach dem Gespräch mit dem Polizeipsychologen eingeleitet worden waren. Viel Arbeit, da es in dem festgelegten 30-km-Radius um Hamburg eine Menge kleiner Ortschaften gab, deren Polizeidienststellen im Rahmen der Amtshilfe kontaktiert werden mussten. Immerhin lag bereits eine Liste mit Künstlerateliers und abseits gelegenen Werkstätten vor, die allerdings noch mit den zuständigen Gemeindeverwaltungen abgestimmt werden musste.

Spontan musste er an Clara denken.

Ihre Vorwürfe hallten noch in seinen Ohren. Der Albtraum, aus dem er schreiend erwacht war, schien sie ziemlich aus der Fassung gebracht zu haben. Eine übertriebene Reaktion? Seit zwei Nächten schlief er im Gästezimmer und vermied es, den von ihm bevorzugten Spezialkanal mit den Horrorfilmen einzuschalten.

Sie wird sich schon wieder einkriegen, dachte er zuversichtlich. *Clara ist eben empfindlich. Kein Wunder, bei diesem Arschloch von Vater.*

Der Traum war allerdings beängstigend gewesen. So etwas Ungewöhnliches hatte er bisher noch nicht erlebt, zumal die Erinnerung daran noch überaus präsent war. Er öffnete die Schublade seines Schreibtisches und entnahm einen Zettel, auf dem er dieses seltsame Wort notiert hatte.

Es war nur ein Traum!

Dennoch lief es ihm kalt den Rücken runter.

Er war *ihm* begegnet. In diesem dunklen Kellerraum hatte er dem Altenheim-Mörder über die Schulter geblickt. Er hatte mitverfolgen können, wie dieser skrupellose Verbrecher ein Video seiner letzten Tat ansah. Die alte Frau – das Opfer –; er konnte sie genau erkennen. Schließlich hatte er die Fotos vom Tatort gesehen. Und dann plötzlich diese Wort …

BROTOX … Was soll das bedeuten?

Wie sollte das möglich sein? Warum fühlte er diese Gewissheit, eine reale Szene beobachtet zu haben? Eine telepathische Verbindung zu dem Killer, oder war er tatsächlich drauf und dran, den Verstand zu verlieren? Vielleicht wäre ein Gespräch mit Bollweidenthaler von Nutzen? Sicher könnte er sich dem ehemaligen Polizeipsychologen anvertrauen. Brechter nahm die Brille ab und rieb sich die Augen.

Was für ein hirnverbrannter Blödsinn!

Er war es gewohnt, irrwitzige Sachen zu träumen, manchmal sogar in diesen bizarren Wachanfällen, in denen er dazu verdammt war, im paralysierten Zustand furchterregende Halluzinationen zu erleiden. Er war es gewohnt, dass sein Gehirn die Träume mit Sequenzen aus den Horrorfilmen kombinierte, und maß der Angelegenheit keine größere Bedeutung bei. Insofern war dieser Traum nichts weiter als einer von vielen Albträumen, obgleich es ihn schockiert hatte, dass der Mörder sein eigenes Gesicht trug.

Vielleicht auch praktisch. Als Polizist kann ich mich dann selbst verhaften.

Kopfschüttelnd stand er auf und verließ das Büro,

um den Leiter der Soko aufzusuchen.

Fünf Minuten später saß Daniel Brechter an Katzmanns Konferenztisch und blätterte zögerlich in dessen Fotobuch, in dem sich die Bilder aus seinem letzten Teneriffa-Urlaub aneinanderreihten. Die dienstliche Platzierung des Buches war pure Absicht, und Brechter konnte ein Lächeln nicht unterdrücken, da fast auf jedem Foto der athletische Körper seines Chefs abgebildet war.

Katzmann war noch am telefonieren und signalisierte ihm per Handzeichen, dass er in Kürze Zeit für das Gespräch hätte.

»Tolle Bilder«, sagte Brechter mit gespieltem Interesse, als sich Katzmann neben ihn in einen der Besucherstühle gesetzt hatte. »Der letzte Sommerurlaub?«

Katzmann verzog keine Miene. »Genau. Teneriffa. Wenn ich in Pension gehe, werden wir wohl dort immer die Wintermonate verbringen.«

»Nicht übel. Übrigens: Mit den Listen über die in Frage kommenden Haushalte wird es noch einige Zeit dauern«, sagte Brechter in Vermutung dessen, was Katzmann von ihm erwarten könnte. »Allerdings haben wir bereits eine …«

»Ich weiß«, sagte Katzmann kopfschüttelnd. »Darum geht's momentan auch gar nicht.«

Brechter sah ihn mit großen Augen an. »Sondern?«

»Ich stelle dich vorerst vom Dienst in der Soko frei, Daniel. Kümmere dich um deine Akten, bis die Sache geklärt ist.«

»Welche *Sache*?«, fragte Brechter verblüfft. »Gibt es Probleme? Hab ich irgendetwas verbockt?«

»Nein ... hast du nicht«, entgegnete Katzmann zögerlich. »Es geht um deine ... Mutter.«

Brechter verschlug es die Sprache. Er hatte mit allem Möglichen gerechnet, doch dass seine Mutter plötzlich im Fokus der Ermittlungen stand, wäre ihm nie in den Sinn gekommen. »Um meine *was* ...? Ist ihr irgendetwas passiert?«

»Nein«, beschwichtigte Katzmann.

Sie schwiegen eine Weile.

»Ich höre«, sagte Brechter, der langsam ungeduldig wurde. »Es kann sich ja wohl nur um einen Irrtum handeln.«

»Dieser Tätowierer ... der hat eine neue Spur ins Spiel gebracht«, erklärte Katzmann unbeholfen. »Wir müssen der Sache nachgehen.«

»Und was bitteschön hat meine Mutter damit zu tun? Sie ist ja kaum noch in der Lage, das Bett zu verlassen.«

»Nun ja ... äh, eine delikate Angelegenheit«, antwortete Katzmann ausweichend. »Eigentlich darf ich gar nicht mit dir darüber reden.«

»Ich halt auch die Klappe, Chef«, sagte Brechter bettelnd, »aber hab ich nicht ein gewisses Recht darauf zu erfahren, was eigentlich ...?«

»Du bist befangen, Brechter, aber ich kann dich schon verstehen. Mir würde es genauso gehen.«

»Ist sie in Gefahr ... oder wollt ihr sie als Köder benutzen?«, bohrte Brechter nach.

»Nein, es ist anders, als du denkst, Daniel.« Katzmann seufzte lautstark und fuhr fort: »Dir ist bekannt, dass auch heute noch einige Mitglieder der RAF gesucht werden? Sogar welche aus der sogenannten ersten Generation?«

Brechter schaute ihn entgeistert an. »Was ...? Die Rote Armee Fraktion? Nein ... äh ... ja, ist mir bekannt, aber was in Gottes Namen ...?«

»Auch diese Leute sind mittlerweile in die Jahre gekommen.«

»Na und? Was soll das bedeuten?«

»Terroristen aus der ersten Generation könnten mittlerweile pflegebedürftig sein.«

»Ach daher weht der Wind«, entfuhr es Brechter. »Ihr meint, in dem Heim, in dem meine Mutter lebt, befindet sich ein ehemaliges RAF-Mitglied.« Seine Gesichtszüge entspannten sich, da er plötzlich glaubte, die Zusammenhänge von Katzmanns Geschichte zu begreifen.

Katzmann nickte. »Bisher sind das alles nur Vermutungen, aber dieser Tätowierer scheint ein Kenner der Sympathisantenszene zu sein, die sogar heute noch existiert.« Er blickte auf seine Armbanduhr. »Er konnte uns sogar die Nummer von dem Zimmer nennen, in dem die Person liegen soll.«

»Und zwar?«

»Zweiunddreißig.«

»Äh ... du meinst doch das Heim in Hamburg-Wandsbek?«

»Ja.«

»Da liegt aber meine Mutter – und zwar allein.«

»Eben!«

Brechter schaute ihn eine Zeit lang verduzt an und brach dann in schallendes Gelächter aus.

»Nun beruhig dich mal wieder, Daniel«, sagte Katzmann kopfschüttelnd. »Wir machen das nicht ohne Grund und außerdem ...«

»Ihr meint doch nicht ernsthaft, dass meine Mutter eine ehemalige RAF-Terroristin ist?«, unterbrach Brechter seinen Chef protestierend. »Das ist völlig absurd. Selbst wenn an der ganzen Sache irgendetwas dran sein sollte: Was hat das mit unserem Altenheim-Mörder zu tun?«

»Das kann ich dir momentan nicht sagen – noch nicht«, erwiderte Katzmann ohne die Spur einer Emotion. »Allerdings müssen wir der Sache nachgehen. Storak hat herausgefunden, dass deine Mutter in den 1970er Jahren wegen illegalen Waffenbesitzes auffällig geworden ist.« Katzmann runzelte die Stirn. »Bei einer Fahrzeugkontrolle. Wusstest du was davon?«, fügte er murmelnd hinzu.

Daniel Brechter starrte aus dem Fenster des Büros und schien in sich selbst versunken. Dann reagierte er schließlich: »Was? Nein ...! Ihr müsst euch irren.«

»Hat dir deine Mutter nicht mal irgendetwas aus ihrer Vergangenheit erzählt?«, fragte Katzmann. »Alte Familiengeschichten und so?«

Brechter zögerte. »Kaum. Sie war eben immer da, aber über sich selbst hat sie nie viel geredet.«

»Und dein Vater? Was war mit dem?«

»Ich kann mich nicht an ihn erinnern. Er war irgendwann von der Bildfläche verschwunden, da war ich noch ziemlich klein.«

»Willst du nicht wissen, wer dein Vater war?«

»Nein!«

»Warum nicht?«

»Kein Interesse. Mutter hat nie darüber gesprochen.«

Katzmann musterte ihn mit ausdruckslosem Gesicht. »Kommt dir das nicht seltsam vor, Daniel?«

Ich muss das alles träumen. Brechter ignorierte seine Frage. »Wenn an dieser Sache wirklich was dran sein sollte – und ich glaube nicht eine Sekunde daran –, wie sollte es meine Mutter mit einem Kind an der Hand geschafft haben, sich den Behörden zu entziehen und unterzutauchen? Mit einer gefälschten Identität wäre es mir wohl nie gelungen, Polizeibeamter zu werden.«

»Ich kann deine Bedenken ja verstehen«, sagte Katzmann sanftmütig, »aber auch hierfür gibt es eine Erklärung.«

»Welche?«, fauchte Brechter.

»Nicht alle Terroristen benötigten eine neue Identität«, erklärte Katzmann. »Einige von ihnen haben die Straftaten aus der Legalität heraus verübt. Sofern diese Leute den ermittelnden Behörden durch das Netz gegangen sind, war es gar nicht mehr nötig, die Identität zu wechseln. Die brauchten keine gefälschten Papiere und mussten sich somit auch nicht verstecken, die leben noch heute unter uns – mit ihrem normalen Namen.«

Brechters Blick ging ins Leere. »Ich kann das alles nicht glauben«, kommentierte er kraftlos.

»Ende der Woche treffen hier zwei Ermittler vom BKA ein«, sagte Katzmann mehr zu sich selbst, »dann sehen wir weiter.«

»Ich … ihr habt das Bundeskriminalamt informiert?«

»Ja, haben wir. Uns blieb nichts anderes übrig«, antwortete Katzmann. »In der dortigen Staatsschutz-Abteilung befassen sich auch heute noch fünfzehn Beamte zeitweise mit den RAF-Morden. Wenn die dem Hinweis des Tätowierers keine Bedeutung beigemessen hätten, würden sie auch niemanden herschicken. Ist doch logisch, oder?«

Brechter schien ihn nicht zu hören.

Sein bisheriges Leben schien wie ein Kartenhaus in sich zusammenzufallen. Er begann sich zu fragen, ob eine geheimnisvolle Macht einen Mechanismus aktiviert hatte, der den Lauf der Zeit veränderte, sodass die bisherige Normalität seines Lebens von einer chaotischen Unberechenbarkeit abgelöst wurde. Der Altenheim-Mörder, die Albträume, dieser unheimliche Kontakt zu dem Täter, und als ob das alles nicht genug wäre, jetzt noch der Verdacht, dass seine Mutter eine Terroristin gewesen sein könnte. Unfassbar! Eine derartige Aneinanderreihung von grotesken Ereignissen konnte das reale Leben unmöglich produzieren, es sei denn …

Er hatte das Gefühl, in einer mit Nebel gefüllten Blase zu sitzen. Die Wirklichkeit, die sich ihm präsentierte, wirkte stumpf und konturlos, so als hätte Gott das Abbild seiner Umgebung mit einem farblosen Pinsel verwässert. Er sah, wie Katzmann seinen Mund bewegte, doch der Klang seiner Stimme hallte wie das verzerrte Wummern eines Basslautsprechers zu ihm herüber. War das die Realität? Konnte es sein, dass er sich immer noch in einem Traum befand? Gefangen in den Abgründen seines Geistes? Für einen kurzen Moment schien ihm diese Erklärung durchaus plausibel zu sein, doch dann explodierte die Erkenntnis in seinem Kopf mit einer derartigen Intensität, als wenn er mit einer Starkstromleitung in Berührung gekommen wäre.

»Hörst du mir überhaupt zu, Daniel?«, fragte Katzmann genervt. »Wir warten mal ab, was die beiden Beamten vom BKA ...«

»Ich weiß jetzt, was es bedeutet!«, rief Brechter lautstark und sprang auf. »Ich weiß jetzt, was das Wort bedeutet!«

13.

Der dicke Bayer quetschte sich in eine der wenigen Besuchertoiletten, die im Hamburger Polizeipräsidium zur Verfügung standen. Ein großzügiges Platzangebot sah anders aus, doch dem übergewichtigen Polizeipsychologen war bewusst, dass die aus Steuergeldern finanzierte Architektur des Präsidiums auf den Durchschnittsbürger ausgerichtet war. An adipös veranlagte Toilettengänger war nicht gedacht worden. Alternativ hätte es für ihn die Möglichkeit gegeben, bei der Sicherungswache nach dem Schlüssel für die Behindertentoilette zu fragen, aber hierfür war der Leidensdruck noch nicht hoch genug. Matthias Bollweidenthaler zog den Bauch ein und setzte sich auf den minderwertigen Toilettendeckel, der unter der Last seines Körpers seltsam aufzuquietschen begann. Überall im Polizeipräsidium herrschte striktes Rauchverbot; hier auf der Toilette konnte der Diabetiker seinem Laster frönen, ohne sich blöde Bemerkungen anhören zu müssen.

Während er inhalierte, kam ihm Brechters Anruf in den Sinn. In zehn Minuten wollten sie sich in der Kantine treffen, um …?

Ja, was wollte der Kriminaloberkommissar eigentlich von ihm? Brechter hatte einen verwirrten Eindruck am Telefon hinterlassen. Offenbar ging es nicht direkt um den Altenheim-Mörder, auch nicht um

Brechters Arbeit in der Soko oder um seine Fallanalyse als Polizeipsychologe, sondern es schien etwas Persönliches zu sein, das Brechter mit ihm unter vier Augen besprechen wollte. Wie hatte er sich ausgedrückt?

Ein psychologischer Ratschlag!

Aus Neugierde hatte er zugesagt und den Termin mit einem Besuch beim Ärztlichen Dienst kombiniert. Dort hatten sie seine momentane Dienstunfähigkeit bestätigt und ihm ein striktes Rauchverbot mit auf den Weg gegeben, doch keine zehn Minuten später saß er rauchend auf der Besuchertoilette und verfiel in eine tiefe philosophische Trübsinnigkeit.

Scheißegal! Richtig gesund werde ich in diesem Leben sowieso nicht mehr.

Er warf den Zigarettenstummel ins Klo, drückte die Spartaste, verließ die enge Kabine und wand sich an einem Stehpinkler vorbei, der die aufgeklebte Fliege im Urinal anvisierte. Die Kantine empfing ihn wenig später mit einer ungewohnten Helligkeit. Er nahm ein Tablett, kaufte Kaffee und Schokoriegel und platzierte seinen massigen Körper an einen der hinteren Tische, die direkt an der großen Fensterfront standen. Um diese Zeit waren nur wenige Plätze besetzt; er hatte einen exzellenten Überblick über den großen Raum, doch Brechter war nirgends zu sehen. Er wollte sich gerade über den Schokoriegel hermachen, da flog die Eingangstür lärmend auf.

Mit den roten Haaren und den Sommersprossen sieht er immer noch wie ein großer Junge aus, dachte Bollweidenthaler und schüttelte Brechters Hand, als dieser an seinem Tisch Platz nahm.

»Stress?«, fragte der Polizeipsychologe mit besorgter Miene.

»Momentan überschlagen sich die Ereignisse«, antwortete Brechter nebulös.

»Und wie läuft es in der Soko?«

Brechter wich der Frage aus. »Kann ich vertraulich mit Ihnen reden? Es wäre wichtig ... für mich. Das ist eine rein private Angelegenheit; die Kollegen wissen nichts davon.«

Bollweidenthaler zögerte kurz. »Gut, dann ein Gespräch auf privater Ebene.«

»Vielen Dank«, sagte Brechter erleichtert.

»Worum geht es denn?«

»Es geht um ... äh, wie soll ich sagen? Es geht um etwas ... Übersinnliches. Eine rein theoretische Frage. Kann es im Traum eine Verbindung zwischen zwei Menschen geben? Eine Art mentaler Kontakt? Wäre so etwas möglich?«

»Hm ..., rein wissenschaftlich betrachtet gibt es für eine derartige telepathische Verbindung keine Beweise«, antwortete Bollweidenthaler überrascht.

»Und was glauben Sie?«, fragte Brechter.

»Derartige Phänomene sind nichts Neues. Nehmen wir zum Beispiel die liebende Mutter, die genau spürt, dass ihr Sohn an der Front gefallen ist – und zwar in genau diesem Augenblick. Auch bei Zwillingen gibt es viele solcher Geschichten, die irgendwie alle ...«

»Sie meinen, dass eine mentale Verbindung möglich wäre, wenn eine starke emotionale Beziehung zwischen den Kontaktpersonen vorhanden ist?«, unterbrach Brechter ihn.

»Ja«, brummte Bollweidenthaler. »Das ist wohl vermutlich die Grundvoraussetzung. Mutter und Kind, Geschwister, enge Verwandte eben, oder Paare, die sich innig lieben. Nur dann scheint mir eine Art telephatische Kommunikation möglich zu sein.«

»Und wie soll das funktionieren?«, fragte Brechter. »Gedankenübertragung oder Intuition?«

»Nichts dergleichen. Das sogenannte Morphische Feld wäre eine Erklärung«, antwortete der Psychologe. »Allerdings lehnen viele Naturwissenschaftler diese Hypothese als pseudowissenschaftliche Lehre ab.«

»Morphisches Feld?«, dachte Brechter laut. *Wo hast du das schon mal gehört?*

»Das Morphische Feld soll ein universelles Energiefeld sein, das alles Bewusstsein miteinander verbindet. Also eine Art kollektives Unterbewusstsein.«

»So wie das Gravitationsfeld?«

Bollweidenthaler schüttelte den Kopf. »Niemand weiß, wie das Morphische Feld aussieht – und ob es überhaupt existiert. Man kann es auch nicht messen oder auf andere Art nachweisen. Alles rein spekulativ.«

»Alles Theorie, sagen Sie?«, grübelte Brechter.

»Keine Beweise, aber es gibt immer mehr Fachleute, die eine wissenschaftliche Überprüfung der Hypothese fordern.«

»Und wie denken Sie darüber? Finden Sie, da ist was dran an dieser Hypothese?«

»Allerdings«, bestätigte Bollweidenthaler. »Morphische Felder können auch dazu dienen, die Ganzheitlichkeit von sich selbst organisierenden Systemen zu erklären.«

»So was wie die Schwarmintelligenz?«, mutmaßte Brechter.

»Haben Sie sich nie gefragt, wie zum Beispiel so ein Termitenvolk funktioniert?«, sagte Bollweidenthaler, ohne auf Brechters Frage einzugehen. »Es gibt da interessante Experimente, die darauf hindeuten, dass Morphische Felder Systeme ordnen. Sie bilden die Grundlage der Ganzheit eines Systems, das dadurch dann mehr als die Summe seiner Teile ist.«

»Klingt ziemlich kompliziert.«

»Immer wieder bestätigen Beobachtungen, dass es so etwas geben könnte. Wie zum Beispiel ist es möglich, dass Vögel untereinander Fähigkeiten weitergeben, obwohl sie sich dieses Wissen nicht gegenseitig abgeguckt haben?«

»Also könnten über dieses Feld Informationen ausgetauscht werden?«

»Es sieht so aus, ja.«

»Ein allumfassendes Bewusstseinsfeld!«

»Könnte man so sehen, aber wie gesagt, das ist alles reine Theorie.«

»Das ist wirklich ausgesprochen interessant – außerdem ...«, Brechter machte eine Pause, »... würde es so einiges erklären.«

»Was ist eigentlich los, Brechter?«, wollte der Polizeipsychologe wissen. »Wozu die Fragen über mentale Verbindungen? Hat es etwas mit diesen Morden in den Altenheimen zu tun?«

Brechter starrte ihn an. »Nein, es ist ... wie soll ich sagen. Ich ...« Er holte kurz Luft. »Es ist, wie bereits gesagt, eine rein private Sache. Versprechen Sie mir, das vertraulich zu behandeln?«

Bollweidenthaler wusste nicht, wie er diese Angelegenheit einzuordnen hatte. Brechter schien ernsthafte Probleme zu haben, doch es lag nicht in seiner Zuständigkeit, von Amts wegen einzuschreiten, da er den Dienst als Polizeipsychologe demnächst ohnehin beenden würde. Außerdem hatte er Brechter versprochen, ein Gespräch auf privater Ebene mit ihm zu führen. »Selbstverständlich«, sagte er ernst. »Von mir erfährt niemand etwas.«

»Schon seit meiner Kindheit träume ich sehr intensiv«, erläuterte Brechter und legte die Stirn in Falten. »Oft kann ich mich sogar an die Träume erinnern, und seit Kurzem ist es manchmal auch so, als ob ich jemanden im Traum getroffen hätte.«

»*Jemanden?*« Bollweidenthaler blickte ihn fragend an.

»Mmm ... ja, eine reale Person. Also, ich meine jemanden, den es wirklich ...« Brechters Handy klingelte. Erleichtert über die willkommene Unterbrechung fingerte er das Smartphone aus seinem blauen Sakko und strich hastig über das Display.

»Ja, Brechter.« Nervös drehte er sich zur Wand, während er seinem Gesprächspartner zuhörte. »Wie bitte ... was hast du da gesagt? Evelyn, das ist doch nicht ... kann das nicht ein Irrtum ...?« Ungläubig schüttelte er den Kopf. »Ja, ich fahr gleich los. Ja natürlich ... mach ich. Okay, bis nachher.« Eine kurze Zeit blickte er gedankenverloren auf die Oberfläche der Tischplatte.

»Schlechte Nachrichten?«, fragte Bollweidenthaler mit aufrichtiger Anteilnahme.

»Das war die Leitung vom Pflegeheim. Meine Mutter ist …«, sagte er schluckend. »Sie ist … verstorben. Sie wurde tot aufgefunden und …« Seine Stimme versagte.

»Das tut mir leid.«

Sie schwiegen eine Weile.

»Ich muss jetzt gehen«, sagte Brechter plötzlich mit Nachdruck. »Man erwartet mich im Heim. Sie verstehen …?«

»Oh, ja … natürlich«, antwortete Bollweidenthaler. »Sie müssen da jetzt hin, natürlich.«

Brechter stand auf und verabschiedete sich. »Vielen Dank noch mal für die Infos.«

»Bitte. Kein Problem. Ich hoffe, ich konnte Ihnen weiterhelfen.« Grübelnd blickte er Brechter hinterher, der die Kantine im Laufschritt verließ.

Hier stimmt doch was nicht! Ich sollte ihn im Auge behalten.

14.

Menschliche Knochen. Ein wunderbares Material, das mich seit jeher fasziniert. Man kann es sägen, fräsen, schleifen und polieren. Knochen sind vielseitig verwendbar. Ich koche sie sauber, bohre Löcher hinein und verbinde sie miteinander, ich deformiere sie, spanne sie in die Drehbank, verklebe, grundiere und lackiere sie. Ich befreie sie von dem unnützen Fleisch und erschaffe etwas Neues daraus. Zwei Modelle habe ich bereits fertiggestellt, ein weiteres befindet sich noch im Stadium der Vollendung. Eine Sisyphusarbeit, die mir alles abverlangt, doch ich mache sie gerne.

Fast so gerne wie die Beschaffung des Materials.

Natürlich kann man es als einen Akt des Verbrechens bezeichnen, doch letztlich bringe ich ihnen die Erlösung. Sie würden es vermutlich nie zugeben, doch insgeheim sind mir die Angehörigen dankbar, dass ich sie von dem Ballast ihres Lebens befreie. Diese heuchlerische Gesellschaft von Gutmenschen hängt mir ohnehin zum Halse raus. Sie reden von Empathie, von Würde und Nächstenliebe, doch sie würden nicht eine Sekunde zögern, um Prioritäten zu setzen. Alle wissen es. Ihre Alten sind unnütz, unproduktiv, unerwünscht, überflüssig und ohne Zukunft. Sabbernd, inkontinent, verängstigt, starrsinnig und dumm. Ihr Geist vernebelt sich, ihre Fähigkeiten reduzieren sich, sie mutieren zu plärrenden Abziehbildern ihrer Selbst und vergeuden Ressourcen, die die Gesellschaft verändern könnten. Von Altersweisheit keine Rede. *Langsam verrottende, faltige Körper, in denen die Knochen nur darauf warten, durch mich befreit zu werden. Die Maden zerfressen ihr Fleisch, meine Modelle dagegen sind Kunstwerke. Dauerhaft, von Einmaligkeit geprägt, geschaffen durch die Arbeit meiner Hände. So wird aus dem Unnützen etwas Nützliches, etwas Bewundernswertes. Eine Metamorphose, eine Ungeheuerlichkeit, deren Schöpfer nur ich alleine bin. Noch wird meinen Modellen nicht der gehörige Respekt entgegengebracht, noch fehlt dem Betrachter das Wissen um den mühsamen Herstellungsprozess, doch die Zeit wird kommen, da werden sie die Bühne der Popularität betreten. Es wird mein Vermächtnis sein, die Demaskierung meiner Dämonen, doch den Zeitpunkt bestimme ich – niemand anderes. Niemand!*

So, wie ich sie damals auch bestimmt hatte – die Zeitpunkte des Terrors. Wir hatten viel gelernt, arbeiteten nahezu perfekt. Keine Spuren, immer in Bewegung, immer auf der Hut vor den Schergen des Imperialismus. Wir benutzten den »flüssigen Handschuh«, besaßen die neueste Technik und nahmen die zahlreichen »Funktionsträger« der Republik ins Visier; ein schwer zu beschützendes Klientel. Kommando reihte sich an Kommando. Bonn, Straßlach, Düsseldorf, Bad Homburg: Die Sache fing an, mir Spaß zu machen.

Irgendwann war Schluss damit. Warum? Einfach so, alles hat seine Zeit. Die Welt will sich zerfleischen. Na und, dann soll es so sein; sie hat es nicht besser verdient. Nachdem ich die Erddepots gefunden hatte, standen mir alle Türen offen, doch ich bin vorsichtig. Ich lebe zurückgezogen, baue meine Modelle und scheiße auf das Establishment. Ich habe beschlossen, nur noch zu tanzen, doch seit Kurzem spüre ich eine Disharmonie. Etwas Unerwartetes, von dem ich nicht weiß, wie ich darauf reagieren soll. Der Uniformierte kreuzt meine Bahnen; er scheint mich zu beobachten. Seine Präsenz beunruhigt mich, doch etwas in mir reagiert vertraut auf seine Anwesenheit. So als würde ich ihn bereits seit längerer Zeit kennen. Ich muss vorsichtig sein, mich disziplinieren und meine Umgebung beobachten. Ich kenne seine Absichten nicht. Vielleicht ist er ein Bewunderer, jemand, der der Faszination meiner Arbeit erlegen ist. Vielleicht will er mich unterstützen, doch er hat sich mir nicht offenbart. Noch nicht.

Woher kommt er so plötzlich? Wie ist es ihm gelungen, in mein Reich einzudringen? Vielleicht ist er einen Pakt mit den Krähen eingegangen. Einer der Gefiederten trägt ihn des Nachts auf das Dach meines Hauses. Es bedarf nur eines kleinen Spaltes, einer winzigen Öffnung, und dann wäre er ganz nahe bei mir. Er würde unter meinem Bett lauern oder genau hinter mir stehen und dann ...

Vielleicht gelingt es mir, eine Falle zu bauen, mit der ich in der Lage wäre, die Gefiederten zu fangen – lebend. Ich könnte sie gut gebrauchen, ihre zierlichen, kleinen Knochen. Der Detailreichtum meiner Modelle ließe sich auf diese Weise in das Unermessliche steigern. Einmal im Käfig könnte ich sie mir einen nach dem anderen in Ruhe vornehmen. Ich würde sie alle herausschneiden, ihre kleinen Herzen, und miteinander verbinden, sodass ein einziges Organ daraus wird, das ich in eines meiner Modelle verbaue. Wenn ich darüber nachdenke ... In meinem Traum ist ein Modell zum Leben erwacht, weil es ...? Weil es ein Herz hatte?

Die Zusammenhänge gewinnen an Substanz. Vielleicht ist der Uniformierte nur eine Muse, die meine Kreativität *beflügelt. Trotzdem, es ist nur eine Option. Ich werde einige Sicherheitsvorkehrungen treffen. Falls er Verbündete hat, ist es nur eine Frage der Zeit, bis jemand aus Fleisch und Blut vor meinem Haus steht.*

Aus Fleisch und Blut und aus … Knochen.

Sollte die Gelegenheit günstig sein, werde ich nicht zögern. Ich benötige Nachschub. Eigentlich liebe ich meine Gewohnheiten, meine nächtlichen Beutezüge, doch seitdem der Uniformierte in meiner Nähe tanzt, kann eine gewisse Flexibilität nicht schaden. Außerdem: Ein menschliches Herz in einem meiner Modelle könnte es tatsächlich zum Leben erwecken. Alles, was ich hierzu benötige, ist ein Herzschrittmacher. Ich müsste ihn lediglich etwas umbauen, seine Leistung verstärken und einige Modifikationen vornehmen. Das sollte zu schaffen sein. Doch vorher benötige ich Knochen, viele Knochen und ein … Herz, ein frisches, noch schlagendes, menschliches Herz …

Wie es sich anfühlt, einen Blick in die Hölle zu werfen?

Probiert es doch selber aus, ihr blöden Pisser …

15.

Ein Raum – fünf Personen. Das Büro von Evelyn Pott hatte sich kurzfristig in eine polizeiliche Einsatzzentrale verwandelt, in der alle Informationen zum Todesfall Ingelore Brechter zusammenliefen.

Ihre Leiche lag noch immer in Zimmer zweiunddreißig, das momentan von der Spurensicherung auf den Kopf gestellt wurde. Die Kollegen der Spusi hatten Daniel Brechter einen Blick in das Zimmer werfen lassen, doch natürlich war ihm bewusst, dass er erst in der Rechtsmedizin nach der Obduktion endgültig Abschied von seiner Mutter nehmen könnte. Obwohl gegenwärtig alle Beteiligten von einem Suizid ausgingen, hatte die Soko-Altenheim die Ermittlungen aufgenommen, da der Hinweis des Tätowierers noch immer im Raum stand. Falls Ingelore Brechter tatsächlich eine terroristische Vergangenheit vorzuweisen hatte, war ihr Tod – ob Selbstmord oder nicht – ein konkreter Hinweis darauf, dass es eine Verbindung zu dem Altenheim-Mörder geben könnte. In Kreisen der RAF war man nicht zimperlich gewesen. Bollweidenthalers Täterprofil ließe sich durchaus auf ein ehemaliges RAF-Mitglied übertragen, und der Hinweis auf das geheime Vermögen der Terroristen bildete die Grundlage für ein plausibles Motiv.

Katzmann war über Brechters Anwesenheit nicht

gerade entzückt, da er den rothaarigen Kollegen seit Kurzem wegen fehlender Objektivität von seinen Aufgaben in der Soko entbunden hatte, doch im Hinblick darauf, dass es sich bei der Toten um seine Mutter handelte, sah er keine andere Möglichkeit, als dessen Gegenwart kurzfristig zu tolerieren. Wie hatte er sich ausgedrückt: »Natürlich rein privat. Du bist hier nicht im Dienst, Daniel.«

Während Thomas Storak lautstark mit den Kollegen im Präsidium telefonierte, stand Leo Katzmann am anderen Ende des Zimmers neben einem elegant gekleideten Mann mittleren Alters, der eine professionelle Kompetenz ausstrahlte, die ihn unangreifbar zu machen schien. Unter dem perfekt sitzenden, anthrazitfarbenen Designer-Anzug trug er ein weißes Hemd und eine schmale, schwarze Krawatte.

Brechter, der mit der Heimleiterin Evelyn Pott am Fenster neben dem Besprechungstisch stand, verzog angewidert das Gesicht. *Kriminalhauptkommissar Berghaus vom BKA Wiesbaden. Ein Arschloch, das hier nur rumschnüffeln will. Kommt sich wohl mächtig wichtig vor.*

Als Katzmann ihm den BKA-Beamten vorgestellt hatte, verzog der aalglatte Sonderermittler mit den weißen Handschuhen und dem Hightech-Funkgerät im Ohr keine Miene und bestand darauf, den Ort des Geschehens und die Leiche noch vor der Spusi inspizieren zu können.

Eine Stunde war seitdem vergangen. Der Lautstärkepegel in Potts Büro glich dem einer Bahnhofshalle, da viele Anwesende gleichzeitig redeten. Daniel Brechter blickte gedankenverloren aus dem Fenster. In dem parkähnlichen Gelände vor dem Pflegeheim blühten allerlei Blumen, Stauden und Ziersträucher, doch hierfür hatte der verunsicherte Polizeibeamte momentan keinen Sinn. In seinem Kopf tobte ein Tornado.

»Wie konnte das passieren, Evelyn?«, fragte Brechter die Heimleiterin anklagend. »Woher kommt plötzlich diese Waffe?«

Evelyn Pott wurde aus ihren Gedanken gerissen. »Woher soll ich das wissen?«, antwortete sie patzig. »Das Pflegepersonal hat deine Mutter vor einigen Stunden gefunden. Das ist alles. Wir sind hier kein Gefängnis und durchsuchen die Zimmer unserer Bewohner nicht nach Waffen. Wir wühlen auch nicht ständig in deren Privatsachen rum.«

»Es ist also möglich, dass die Waffe hier im Heim schon länger liegt?«, bohrte Brechter nach.

»Waffe, Waffe!«, echote Pott. »Was soll das? Ist das ein Verhör? Ich hab deinen Kollegen schon gesagt, dass niemand hier vom Personal etwas von dieser Waffe weiß. Einschließlich meiner Wenigkeit.«

»Unglaublich, dass keiner den Schuss gehört haben will.« Brechter schüttelte den Kopf.

Storak hatte zwischenzeitlich das Telefongespräch beendet und Brechters Bemerkung aufgeschnappt. »Schalldämpfer, Daniel«, erklärte er mit fester Stimme. »Haben wir dir doch schon alles erzählt, Mensch. Schalldämpfer, da ist nicht viel zu hören.«

»Na bitte«, sagte Pott lautstark, die sich schmollend an ihren Schreibtisch zurückgezogen hatte, in Richtung Brechter. »Da hören Sie es!«

Evelyn Pott war verärgert und sichtlich bemüht, die Angelegenheit nicht an die große Glocke zu hängen. Ein Suizid im Pflegeheim war immer eine problematische Angelegenheit, die viele Fragen aufwarf, und falls ihr Verhältnis zu Brechter bekannt werden würde, gäbe es mit Sicherheit einen internen Skandal ohnegleichen.

»Vielleicht hat ja jemand die Waffe in das Heim geschmuggelt?«, spekulierte sie mehr für sich selbst.

»Vielleicht war es auch Mord?«, sagte Brechter trotzig. »Mutter hätte sich nicht umgebracht. Niemals. Und außerdem …«

»Sie war schwer krank«, unterbrach Pott ihn. »Demenz bedeutet auch Persönlichkeitsveränderung, Unberechenbarkeit und Depressionen.«

»… außerdem gibt es da noch diese RAF-Theorie«, mischte sich Storak ein. »Sie schien sich ja mit Waffen auszukennen. Es könnte doch sein, dass …«

»RAF?«, fragte Evelyn Pott erstaunt. »Hier bei uns im Heim?«

»Völliger Blödsinn!«, protestierte Brechter. »Das sind alles nur dämliche Vermutungen. Nichts davon ist wahr.«

»Das BKA ist da anderer Ansicht«, sagte Storak und deutet auf Berghaus, der mit Katzmann die weitere Verfahrensweise abklärte.

»Du hast sie ja nicht mehr alle!«, brüllte Brechter erregt und baute sich drohend vor Storak auf. »Du willst uns in den Dreck ziehen, nicht wahr? Ihr habt nichts in der Hand, gar nichts.«

Storak schien nicht sonderlich beeindruckt zu sein.

»Fühlst du dich angesprochen? Hast du was davon gewusst, oder warum …?«

»Du blödes Arschloch!« Brechter wollte ihm gerade an die Wäsche gehen, da ging Katzmann dazwischen.

»Hey, Schluss jetzt!«, rief er energisch. »Hört auf damit, sofort!« Er schob die Kontrahenten auseinander und wandte sich an Storak, der die Hände bereits zu Fäusten geballt hatte: »Thomas, quatsch hier nicht so viel rum, wir klären das im Präsidium. Geh lieber mal schauen, ob die Spusi fertig ist.«

Storak warf Brechter einen abfälligen Blick zu und verließ den Raum.

»Das ist alles sehr bedauerlich«, sagte Katzmann zu Brechter, »aber du solltest lieber nach Hause gehen, Daniel. Du kannst hier jetzt nichts machen. Die Rechtsmedizin ruft dich dann an, wenn es so weit ist. Sicher hast du momentan viel um die Ohren, … wegen der Beerdigung und so.«

»Ich will erst noch die vorläufige Meinung der Spusi hören«, erwiderte Brechter starrsinnig. »Außerdem: Was gedenkt ihr wegen der Grablow zu unternehmen?«

»Diese Frau, die deine Mutter des Öfteren besucht hat? Die ehemalige Arbeitskollegin?«

»Genau. Sie könnte die Waffe hier hereingebracht haben. Vielleicht hat sie meine Mutter sogar …?«

»Wir werden der Sache nachgehen, Daniel«, unterbrach Katzmann ihn, »aber du glaubst doch nicht ernsthaft, dass die alte Dame eine eiskalte Killerin ist, oder?«

Warum eigentlich nicht? Brechter schaute ihn ausdruckslos an. Er wusste nicht mehr, was er glauben sollte. Dies alles entwickelte sich zu einem Albtraum, der kein Ende zu nehmen schien. Selbstverständlich war an dieser RAF-Theorie nicht das Geringste dran, doch hiervon waren seine Kollegen offenbar nicht überzeugt. Der Tätowierer hatte einen bleibenden Eindruck bei Katzmann und Storak hinterlassen, und das Arschloch vom Bundeskriminalamt würde seiner Mutter schon irgendetwas anhängen. Doch was konnte er dagegen unternehmen? Ihm waren die Hände gebunden. Weder erhielt er zukünftig einen Einblick in die Arbeit der Soko, noch würde er irgendwie an diesen BKA-Fuzzy herankommen. Nein, er war zur Untätigkeit verdammt, es sei denn ...

BROTOX ... Das Wort war ihm im Traum erschienen, als er dem Altenheim-Mörder begegnet war. In Katzmanns Büro kam ihm dann plötzlich die Erleuchtung, was es mit diesem seltsamen Begriff auf sich haben könnte. Hier würde er ansetzen, dies war die Gelegenheit, um die Vorwürfe gegen seine Mutter ad absurdum zu führen. Er beschloss, die Ermittlungen auf eigene Faust durchzuführen. Selbst wenn er noch ein Mitglied der Soko wäre: Niemand würde den Albträumen eines durchgeknallten Polizeibeamten Beachtung schenken. Er würde sich der Lächerlichkeit preisgeben und vielleicht sogar selbst in den Fokus der Ermittlungen geraten.

Auf keinen Fall! Jetzt lag es nahe, sich einige Tage frei zu nehmen, um die anfallenden Formalitäten zu erledigen und der Sache mit diesem *Begriff* auf den Grund zu gehen. Brechter war zuversichtlich. Im Netz würde er schnell herausbekommen, wo sich der Firmensitz des Herstellers befand. Als Kriminalbeamter dürfte es kein Problem sein, Einblick in die Kundendatenbank zu erhalten. Derartige Spezialgeräte waren keine Massenware. Vielleicht hatte er Glück, und es gab einen Treffer, der zu dem Täterprofil passte. Auf diese Weise könnte er dem Altenheim-Mörder auf die Spur kommen – auch ohne die Soko – und vielleicht auch die Umstände aufklären, die zum Tode seiner Mutter geführt hatten.

Wenn, dann liegt die Verbindung mit Sicherheit bei dem Serienkiller und nicht bei den ehemaligen RAF-Terroristen, dachte er hoffnungsvoll.

Storak kam hereingestürmt und gesellte sich zu Katzmann und Berghaus, der gerade an einem Kaffeebecher schlürfte und lautstark zu fluchen begann, da er sich die Zunge verbrannt hatte. Brechter beobachtete, wie sich die drei angeregt unterhielten. Er ging langsam auf Katzmann zu. »Und?«, fragte er. »Wie ist der Sachstand? Hat die Spusi was gefunden?«

»Carlo und seine Truppe sind jetzt fertig«, antwortete Katzmann. »Deine Mutter wird in die Rechtsmedizin gebracht, das Zimmer vorerst versiegelt. Vorläufige Ergebnisse: Fingerabdrücke auf der Waffe gab es nur von deiner Mutter, im Raum aber von mehreren Personen. Wie das mit DNA-Spuren aussieht, müssen wir abwarten. Momentan sieht es also tatsächlich eher nach Suizid aus, Daniel.«

Brechter schüttelte den Kopf. »Nie im Leben!«

Der smarte Berghaus sah sich genötigt, in das Gespräch einzugreifen. »Wenn Ihre Mutter ein ehemaliges RAF-Mitglied war – und wir haben einige Indizien, die hierfür sprechen –, dann ist ein Suizid doch sehr wahrscheinlich, Herr Brechter. Ihre Mutter hatte ja noch lichte Momente und wollte vermutlich die letzte Chance nutzen, um reinen Tisch zu machen.«

»Quatsch, woher soll sie denn die Waffe haben«, knurrte Brechter.

»Wir werden uns diese Anna Grablow genau ansehen, Daniel«, sagte Katzmann. »Die Anschrift haben wir bereits; Sewensio wird sie mit Hilfe des zuständigen Polizeikommissariats abholen. Wenn sie damit irgendetwas zu tun hat, kriegen wir das raus.«

»Ich traue ihr nicht«, sagte Brechter.

»Ich denke, du kennst die gar nicht näher?«, fragte Storak misstrauisch.

Bevor Brechter etwas darauf erwidern konnte, klopfte es an der Tür. Clara Sommer betrat den Raum, ohne auf Einlass zu warten. Ihre Jeans sahen aus, als hätte sie in der Eile ein Getränk umgestoßen. Zielstrebig steuerte sie auf Brechter zu. »Schneller ging's leider nicht, Daniel. Das mit deiner Mutter tut mir leid. Ist das denn wahr? Mit einer Pistole …?«

Brechter schoss die Röte ins Gesicht. »Äh … ja, nein, das muss alles noch durch die Kollegen geklärt werden, Clara«, stammelte er verlegen und rang nach Worten. Er nahm Clara am Arm, schob sie vor sich her in Richtung Tür, hielt dann aber inne und drehte sich plötzlich noch einmal um. »Das ist meine Lebensgefährtin Frau Sommer«, erläuterte er gestikulierend. »Ich hatte Clara vorhin angerufen und sie informiert. Sie kommt extra vom Dienst hierher und äh … sie …

äh, wir beide gehen jetzt erst mal in die Cafeteria.«

»Was ist mit dem denn los?«, fragte Storak, als die beiden verschwunden waren.

»Wie würdest du denn reagieren, wenn dir einer erzählt, dass deine gerade verstorbene Mutter womöglich eine gesuchte RAF-Terroristin war?«, fragte Katzmann Storak, nachdem Evelyn Pott das Büro ebenfalls verlassen hatte, um eine Besprechung mit den Pflegekräften abzuhalten.

»Damit hätte ich gut leben können«, sagte Storak trocken. »Meine Mutter war Vorsitzende im Elternbeirat des Humboldt-Gymnasiums. Dagegen ist die RAF nichts weiter als die Seniorengruppe vom Karnevalsverein.«

16.

Chronische Schmerzen. Rund um die Uhr, und niemand, der in der Lage war, dem Spuk ein Ende zu bereiten. Tabletten, Akupunktur, Rotlicht oder Kältetherapie: Die Migräne blieb ein unbezwingbares Monster, das sich bereits vor zwanzig Jahren in Anna Grablows Kopf eingenistet hatte – mit der Option auf ein lebenslanges, unkündbares Mietverhältnis.

Wenige Wochen vor ihrem sechsundsiebzigsten Geburtstag hatte die allein stehende Frau mit dem Hang zu grellen Hippiekleidern, die sie auf schmuddeligen Flohmärkten kaufte, beschlossen, alles auf eine Karte zu setzen. Ohne Familie, verarmt, von Schmerzen gepeinigt, mit einer kriminellen Vergangenheit und ohne Perspektive auf eine bessere Zukunft hatte sie nichts mehr zu verlieren – außer vielleicht das eigene, verpfuschte Leben.

Wenn sie ehrlich in sich hineingehört hätte, wäre sie ihr bereits aufgefallen: die Todessehnsucht. In ihrem Besitz befanden sich mehrere Waffen und verschiedene Arten von Munition; ein erlösender Schuss in den Kopf wäre kein Problem gewesen, doch irgendetwas in ihr lehnte sich dagegen auf. Nach dem Motto: Kein Tod auf leisen Sohlen, sondern der Hauptgewinn – das verschollene Kapital der RAF – oder zumindest ein spektakulärer Abgang mit reichlich Feuerwerk.

Alles oder nichts!

Eine absolute Erwartung, die sich im Widerspruch zur Belastbarkeit von Anna Grablows gealterten Nerven befand. Ein nicht zu unterschätzender Aspekt, der sich als unüberwindbares Hindernis erweisen könnte.

Einziger Lichtblick war das *Pervitin*.

Es verwandelte die unerträglichen Schmerzen in gerade noch erträgliche Schmerzen. Die Tabletten waren bereits im zweiten Weltkrieg an der Front eingesetzt worden – aus gutem Grund. Der Inhaltsstoff dämpfte das Angstgefühl, steigerte die Leistungsfähigkeit und unterdrückte Müdigkeit und Schmerz. Bereits in den frühen Siebzigerjahren wurde die Gruppierung, zu der auch Anna Grablow gehörte, von einem Offizier der Nationalen Volksarmee mit dem Stoff versorgt, der auch heute noch unter dem Modenamen *Crystal Meth* bekannt ist. Der längst pensionierte DDR-Geheimagent schien über einen unerschöpflichen Vorrat zu verfügen, denn obgleich sich die Gruppe vor vielen Jahren aufgelöst hatte und die aktive Zeit der Grablow schon lange vorbei war, beherbergte das Schließfach am Hauptbahnhof immer ein paar Schachteln des Arzneimittels, das Ende der Achtziger vom Markt genommen wurde.

Vermutlich hat der Mann Mitleid mit alternden Stadtguerillas, dachte Grablow oft und vermied es, der Sache auf den Grund zu gehen, denn natürlich besaß sie kein Geld, um sich *Crystal Meth* bei einem Dealer zu beschaffen.

In der vergilbten Packung, die vor ihr auf dem Küchentisch lag, befanden sich noch zwei der weißen Tabletten. Die Wirkung der Substanz ließ keine Wünsche offen, obwohl das Haltbarkeitsdatum bereits lange überschritten war. Hastig würgte sie beide gleichzeitig hinunter, spülte mit Leitungswasser nach und blickte gedankenverloren gegen die mit einer tristen Tapete beklebte Küchenwand. Eine alte Wanduhr aus Porzellan tickte laut vor sich hin und erinnerte sie an den Zündmechanismus von Sprengladungen, mit denen sie in Jordanien herumhantiert hatte.

Es würde einige Zeit dauern, bis das Mittel seine Wirkung entfalten konnte, und Anna Grablow gab sich unterdessen den trüben Erinnerungen an ein enttäuschendes Leben hin. Natürlich gab es keinen Grund, in Selbstmitleid zu versinken, doch sie hatte frühzeitig realisiert, dass ihr Quantum an Glück sehr bescheiden bemessen war – jedenfalls in diesem Leben. Immerhin: ein weitgehend selbstbestimmtes Leben, in dem es viele Möglichkeiten gegeben hätte. Als Einzelkind kam sie in den Genuss einer behüteten, unbeschwerten Kindheit, die eines Tages abrupt ein Ende fand. Einige Wochen vor ihrem sechszehnten Geburtstag starben die Eltern kurz hintereinander. Eine Vollwaise ohne Bezugsperson, labil, verwundbar, leicht zu verführen und mit einem unstillbaren Hunger auf das Leben ausgestattet, der es ihr erlaubte, Grenzen zu überschreiten.

Ihr Blick fiel auf den abgegriffenen Autoschlüssel. Noch nie hatte sie sich den alten Ford Fiesta länger als einen Tag ausgeliehen, doch Melanie hatte nicht gezögert und ihr den Wagen für das gesamte Wochenende überlassen. Die junge alleinerziehende Frau, die am anderen Ende des Flurs wohnte, hatte einen Deal mit der Grablow geschlossen: Babysitting gegen Fahrzeugbenutzung. Melanies Vierjährige ging in den Kindergarten, doch es gab immer noch eine Vielzahl von Gelegenheiten, in die Rolle des Babysitters zu schlüpfen. Stunden, die Anna seltsam unwirklich erschienen. Der Last der ungewohnten Verantwortung stand das anarchische Verhalten eines Kleinkindes gegenüber, das sie voller Faszination genoss.

Anna Grablow gab sich einen Ruck, verstaute das bereitgelegte Material in ihrer abgewetzten Tasche, zog den alten Sommermantel über, in dem sie die handliche *Walther* eingenäht hatte, und verließ die Wohnung. Als sie im Flur die Tür hinter sich abschloss, bemerkte sie mehrere Stimmen, die durch das Treppenhaus nach oben schallten.

17.

Während Ilka Sewensio mit zwei Beamten des Polizeikommissariats Zweiundvierzig den schäbigen Wohnblock in Hamburg-Horn betrat, dachte sie kurz darüber nach, die Dienstwaffe zu ziehen, verwarf den Gedanken daran aber sofort wieder.

»Eine wichtige Zeugin«, hatte Katzmann gesagt. »Vorerst ist die alte Dame eine Zeugin, keine Verdächtige. Jedenfalls noch nicht. Bestellen Sie sich beim zuständigen *PK* einen Streifenwagen und verfrachten Sie die Oma ins Präsidium. Keine Alleingänge, klar?«

Ein Hauch von Action. Allzu selten wurde die unsportlich wirkende Kriminalbeamtin mit der molligen Figur für Außeneinsätze vorgesehen, selbst dann nicht, wenn es sich um unspektakuläre Routineangelegenheiten handelte, die jeder Polizeianwärter mit Bravour gemeistert hätte. Ein fataler Führungsfehler, der sich zu verselbstständigen drohte. Katzmann wollte die Vermeidungsstrategie unbedingt durchbrechen und hatte die Mitarbeiterin aus Kiel mit der Verbringung der Zeugin in das Polizeipräsidium beauftragt.

Storak amüsierte sich darüber. Für ihn war die Kollegin hier in der Hamburger Soko nur ein lästiges, unscheinbares Anhängsel, das vorzugsweise im Innendienst beschäftigt werden sollte – insbesondere in der Teeküche.

Sewensio spürte ein Kribbeln im Nacken.

Jetzt fühl ich mich schon wie eine Tatort-Kommissarin, bloß weil ich eine Seniorin zum Verhör ins Präsidium bringe. Sie schüttelte den Kopf, so als wolle sie die unangebrachten Gedanken vertreiben.

Der Geruch, der ihr im Treppenhaus entgegenschlug, erinnerte sie an ihre Kindheit, die sich größtenteils in einem Kieler Mietshaus abgespielt hatte. Der solide Altbau in Kiel-Wik sah ähnlich aus, roch genauso muffig und vermutlich waren sogar die Grundrisse vergleichbar. Sozialer Wohnungsbau eben.

Die beiden Uniformierten gingen voran. Lautstark unterhielten sie sich über das neue Auswahlverfahren und die damit verbundenen Beförderungsmöglichkeiten. Im zweiten Stock kam ihnen eine gebrechlich wirkende Frau entgegen, die einen Rollator nach unten manövrierte – von Stufe zu Stufe.

»Das sieht aber gefährlich aus«, sagte einer der Schutzpolizisten.

»Na ja, etwas wackelig ist es schon«, bestätigte die Alte mit dem Rollator. »Leider gibt es keinen Fahrstuhl hier im Haus.«

Sewensio drängelte sich an den Polizisten vorbei. »Entschuldigung, hier wohnt doch eine Frau Grablow, nicht wahr?«, fragte sie die auffallend geschminkte Frau, deren Alter irgendwo in den Siebzigern zu liegen schien.

»Oben links«, antwortete die Alte prompt. »Aber Sie müssen lange klingeln. Frau Grablow trägt ihr Hörgerät nur, wenn sie das Haus verlässt.«

Die beiden Polizisten sahen sich genervt an.

»Danke«, sagte Sewensio und warf einen kritischen Blick auf den Rollator. »Haben Sie niemanden, der Ihnen den da …«, sie zeigte auf die klapperige Gehhilfe, »… nach unten befördern kann?«

»Es geht schon.«

»Ich trage Ihnen das Ding mal eben runter«, meldete sich einer der Polizisten zu Wort.

»Mach das mal, Thomas«, sagte der andere und wandte sich an die Kommissarin: »Die Kollegin und ich gehen schon mal vor, okay?«

Sewensio nickte. »Kein Problem.«

Polizeimeister Brand war erstaunt darüber, wie leicht sich der Rollator anheben ließ. Vorsichtig trug er das Gefährt hinunter und pausierte zwischendurch immer wieder kurzzeitig, um auf die alte Frau zu warten, die sich bei ihrem Abstieg an das hölzerne Treppengeländer klammerte. Sie gab dabei stöhnende Geräusche von sich, die ihn misstrauisch werden ließen, da die Alte bei genauerem Hinsehen deutlich rüstiger aussah, als sie sich gab.

Die Olle zieht hier eine Show ab, dachte er in einer Mischung aus Verständnis, Verwunderung und dem aufkeimenden Wunsch, die schauspielerische Fassade der Frau an den Pranger zu stellen.

Unten angekommen, platzierte er den Rollator auf dem Gehweg und hielt der Frau grinsend die Tür auf.

»Vielen Dank, junger Mann.«

»Oh, bitteschön«, antwortete Brand mit einem leicht zynischen Unterton. »Stets zu Diensten.« Er wollte gerade erneut den Hauseingang betreten, als ein älterer Herr im grünen Lodenmantel den Hut zog, während er an der Rollator-Lenkerin vorbeiging.

»Tach, Frau Grablow. Brauchen Sie jetzt auch schon einen Rentner-Porsche?«

Grablow! Brand hielt stutzend inne, machte auf dem Absatz kehrt und befragte den Rentner im Jäger-Look, der ebenfalls das Haus betreten wollte.

»Das da eben war Frau Grablow? Die, die oben links wohnt?«

»In der Tat«, bestätigte der Mann verunsichert. »Sie hat jetzt denselben Rollator wie die dicke Hildegard aus dem dritten Stock.«

»Danke.« Polizeimeister Brand schüttelte den Kopf und warf einen prüfenden Blick auf den Gehweg. Die Alte war zwischenzeitlich offenbar um die nächste Hausecke verschwunden. Brand folgte ihr und wäre fast über den Rollator gestolpert, den die Frau an der Hauswand zurückgelassen hatte. Es fiel ihm schwer, die Gesuchte auf dem belebten Bürgersteig vor sich zu identifizieren, und in einem Anfall plötzlich auftretender Nervosität beschleunigte der junge Polizeibeamte seine Schritte.

»Hey, Sie da, Frau Grablow, bleiben Sie stehen!«, rief er ins Blaue hinein. »Frau Grablow, wir müssen Sie dringend sprechen. Bitte bleiben Sie sofort stehen.«

Niemand der Anwesenden fühlte sich angesprochen, doch Anna Grablow verfiel schlagartig in einen hastigen Laufschritt, als sie die eindringliche Aufforderung des Polizeibeamten hinter sich vernahm. Eigentlich hatte sie sich fest vorgenommen, die Nerven zu behalten, doch während sie ihr Handeln gedanklich theorisierte, verselbstständigten sich ihre Beine bereits.

Ein erneuter Blick über die Schulter gab ihr Gewissheit; der Polizist hatte sie in der Menge der Fußgänger entdeckt. Er war in den Langsamlauf-Modus übergegangen und vermutlich jederzeit bereit, den Nachbrenner zuzuschalten. Nur noch zehn Meter, dann wäre alles verloren.

»Bleiben Sie stehen, Frau Grablow!«, rief Brand mit einer beachtlichen Bassstimme. »Sie können mir sowieso nicht entkommen!« Er schätzte die Situation richtig ein, doch Anna Grablow hatte nicht vor, den Tag bei einem stundenlangen Verhör im Polizeipräsidium ausklingen zu lassen. Der Plan mit dem geklauten Rollator aus dem Treppenhaus hätte fast geklappt; hier auf offener Straße blieb ihr aber offensichtlich nichts anderes übrig, als größere Geschütze aufzufahren, um sich des unliebsamen Verfolgers zu entledigen.

Entschlossen ging sie weiter, öffnete den Klettverschluss der Innentasche ihres Mantels, holte die pechschwarze *Walther* heraus und richtete die Waffe auf ihren Verfolger, indem sie den ausgestreckten Arm nach hinten drehte. Grablow visierte das Ziel im Gehen an, verlor dann aber für einen kurzen Augenblick die Orientierung, da sie von einem entgegenkommenden Passanten angerempelt wurde.

Der erste Schuss ging daneben, zertrümmerte auf der gegenüberliegenden Seite der Querstraße das Schaufenster eines Blumenladens und blieb im massiven Eichenholz des Verkaufstresens stecken. Während Grablow die Waffe erneut in Anschlag brachte, erstarrte für den Bruchteil einer Sekunde die gesamte Szenerie um sie herum, als ob jemand eine imaginäre Pause-Taste gedrückt hätte.

Plötzlich brach Panik aus.

Schreiend stoben die Menschen auseinander. Einige warfen sich zu Boden und suchten Deckung, indem sie sich die Hände über den Kopf hielten, andere liefen konfus in verschiedene Richtungen davon. Eine junge Frau stolperte verschreckt an den Fahrbahnrand und wurde vom Außenspiegel eines vorbeifahrenden LKWs erfasst. Der Zusammenstoß schleuderte sie auf den Gehweg zurück, wo sie mit einer Frau kollidierte, die zusammen mit ihren zwei Kindern in einem der Hauseingänge Zuflucht finden wollte. Blut ergoss sich über die Gehwegplatten, als die Beteiligten der bizarren Karambolage zu Boden gingen. Der Fahrer des LKWs schien von alledem nichts zu bemerken, da er seine Fahrt unbeirrbar fortsetzte.

Ach du dicke Scheiße! Polizeimeister Brand öffnete ungläubig den Verschluss des Holsters, presste sich schützend mit dem Rücken an die Hauswand und brüllte lautstark, während er die Waffe zog: »ALLES RUNTER AUF DEN BODEN, SOFORT!«

Die Situation eskalierte.

Anna Grablow legte erneut an und gab kurz hintereinander zwei Schüsse ab. Sie befand sich in einem seltsamen Zustand der Euphorie und genoss das Spektakel um sie herum, in dem sie allein den Takt der Geschehnisse vorgab – jedenfalls bis jetzt. Und sie hatte auch nicht vor, das Zepter aus der Hand zu geben.

Es ist wie beim Bumsen, dachte sie fasziniert und

wunderte sich über ihre eigene Kaltblütigkeit. *Einmal gelernt, kannst du es für den Rest deines Lebens.*

Vor Jahrzehnten hatte sie in Jordanien den Umgang mit Waffen einstudiert und seitdem nur wenig Gelegenheiten gehabt, ihre Fertigkeiten zu trainieren, doch die *Walther* lag gut in der Hand, und bereits der zweite Schuss traf den Polizisten in den Oberschenkel. Grablow sah aus dem Augenwinkel heraus, wie der Uniformierte mit schmerzverzerrtem Gesicht an der Hauswand herunterrutschte, gab erneut einen Schuss ab und beschleunigte ihre Schritte.

Polizeimeister Brand hatte das Gefühl, sich in einem schlechten Actionfilm aus den Achtzigern zu befinden. Das Chaos, das die alte, harmlos wirkende Frau verursachte, war unbeschreiblich. Aufgrund der zahlreichen Passanten auf dem Bürgersteig war es ihm bisher unmöglich gewesen, zurückzuschießen, doch er war fest entschlossen, den Amoklauf der Wahnsinnigen zu stoppen. Das Funkgerät lag im Streifenwagen, aber die Kollegen im Treppenhaus mussten jeden Moment auf der Bildfläche erscheinen. Der Verkehr auf der Straße war zwischenzeitlich zum Erliegen gekommen. Aufgrund des Tumultes auf dem Bürgersteig vollführten einige Fahrzeuglenker eine Vollbremsung, sodass es zu Auffahrunfällen kam. Ein ohrenbetäubendes Gehupe erfüllte die von Abgasen geschwängerte Luft.

Plötzlich blitzte erneut das Mündungsfeuer auf. Zwei Schüsse, kurz hintereinander. Brand sah, wie neben ihm ein flüchtender Mann auf dem harten Asphalt aufschlug und reglos liegen blieb. Ein fürchterlicher Schmerz durchzuckte seinen Körper, verflüchtigte sich dann sofort wieder und wurde von einem seltsamen tauben Gefühl abgelöst, das irgendwo zwischen Verängstigung und Orientierungslosigkeit lag. Er hob die Waffe an, um die Verfolgung aufzunehmen, doch seine Beine versagten plötzlich. Er rutschte benommen zu Boden und bemerkte voller Entsetzen das viele Blut, das seine Hose hinunterlief und das sich auf dem Gehweg als große Lache sammelte. Die Waffe fiel ihm aus der Hand. Ungläubig blickte er auf die dunkelrote Pfütze neben seinem Bein, die so schnell zu wachsen schien, als wenn jemand eine Pumpe an seinen Körper angeschlossen hatte. Er wunderte sich darüber, keine Schmerzen mehr zu verspüren, und lächelte apathisch, als sein Kollege aus dem Hauseingang auf ihn zustürmte.

Als Polizeiobermeister Krieger das viele Blut sah, war ihm sofort klar, dass hier jede Sekunde zählen würde. Während er seinen Gürtel öffnete, schrie er Sewensio an, die ihm stolpernd gefolgt war. »Thomas hat's auch erwischt; die Beinschlagader ist vermutlich getroffen. Fordern Sie umgehend mehrere Rettungswagen an … und einen Hubschrauber!«

Ilka Sewensio stand wie angewurzelt auf dem Bürgersteig und zitterte am ganzen Körper. Sie war unfähig zu reagieren und sah voller Entsetzen auf das Chaos, das sich vor ihren Augen präsentierte.

Krieger hatte seinen Gürtel um Brands Bein gelegt und zerrte daran, so fest er konnte. Er fixierte den Gürtel mit der Linken, nahm mit der Rechten sein Messer aus dem Holster und bohrte ein Loch in das Leder, um den Gürtel festzuschnallen.

Sein Blick fiel auf Sewensio. »HEY ... AUFWACHEN! LOS, NEHMEN SIE IHR HANDY UND RUFEN SIE AN. SO-FORT!«

Sewensio erwachte aus ihrer Schockstarre und holte das Smartphone aus der Tasche. Ihre Hände zitterten so stark, dass es ihr nur unter größter Anstrengung gelang, den Notruf abzusetzen.

Krieger versuchte zwischenzeitlich verzweifelt, seinen verletzten Kollegen bei Bewusstsein zu halten. »Thomas, bleib hier. Bitte, Thomas, bleib bei mir«, rief er ihm immer wieder zu und tätschelte dabei seine Wange. Brand wollte etwas antworten, doch seine Stimme versagte. Sein Kopf kippte nach vorne; er schloss die Augen und drohte seitlich wegzurutschen.

»Oh ..., Mann, so eine Scheiße ... verdammte Scheiße!« Krieger umarmte seinen Kollegen, um ihn zu stützen. Wütend fuhr er Sewensio erneut an: »Los, kümmern Sie sich um den anderen da!« Er deutete auf den Mann, der angeschossen bäuchlings auf dem Gehweg lag, und drückte mit blutverschmierter Hand auf das Bein seines Kollegen. »Thomas, tu mir das nicht an, bitte nicht.«

Die Rettungskräfte hatten Mühe, den Einsatzort zu erreichen, da die Straße in beide Richtungen blockiert war. Auch für den Hubschrauber sah es schlecht aus: keine freie Landefläche im näheren Umfeld.

Probleme, mit denen Anna Grablow nicht zu kämpfen hatte. Der alte Fiesta stand um die Ecke in einer Einbahnstraße. Als sie den Wagen anließ, zitterten ihre Hände, doch ein Blick in den Rückspiegel gab ihr Gewissheit, dass sie niemand gesehen hatte. In aller Ruhe parkte sie aus, bog am Ende der Straße links ab, umfuhr den Stau, den sie selbst verursacht hatte, und steuerte auf die Sievekingsallee in Richtung Horner Kreisel. Sie schaltete das altertümliche Radio ein und betätigte fluchend den Sendersuchlauf.

Scheiße, Melanie hat wieder den Sender verstellt. So eine blöde Kacke …

18.

Gibt es einen Ersatz?« Thomas Storak blickte resigniert aus dem Fenster des Polizeipräsidiums und trommelte mit den Fingern auf der Tischplatte herum. Um zehn Uhr vormittags war der Himmel noch wolkenverhangen, obwohl der Wetterdienst einen sonnigen Tag angekündigt hatte. Vor ihm lag die ausgedruckte Excel-Tabelle, auf der fast hundert Anschriften aufgelistet waren. Das endgültige Ergebnis der Rasterfahndung, die auf Grundlage der Empfehlungen des – außer Dienst befindlichen – Polizeipsychologen Bollweidenthaler durchgeführt worden war.

Jetzt war Klinkenputzen angesagt, doch die Personalstärke der Soko-Altenheim hatte sich drastisch reduziert. Während Brechter im *angeordneten* Urlaub inoffiziell auf eigene Faust ermittelte – wovon natürlich niemand etwas wusste –, saß Ilka Sewensio im Regionalzug nach Kiel. Nach der gestrigen Schießerei in Hamburg-Horn war sie zusammengebrochen. Ihre Stammdienststelle in Kiel würde sich um die psychologische Betreuung der traumatisierten Beamtin kümmern.

Corinna Feldt schüttelte ungläubig den Kopf. »Ist das dein Ernst, Thomas? Bist du wirklich so abgebrüht? *Ersatz!* Das kling so, als wenn die Kollegen der Informatikabteilung einen defekten Computer austauschen.«

Storak zuckte mit den Schultern. »Wir sind bei den Bullen, da muss man mit solchen Sachen rechnen.«

»Also, was haben wir?«, fragte Katzmann, mehr zu sich selbst. Er saß Storak gegenüber an Sewensios freigewordenem Arbeitsplatz und spielte an seinem neuen Smartphone herum. Der vierfache Vater bekam gelegentlich WhatsApp-Nachrichten von seiner Familie – zumeist nervige Belanglosigkeiten. *Nur wichtige Sachen*, hatte er bereits vor Monaten bei einem gemeinsamen Essen angemahnt, doch seine Anweisung schien auf taube Ohren gestoßen zu sein.

»Zuallererst mal haben wir einen toten Polizisten!«, sagte Corinna Feldt und ließ den Vorwurf der Gleichgültigkeit unausgesprochen mitschwingen. »Außerdem eine Menge Verletzte, zwei davon schwer. Macht euch das nicht irgendwie betroffen?«

Die Verwaltungsangestellte sah angeschlagen aus. Daran konnte auch das dezent aufgetragene Make-up nichts ändern. Die dunklen Augenringe, die sich nach dem Tod ihres Mannes vor zwei Jahren wie Wasserzeichen der Trauer um ihre Augen gelegt hatten, ließen sich normalerweise gut überschminken, doch die Niedergeschlagenheit schien ihr heute ins Gesicht gemeißelt zu sein. Sie ließ sich auch mit Farbe nicht verdecken.

»Doch. Natürlich sind wir betroffen«, antwortete Katzmann. »Die Fahndung läuft ja bereits. Zusätzlich sind die Kollegen vom Staatsschutz und vom BKA dran.«

Feldt schüttelte den Kopf. »Das macht ihn auch

nicht wieder lebendig.«

Katzmann und Storak schauten sich betreten an.

Es dauerte eine Weile, bis Storak erneut das Wort ergriff. »Okay, gehen wir die Sache noch mal durch. Was haben wir?« Er machte eine Pause. »Wir haben einen toten Polizisten und jede Menge Verletzte, die Ex-Terroristin Anna Grablow, die sich auf der Flucht befindet, dann die Mutter von Brechter, die vermutlich selbst der RAF-Szene angehört hat und eventuell von Grablow erschossen wurde, dann diesen komischen Tätowierer Taloser, der kein Alibi hat, von dem aber der Tipp mit der RAF stammt, und letztendlich natürlich noch unseren Altenheim-Mörder, der ein psychopathischer Narzisst sein könnte. Wie passt das alles zusammen?«

Corinna Feldt hob die Schultern. »Erschließt sich mir nicht – noch nicht.«

»Jedenfalls war der Tipp des Tätowierers keine Lügengeschichte«, stellte Katzmann fest. »Die Grablow und Daniels Mutter waren – so komisch das auch klingen mag – in der terroristischen Szene unterwegs. Man hat ja gesehen, wozu die Grablow fähig ist.«

»Sie meinen, dass die alte Frau der Altenheim-Mörder ist?«, fragte Feldt und starrte ihn mit großen Augen an.

»Nie im Leben!«, konterte Storak. »Bollweidenthaler war auch anderer Meinung.«

»Nein, das glaube ich auch nicht«, bestätigte Katzmann, »doch ich kann mir nicht vorstellen, dass es zwischen dieser RAF-Geschichte und dem Altenheim-Mörder keine Verbindung gibt. Das wäre schon ein

Riesen-Zufall.«

»Also doch das geheime Vermögen der Terroristen?«, spekulierte Storak. »Unser Mann mordet nur, um von der RAF und ihrem versteckten Schatz abzulenken? Das passt irgendwie nicht, zumal die alternden Revolutionäre sich ja gegenseitig ins Jenseits befördern. Da hätten sie ja gleich die Fahne mit dem roten Stern aus dem Fenster hängen können. Ablenkung sieht anders aus.«

»Vielleicht werden da alte Rechnungen beglichen«, sagte Feldt nachdenklich.

»Das kann schon sein«, bestätigte Katzmann. »Auf jeden Fall ist ein Ex-Terrorist normalerweise pleite. Erstens ist das Leben in der Illegalität viel teurer als ein legales Leben und zweitens haben die vermutlich so gut wie keine Rentenbeiträge eingezahlt.«

Storak konnte ein Grinsen nicht unterdrücken. »Nehmen wir also an, dass es ums Geld geht, warum dann diese bizarren Morde mit den abgetrennten Gliedmaßen?«

»Der Tätowierer hatte doch die Idee, dass unser Täter nur mordet, um von dem RAF-Geld abzulenken«, sagte Feldt plötzlich. »Vielleicht hat er doch etwas damit zu tun?«

»Stimmt«, gab Katzmann ihr recht, »den Spinner haben die Leute vom BKA gerade in der Mangel. Ich werde umgehend informiert, wenn was dabei herauskommt.«

»Oh, verstehe«, sagte Feldt genauso matt, wie sie sich fühlte.

»Gehen wir aber mal davon aus, dass ein Mann der

144

Altenheim-Mörder ist, den wir noch gar nicht kennen und der ungefähr dem entspricht, was uns Bollwei-denthaler erzählt hat«, sagte Storak. »Wie würde das zu den Terroristen passen?«

»Der große Unbekannte also«, knurrte Katzmann. »Nur ein durchgeknallter Psycho, der irgendwelche Sauereien mit abgeschnittenen Körperteilen anstellt. Also doch nur Zufall? Keine Verbindung zur Roten Armee Fraktion?«

»Kaffee?«, fragte Feldt.

»Oh ja, gerne«, antworteten Katzmann und Storak fast gleichzeitig.

Feldt ging nach nebenan und kam mit einer Kanne frischem Kaffee zurück. Sie stellte drei Becher neben-einander und schenke ein. »Unser psychopathisch veranlagter Mörder scheint jedenfalls keine Geldprob-leme zu haben«, sagte sie eher beiläufig.

Ihre beiden Kollegen starrten sie an.

»Du meinst ...?«, sagte Storak.

»Ich meine gar nichts«, unterbrach Feldt ihn. »Aber es stimmt doch. Sein abscheuliches Hobby verursacht nichts als Kosten. Er stiehlt ja nichts, außer die Glied-maßen. Von irgendetwas muss er ja leben, und nach dem Täterprofil, das der dicke Bayer erstellt hat, han-delt es sich um einen psychisch kranken Einzelgänger, der vermutlich keinen gut bezahlten Job hat, in dem er als psychopathischer Narzisst mit Sicherheit auffallen würde.«

Katzmann nickte anerkennend. »Conny, du bist genial.«

»Natürlich, sie hat recht«, sagte Storak, dem ein

Licht aufzugehen schien. »Unser großer Unbekannter könnte in das Schema von Bollweidenthalers Täterprofil passen und trotzdem mit den Terroristen in Verbindung stehen, da er …«

»… da er selbst ein durchgeknallter Ex-Terrorist ist, der vermutlich auf diesem RAF-Schatz sitzt«, vervollständigte Katzmann Storaks Satz.

Storak rutschte nervös auf seinem Stuhl hin und her. »Richtig. Und alle diejenigen, die Wind davon bekommen haben, sind jetzt scharf auf die Kohle.«

»Vielleicht ahnt der Altenheim-Mörder noch gar nicht, dass nicht nur die Polizei hinter ihm her ist«, dachte Feldt laut nach.

»Möglich«, sagte Katzmann nachdenklich. »Schade nur, dass uns die Grablow durch die Lappen gegangen ist. Sie hätte uns zu ihm führen können, da bin ich mir sicher.«

»Was machen wir jetzt?«, fragte Storak sichtlich verwirrt und trank von dem Kaffee.

Katzmann überlegte. »Als Erstes gehst du mit unserer Tabelle zu den Leuten vom BKA. Lieber nicht per Mail oder Fax. Falls der Altenheim-Mörder ebenfalls ein Ex-Terrorist ist, könnte den Spezialisten vielleicht etwas auffallen, das uns weiterhilft.«

Storak nickte.

»Das kann ich doch machen«, sagte Feldt.

Katzmann blickte sie kurz an. »Na gut, Conny. Die haben ihr Büro bei der Innenbehörde in der City eingerichtet.«

»Ich weiß«, sagte Feldt. »Übrigens: Brechter hat heute Morgen auch schon einen Blick auf die Tabelle geworfen.«

Katzmann fixierte sie mit einem scharfen Blick. »Das Ergebnis unserer Rasterfahndung? Wieso schnüffelt er hier rum?«

»Na ja … bis vor Kurzem war er ja noch Mitglied der Soko«, antwortete Feldt mit schuldbewusster Miene. »Tut mir leid. Ich dachte …«

»Schon gut«, unterbrach Katzmann sie. »Er hat ja Urlaub, kann aber offensichtlich nicht abschalten.«

»Und wir beide arbeiten die Tabelle ab, nicht wahr?«, mischte sich Storak ein und deutete mit dem Zeigefinger erst auf sich und dann auf Katzmann.

»Richtig.«

»Verstärkung?«

»Momentan nicht.«

»Brechter?«

»Ist befangen und hat Urlaub.«

»Scheiße!«

19.

Wenige Tage vor Anna Grablows spektakulärer Flucht. Sechs Uhr morgens, am Rande des Moorwaldes.

Wie immer zu diesem Zeitpunkt schien sich die Welt um ihn herum zu verändern. Der Nebel der Nacht hatte sich verflüchtigt; der Waldboden war noch feucht und die Luft an diesem Sonntag des Mai 2016 so klar, als wolle die Natur ein Signal für einen grundlegenden Neuanfang setzen. Ein ewiger Kreislauf: der Wechsel der Jahreszeiten, Wachstum und Verwesung, Geburt und Tod, ein ständiges Kommen und Gehen.

Sterben …?

Warum immer diese existenziellen Fragen, wenn sein Geist sich vom Ballast des Alltags zu befreien begann? Fünfundvierzig Minuten Philosophie? Nicht ganz, am Anfang benötigte er Zeit, um sich anzupassen. Dies war die Phase der Überwindung, das Sich-Einfinden in einen gleichmäßigen Rhythmus, dessen Takt die Menschheit seit Zehntausenden von Jahren beherrscht. Die Evolution hat den Menschen zum Läufer gemacht.

Die Zeiten hatten sich geändert. Den überwiegenden Teil des Tages verbrachte er am Schreibtisch, vor dem Fernseher oder im Bett. Die sportlichen Aktivitäten kamen zu kurz, doch an den Wochenenden gab er seinem Körper die Balance zurück. Er erneuerte die

Reserven und schenkte sich etwas, das er als sein persönliches Lebenselixier betrachtete.

Er lief federnd, gleichmäßig und ohne besondere Kraftanstrengung. Die Klarheit, die sich in ihm auszubreiten begann, berauschte seinen Geist, und als er die Hälfte des Weges zurückgelegt hatte, stellte sich in seinem Inneren ein Gefühl tiefster Gelassenheit ein. Als er den Waldweg verließ, um einen Teil seiner Strecke querfeldein zu laufen, funkelte die aufgehende Sonne zwischen den Tannen hindurch. Er lief immer die gleiche Route und achtete akribisch darauf, eine konstante Geschwindigkeit beizubehalten.

Die wöchentliche Prozedur des Joggens hatte eine reinigende Wirkung auf seinen Körper und seine Seele. Als wenn eine Putzkolonne in seinem Kopf gründlich durchwischen würde – und zwar nass. Es schien einen Schalter hierfür zu geben, der sich automatisch aktivierte, wenn er nur lange genug lief.

Richard Walnutt war nie ein Grübler gewesen, doch das letzte Jahr hatte Veränderungen mit sich gebracht, die es zu verarbeiten galt. Letzten Sommer, mit dreiundsechzig, erlitt der gelernte Elektriker einen Herzinfarkt; kurz darauf dann die Scheidung, die für ihn überraschend kam, obgleich sie die Formalitäten des Trennungsjahres eingehalten hatten. Die Ehe war kinderlos geblieben, und Walnutt hatte sich fest vorgenommen, noch einmal richtig durchzustarten. Bei der Online-Partnervermittlung war er seit Wochen registriert, aber die Realität gestaltete sich schwieriger als gedacht. Absagen, Reinfälle oder kuriose Erwartungen: Das Spektrum war vielfältig – aber voller

Überraschungen.

Finanziell sah es besser aus. Eine Scheidung war zumeist eine kostspielige Angelegenheit, doch die kleine Eigentumswohnung am Rande der Großstadt sollte sich als Rettungsanker erweisen. Er hatte frühzeitig in Betongold investiert und bereits seit Jahren vermietet, doch der Vertrag wurde gekündigt, da Frau Schneider aus Altersgründen in ein Pflegeheim eingewiesen wurde. Der perfekte Übergang. Kurz nach der Scheidung bezog er die frei gewordene Zwei-Zimmer-Wohnung und überließ seiner Ex-Frau den Großteil des Geldes, das sie bei dem Verkauf des Hauses erwirtschaftet hatten.

Walnutt verließ die große Lichtung, lief zwischen den Fichten hindurch und steuerte den Wanderweg an, der auf dem Waldparkplatz endete, auf dem sein Wagen versteckt zwischen den Bäumen stand. Plötzlich stieß er mit dem Fuß gegen ein Hindernis. Der Aufprall war so groß, dass er augenblicklich zu straucheln begann. Schlagartig wurde ihm bewusst, dass die unkontrollierte Abfolge seiner Bewegungen zwangsläufig in einem Sturz enden würde. Schützend hielt er die Arme nach oben, stieß mit der Rechten gegen einen Baum, taumelte zwischen zwei Büschen hindurch und fiel der Länge nach bäuchlings auf den weichen Waldboden. Irritiert hob er den Kopf und musste kräftig niesen, da sich die staubigen Ablagerungen der Flora in seiner Nase eingenistet hatten. Prüfend bewegte Walnutt seine Glieder, konnte jedoch keine Verletzungen spüren.

Viel weicher kann man wohl nicht fallen!

Als er die Hände auf den Boden drückte, um aufzustehen, bemerkte er hinter sich einen Schatten, der
wie aus dem Nichts lautlos aus dem Gebüsch zu
kommen schien. Er bewegte den Kopf, wollte sich
umdrehen und etwas sagen, doch der Schatten stand
auf einmal breitbeinig über seinem Rücken. Eine diffuse Angst breitete sich in ihm aus; das Herz schlug ihm
bis zum Halse.

Wer ist dieser … Schatten …, was will er von mir?

Ein kurzes, ratschendes Geräusch ließ ihn zusammenzucken; etwas Metallisches blitzte auf …

Plötzlich kam die Dunkelheit …

20.

Während der Nacht kamen die Zweifel. Ein Alleingang? Alles, was er bisher bei der Polizei gelernt hatte, sprach dagegen, doch dieser Fall sprengte den Rahmen in jeglicher Hinsicht.

Die grausamen Morde an hilflosen Senioren, die an das Bett gefesselt waren. Das Morphische Feld? Die scheinbare Verbindung zu dem Altenheim-Mörder über die Traumwelt. *BROTOX!* Der Tod seiner Mutter, die eine Terroristin gewesen sein soll. Eine unglaubliche Behauptung! Doch wer hatte sie getötet, und warum? Von Anfang an war Daniel Brechter davon ausgegangen, dass sie keinen Selbstmord begangen hatte. Anna Grablow ... wer war diese geheimnisvolle Frau? Hatte sie etwas mit dem Tod seiner Mutter zu tun? Gab es einen Zusammenhang mit dem Altenheim-Mörder?

Brechter hatte sich vorgenommen, der Sache morgen nach dem Termin bei der Friedhofsverwaltung auf den Grund zu gehen, doch er wollte kein übermäßiges Risiko eingehen. Eine Observation, vielleicht eine vorsichtige Kontaktaufnahme, um Informationen zu sammeln: Mehr würde er auf keinen Fall riskieren. Sollte sich seine Vermutung betätigen, ließe sich mit Sicherheit ein Vorwand finden, um die Kollegen zu aktivieren. Die Adresse stand bereits auf der Fahndungsliste; irgendwann würde die Polizei ohnehin an die Tür dieses Mannes klopfen. Es gab immer Möglichkeiten, die Reihenfolge der Überprüfungen zu beeinflussen. Er war Polizeibeamter; kein Mitglied der Soko und momentan in Urlaub, doch immer noch ein Beamter der Hamburger Kriminalpolizei.

Er musste an Conny denken. Vermutlich war sie sauer auf ihn – und das zu Recht. Der Kontakt zu Corinna Feldt war auch nach seiner Entlassung aus der Soko nie vollständig abgerissen. Gutgläubig hatte sie ihm am Telefon von den Ermittlungsfortschritten der Kollegen berichtet. Als sie vor Kurzem bei einem ihrer Telefonate erwähnte, dass die lang ersehnte Fahndungsliste fertiggestellt war, sah Brechter seine Chance gekommen. Während Katzmann und Storak in der morgendlichen Lagebesprechung saßen, stattete er Conny einen Besuch ab, um mit dem Smartphone die Excel-Tabelle zu fotografieren, die ausgedruckt auf Storaks Schreibtisch lag.

Jetzt quälte Brechter das schlechte Gewissen. Er hatte die Zuvorkommenheit der stets hilfsbereiten Kollegin ausgenutzt, um sich einen persönlichen Vorteil zu verschaffen. Allerdings war der unkonventionelle Einsatz lohnenswert gewesen.

In Katzmanns Büro war ihm plötzlich die Erkenntnis gekommen. Als hätte sie ihm jemand mit einem Bolzenschussgerät in das Hirn gefeuert. Dieses gezackte *Etwas*, das er in dem Video des Altenheim-Mörders im Traum gesehen hatte, war nichts anderes als eine Knochensäge gewesen, auf deren glänzender Oberfläche der Name des Herstellers stand.

BROTOX. Die Firma aus Frankfurt produzierte

Fleischerwerkzeuge, Obduktionsbestecke und medizinische Spezialgeräte. Bestellungen über das Internet waren möglich, doch es war nur ein sehr kleiner, spezieller Kundenkreis, der derartige Gerätschaften benötigte. Die Firma hatte ihm anstandslos eine Liste der Kunden erstellt, die in den letzten drei Jahren Bestellungen aus dem Großbereich Hamburg aufgegeben hatten. Es gab lediglich achtundzwanzig Adressen, und Brechter brauchte seine eigene Liste nur noch mit der Fahndungstabelle der Soko abzugleichen.

Volltreffer!

Es gab nur eine einzige Übereinstimmung.

Großseedorf, eine kleine Gemeinde im Kreis Stormarn, der zur Metropolregion Hamburg zählt. Er hatte die Anschrift gegoogelt und voller Anspannung festgestellt, dass es sich um ein abseits gelegenes Haus am Rande eines Moores handelte. Wie von Bollweidenthaler vorhergesagt. Doch ein offizieller Polizeieinsatz auf der Grundlage seines hellseherischen Traumes kam nicht in Frage – noch nicht. Er würde sich nicht zum Gespött der Hamburger Polizei machen, falls sich die ganze Angelegenheit als ein bedauerlicher Irrtum herausstellen sollte.

Unruhig wälzte er sich im Bett hin und her. Sein Blick fiel auf Clara, deren Umrisse sich schemenhaft in der Dunkelheit neben ihm abzeichneten. Sie schlief tief; ihr gleichmäßiger Atem klang wie das Sauerstoffgerät auf einer Intensivstation. Sie teilten wieder das Bett, doch die Unterhaltung beim Abendessen hatte ihn frustriert, obgleich es kein Streitgespräch gewesen war. Trotz all der ungewöhnlichen Ereignisse – oder vielleicht auch gerade deswegen – hatte er Lust auf Sex gehabt und ließ die eine oder andere zweideutige Bemerkung am Esstisch fallen, doch Clara schien alles andere als paarungsbereit zu sein. Von Müdigkeit benommen erinnerte er sich nebulös an einige Passagen der Unterhaltung. Auf eine nicht nachvollziehbare Weise war ihm dabei irgendwie bewusst, dass sein Gehirn eine eigene, individuelle Version der Gesprächsinhalte formte, die seinen persönlichen Vorstellungen entsprach. Obwohl sich die Erinnerungen dadurch irgendwie falsch anfühlten, sah er keinen Anlass, die Verfremdung der Realität zu unterbinden. Während er in den Schlaf hinüberglitt, vermengten sich seine Erinnerungen mit Wunscherlebnissen, die zweifellos ausschließlich seiner erotischen Fantasie entsprangen.

»Die Beerdigung ist also nächsten Donnerstag?«, fragte Clara mit vollem Mund.

»Genau«, antwortete Daniel beiläufig. »Morgen habe ich übrigens den ganzen Tag Termine. Friedhofsverwaltung, Erbscheinangelegenheiten, Blumenschmuck und der Besuch bei einer entfernten Verwandten. Abends bin ich dann bestimmt ziemlich platt.«

»Kommt diese Verwandte auch zur Beerdigung?«, fragte Clara.

»… und habe dann bestimmt keine Lust mehr auf irgendetwas«, sagte Daniel, ohne auf die Frage von Clara einzugehen. Sein Blick fiel auf ihr Dekolleté.

»Wer ist denn diese Person?«

»Kennst du nicht, Clara«, sagte Daniel. »Ich fahr da nur hin, um die Beileidsbekundung entgegenzunehmen.«

»Aha. Na, ich komme so gegen achtzehn Uhr vom Dienst.«

»Ich komm bestimmt später. Also dann haben wir morgen keine Zeit, um …«

»Du willst doch damit etwas andeuten, Daniel?«, sagte sie augenzwinkernd. »Stimmt doch, oder?«

»Den heutigen Abend haben wir nichts geplant«, antwortete Daniel und ließ den zweiten Teil des Satzes *da könnten wir in aller Ruhe vögeln«* unausgesprochen mitschwingen.

»Und was schlägst du vor?« Clara sah ihn mit großen Augen an.

»Wir können lesen … uns einen Film ansehen … ein Spiel spielen … uns amüsieren …«

»Wir öffnen auf jeden Fall eine Flasche Wein …«

»… und machen es uns erst einmal auf dem Sofa gemütlich.«

»Aber keine Horrorfilme, Daniel«, sagte Clara. »Da geht bei mir die Stimmung flöten.«

»Vielleicht was Erotisches?«

»Keine schlechte Idee. Dabei kannst du mir dann die Füße massieren …«

»… und mit der Zunge lecken?«

»Jaaa«, sagte sie und fügte hinzu: »Vielleicht setze ich mich auch auf dich drauf.«

»Du willst die Reiterstellung probieren?«

»Kommt darauf an.«

»Worauf?«

... hey, du kleiner Pisser. Hast du mal einen Blick in die Hölle geworfen? Nein? Dann wird es höchste Zeit, du geiler Bock. Ich warte auf dich ...

Irgendetwas stimmte hier nicht?!

Ein Fremdkörper, ein unangemeldeter Gast schien in seinen Geist einzudringen, doch Brechter hatte bereits die diffuse Grenze erreicht, die den Übergang in die Traumwelt markierte. Hier gab es keine logischen Überlegungen, keine Differenzierungen und keine kritischen Abwägungen, hier existierte nur eine staunende, kindliche Gleichgültigkeit, die sich voller Hingabe in etwas Rätselhaftes hineinziehen ließ, das bei nüchterner Betrachtungsweise als ein chaotischer Raum betrachtet werden musste, in dem es keine allgemeingültigen Regeln gab.

Als sich der Strudel der Gedankenwelt hinter Brechter geschlossen hatte, war der geheimnisvolle Besucher verschwunden und er betrat, wie schon so oft zuvor, eine düstere Welt voller unbeschreiblicher Grausamkeiten, in der *alles* geschehen konnte.

Wirklich alles ...

21.

Das trübe Wasser im Moorwald glänzte pech-
schwarz, als die Sonne unterging. Nebelschwaden zogen auf. Sie verteilten sich zwischen den zahllosen, belaubten Birken und verschlangen die Insekten, die scheinbar planlos über der Wasseroberfläche patrouillierten. Die aufkommende Dunkelheit tauchte den Wald hinter dem einsam gelegenen
Haus in ein diffuses Licht, das seine Augen zu beruhigen schien. Nachdenklich suchte er nach den Krähen,
die sich immer um diese Zeit an seinem Haus versammelten. Er schob die vergilbte Gardine wieder an
ihren angestammten Platz zurück und betrat das altmodische Badezimmer mit den gelben Kacheln.

Der Wasserhahn tropfte. Feine, schwarze Risse ver-
ästelten sich auf der Oberfläche des Spiegels, in dem
ihm sein blasses Gesicht entgegenblickte. Der kahl
geschorene Fünfzigjährige hatte auffallend viele Falten
im Gesicht, die ihn deutlich älter aussehen ließen, doch
er bezeichnete sie stolz als seine Trophäen. Jede einzelne Falte stand für eine ungewöhnliche Tat, die erfolgreich abgeschlossen werden konnte, ohne dass ihm
hierfür eine besondere Gegenleistung abverlangt wurde. Fast kam es ihm vor, als wenn eine gönnerhafte
Macht für ihn persönlich existierte, unter deren Obhut
ihm alles Erdenkliche gelingen konnte.

Der *Uniformierte* hatte für Abwechslung gesorgt. Er

war ein Garant für das Ungewisse; ein unbekannter Faktor, der sich nicht berechnen ließ. Wenn es etwas gab, um das Glück herauszufordern, dann war es diese schattenhafte Gestalt, die ihm gelegentlich im Traum erschien. Vielleicht war er gefährlich? Ein unkalkulierbarer Gegner, der alles zum Einsturz bringen konnte.

Und wenn schon, dachte er gleichgültig und begutachtete seine Zähne. Er hatte sich ohnehin vorgenommen, den Schwierigkeitsgrad zu erhöhen. Am Ende würde jeder alles verlieren, ohne eine einzige Antwort auf die Dinge des Lebens zu erhalten. Das war der Preis – für alle vernunftbegabten Wesen.

Die Erklärungen, die scheinbaren Beweise, die Bestätigungen, die Erfüllungen aller Hoffnungen und die religiösen Versprechen: Es waren nur Fantasiegebilde. Alles geschah ohne einen besonderen Grund.

Er blickte tief in seine stahlblauen Augen und suchte aufmerksam nach einem Bruch in der Symmetrie. Es gab ihn immer, auch in den Augen seiner Opfer, aus denen er getrunken hatte. Nie sind beide Augen völlig gleich, nie erstellt die Natur eine simple, einfallslose Kopie. Ihre Vollkommenheit liegt darin, dass immer etwas weggelassen oder hinzugefügt wird. Der wahre Gebieter des Universums ist die stetige Veränderung, die sich der scheinbaren Perfektion annähern will – sie aber nie erreichen kann. Sie ist die einzige Konstante, die über allen anderen Naturgesetzen steht.

Er trat einige Schritte zurück, um voller Bewunderung seinen unbekleideten Oberkörper zu begutachten. Er sah einen sehnigen, muskulösen Körper; einen fast zwei Meter großen Hünen, der mit großer Selbstzufriedenheit die Muskeln an seinen Armen und an der Schulter massierte. Es fiel ihm schwer, sich von seinem eigenen Spiegelbild loszureißen, und nachdem er sich die Hände gewaschen hatte, verließ er das Badezimmer und begann, sich anzuziehen.

Sein Blick fiel auf *Sandra*. Sie lag noch im Bett und starrte an die Decke. Die blonden Haare saßen perfekt, doch den schwarzen Lidstrich würde er nachziehen müssen – zu einem späteren Zeitpunkt. Sie war immer noch so, wie er es sich gewünscht hatte. Eine leicht gebräunte Hautfarbe, hellgrüne Augen, große Brüste und lange Beine. Am Anfang hatte er sich *danach* oft schlecht gefühlt, irgendwie so, als wenn er etwas Ekelerregendes, Unanständiges getan hätte, doch mit der Zeit gewöhnte er sich an die seltsame Prozedur. Irgendwann war sie zu einem Akt der Normalität geworden, bei dem er die berauschende Sicherheit verspürte, die sich bei den *normalen* Frauen nur selten eingestellt hatte.

»Die Gefiederten haben sich als nützliche Freunde erwiesen«, sagte er zufrieden zu ihr.

Waren sie nicht immer eine Plage für dich?

»Du hast Recht, doch offensichtlich hatten sie Angst vor mir«, antwortete er leise. »So haben sie sich entschlossen, mir einen Dienst zu erweisen.«

Welchen?

»Mit ihren krächzenden Lauten haben sie mir den *Läufer* angekündigt. Sie saßen in den Ästen und beobachteten ihn; dann riefen sie mich, sodass ich seine Bahnen verfolgen konnte.«

Um was zu tun?

»Ich hatte ihn lange Zeit nur beobachtet, bis ich bemerkte, dass er immer zur gleichen Zeit den gleichen Weg lief. Es fiel mir schwer, der Verlockung zu widerstehen, und eines Morgens ...«

Du hattest versprochen, das Material nur in den Heimen zu beschaffen. Von den Alten ...! Du hast dich über deine eigenen Prinzipien hinweggesetzt!

»Ja, Sandra«, antwortete er schuldbewusst, »ich weiß, doch der *Läufer* gehört auch bereits zu den Verachtenswerten, und ich benötige noch dringend ...«

Du weißt, dass es ein Fehler gewesen war?

»Möglicherweise. Ich werde es nicht wieder tun, doch er ist bereits unten. *Gimli* steht kurz vor der Vollendung, und diesmal mache ich es anders.«

Wie?

»Er soll die Vollendung des Werkes miterleben.«

Du willst, dass er am Leben bleibt?

»Ja, er soll die Verwandlung seiner Gebeine mit eigenen Augen bewundern können.«

Er wird sterben!

»Nein, es kann gelingen. Ich habe alles vorbereitet. Du wirst es sehen, Sandra. Ich beweise es dir.«

Du hast weder die Ausrüstung noch die medizinischen Kenntnisse!

»Das ist auch gar nicht notwendig. Ich habe alles in dem Buch gelesen. So schwer ist es gar nicht.«

Welches Buch?

»Du kennst es nicht. Es handelt von einer Frau, die ihren Patienten *hobbelt*.«

Ich verstehe dich nicht.

»Das macht nichts, Sandra. Ich zeige es dir.«

Wann?

»Schon bald. Ich habe bereits alle Vorbereitungen getroffen.«

Ich kann es kaum erwarten, Wolfgang.

22

Der Ford Fiesta war so heiß wie eine Supernova. Es war nur eine Frage der Zeit, bis der erste Polizei-Hubschrauber am Himmel auftauchen würde, doch als Anna Grablow die Autobahn A1 bei Hammoor verließ, musste sie nur noch zehn Kilometer zurücklegen, um ihr endgültiges Ziel zu erreichen.

Ha, ha! Ich bin ihnen mal wieder entwischt.

Die Rapsfelder, an denen sie vorbeizuschweben schien, hatten ihre farbliche Pracht bereits weitestgehend verloren. Das grelle, strahlende Gelb, an dem sich die Augen im Mai sonst kaum sattsehen konnten, war einer stumpfen, von Tristheit geprägten Färbung gewichen, die danach zu betteln schien, unter den rotierenden Messern einer qualmenden Erntemaschine zu verschwinden.

Anna war sich bewusst, dass ihr nach der Schießerei in Hamburg nur noch wenig Zeit blieb, um den Wagen loszuwerden, doch als der Weg sie plötzlich durch einen dichten, von hohen Tannen dominierten Wald führte, ahnte sie, dass die kleine Ortschaft mit der neugotischen Kirche im Zentrum nicht mehr weit entfernt war. Es war eine gefühlte Ewigkeit her, seitdem sie sich zusammen mit Ingelore hierhin zurückgezogen hatte, um Abstand zu gewinnen. Sie führten damals ein Leben außerhalb der Legalität, in dem sie mehr als einmal Gefahr liefen, auf die eine oder andere Weise die Freiheit oder gar das Leben zu verlieren. Das alte Haus am Rande des Moorwaldes befand sich schon lange im Besitz von Ingelores Vorfahren und war perfekt dafür geeignet, um für einige Zeit von der Bildfläche zu verschwinden. Mehrere Monate lebten sie inmitten einer idyllischen Natur, fernab jeglicher Großstadthektik, und entwickelten mit der Zeit das Gefühl, auf einem anderen Planeten gestrandet zu sein.

Die Erinnerungen daran waren verblasst, doch als Ingelore bei Annas letztem Besuch im Heim von Wolfgang und dem alten Haus in Großseedorf erzählte, sah sie es plötzlich wieder vor sich: diese kleine verwunschene Welt in der Nähe der Großstadt, umgeben von Wald und Wasser, am Rande eines Moores, von einigen Hundert Menschen bewohnt, für die die Zeit stehen geblieben war.

Als Anna das Ortsschild passierte, suchte sie verzweifelt nach einem vertrauten Orientierungspunkt, doch es kam ihr so vor, als wäre sie niemals hier gewesen. War das noch das alte Dorf, in dem sie so oft spazieren gegangen waren? Für einen kurzen Moment breitete sich eine undefinierbare Panik in ihr aus, die ihr die Luft zu nehmen schien. Sie fuhr rechts ran, ließ das Seitenfenster hinuntergleiten und atmete die bäuerliche Luft tief in ihre Lungen ein.

Der Ort wirkte wie ausgestorben. Bis auf eine mausgraue Katze, die gemächlich über die Straße trottete, konnte Anna kein Lebewesen entdecken.

Das Kaff ist klein. Ich fahr einfach die paar Stichstraßen ab, dann muss ich automatisch daran vorbeikommen.

Sie ließ den Motor wieder an und suchte nach den kleinen Nebenstraßen, in denen nur noch wenige Häuser standen. Den verträumten Ortskern mit der alten Kirche aus hellroten Backsteinen, dem kleinen Friedhof und dem grünlich schimmernden Löschteich konnte sie ignorieren; die Abwege würde sie absuchen müssen, doch der Aufwand hierfür war gering.

Die ersten beiden Anläufe scheiterten.

Anna wendete, fuhr wieder in Richtung Ortsausfahrt und lenkte den Fiesta in eine Seitenstraße hinein, die auf den ersten Blick wie eine Hofeinfahrt aussah. Sie folgte zahlreichen, engen Kurven, die sich an immer weniger Häusern vorbeischlängelten, bis die Straße in einen unbefestigten Schotterweg überging, der in den Wald hineinzuführen schien. Sie schaltete runter, fuhr minutenlang an verwilderten Feldern vorbei, bis sie es plötzlich rechts vor sich am Waldesrand liegen sah.

So gut wie nichts hatte sich verändert. Das moosbewachsene Dach, die roten Ziegelsteine, die weiß lackierten Fensterrahmen, von denen die Farbe abblätterte, und der riesige Vorgarten, in dem jetzt alle möglichen Seltsamkeiten herumstanden: Die Zeit schien stehen geblieben zu sein. Anna rollte langsam an dem Grundstück vorbei und versuchte, einen unauffälligen Blick auf das Haus zu werfen, doch im Vorbeifahren war nichts Außergewöhnliches zu bemerken. Sie fuhr in den Wald hinein, kam auf dem kleinen Parkplatz zum Stehen und suchte nach einem geeigneten Stellplatz, auf dem der Wagen nicht so leicht zu entdecken war. Hier endete die Straße, und Anna fiel auf, dass nur ein einziges Fahrzeug zwischen den hohen Tannen abgestellt war. Sie hatte die freie Auswahl und entschied sich für eine freie Ecke, die versteckt hinter einigen Büschen lag. Fast hätte sie sich festgefahren, doch eine abschließende Überprüfung des Geländes ergab, dass sich der Aufwand gelohnt hatte. Der Wagen war so gut wie unsichtbar.

Sie packte ihre Sachen zusammen, nahm die bunte Tasche unter den Arm und ging querfeldein zurück, um sich einen Überblick über das Gelände zu verschaffen. Sie hatte sich vorgenommen, das Haus vorerst nur zu beobachten, um die Situation besser einschätzen zu können. Wolfgangs Vater, ein Weggefährte aus den Zeiten der ersten Generation, war vor zwanzig Jahren an Krebs gestorben. Bei der Beerdigung war Anna dem damals dreißigjährigen Wolfgang erstmalig begegnet und hatte einige Worte mit dem stattlichen Hünen gewechselt. Sie wusste von seiner kriminellen Vergangenheit in der dritten Generation und bewunderte die Geschichten, die in der Szene über ihn erzählt wurden, doch kurz nach der Trauerfeier, die im engsten Freundeskreis in einer alten Villa stattgefunden hatte, verschwand der mysteriöse Mann plötzlich spurlos.

Sie traute sich durchaus zu, ihn auch heute noch wiederzuerkennen, doch Anna wollte kein unnötiges Risiko eingehen. Dieser Mann war bereits vor zwanzig Jahren überaus gefährlich gewesen; eine tickende Zeitbombe, welche die damalige Bundesrepublik über Jahre hinweg in Atem gehalten hatte. Niemand konnte wissen, was aus ihm in der Zwischenzeit geworden war.

Mich wird er vermutlich nicht erkennen. Ich bin mittlerweile in Würde gealtert und gehe als harmlose Großmutter durch.

Auf jeden Fall schien er ausgesorgt zu haben. In den Erddepots der RAF waren neben Waffen und gefälschten Papieren vermutlich auch riesige Summen an Bargeld oder Gold versteckt worden. Ingelore hatte den Begriff *Krüger* verwendet, und Anna war sich sicher zu wissen, was es hiermit auf sich hatte. Der *Krügerrand*, die bekannteste Goldmünze der Welt. Momentaner Wert: tausendzweihundert Euro für die Eine-Unze-Stückelung. Die begehrten Münzen ließen sich in vielen Wechselstuben jederzeit zu Geld machen – ohne Vorlage eines Personalausweises. Das perfekte Überlebenspaket für jeden in die Jahre gekommenen Terroristen, der den Rest seines Lebens im wohlverdienten Ruhestand genießen wollte.

So wie Anna Grablow …

23.

Dunkelheit ... Furcht. Ein dumpfer Schmerz, der wie die Brandung eines Ozeans auf- und abschwoll, und eine unbeschreibliche Angst, die sich wie ein riesiges Spinnennetz lähmend um seinen Körper gelegt hatte. Ein seltsamer Geruch lag in der modrigen Luft des fensterlosen Raumes. Obgleich sich seine Gedanken wie in einem berauschten Zustand der Narkotisierung verflüchtigten, registrierten seine Sinne die Ausdünstungen dieses düsteren Verlieses (*etwas anderes kann es nicht sein*) mit beeindruckender Genauigkeit.

Es roch nach ... Blut!

Triefendes, blutiges Fleisch, das die abgestandene Luft des Raumes mit einem Geruch schwängerte, der ihm bekannt vorkam. Seine Gedanken wirbelten durcheinander. Woher kannte er diesen ...?

Ja, natürlich ..., die Schlachterei, in die er nach erfolgreicher Jagd das erlegte Wild zur Weiterverarbeitung brachte. Es war dieser Geruch ...

Panische Angst!

Bewegung? Flucht? *Ich muss hier raus ... sofort!*

Sein Körper lag regungslos auf einer ...? Er wusste es nicht. Bis auf den Geruch gab es keine Orientierung, keine messbare Größe, die seinen benebelten Geist mit geeigneten Informationen versorgen würde, doch er hatte das unwirkliche Gefühl, als wenn sich sein Körper in einer eisigen Umklammerung befinden würde.

Gefangen, gefesselt? *Warum ... von wem?*

Die Erinnerung an das Geschehene verschwamm in einem diffusen Brei aus Angst, Schmerz und einer kontrahierenden Taubheit, die sich als gnädiger Begleiter zu erweisen schien, da sie zumindest zeitweise das Grauen überlagerte, welches in seinen verkrampften Innereien zu wachsen begann.

Wie war er hierhin gekommen? Wo hatte er sich zuvor aufgehalten? Plötzlich flackerte eine erste Sequenz vor seinem geistigen Auge auf. Der Wald, ein sich auf- und abbewegendes Bild des Himmels vor ihm, ein schnaubender Rhythmus, der aus seiner Lunge herausgepresst wurde, und ein euphorisches Gefühl der ... Gelassenheit.

Ja, er konnte sich erinnern. Er war ein ... *Läufer* gewesen. Die Erkenntnis beflügelte seinen Geist. Er wollte etwas sagen, um Hilfe schreien, doch sein Mund war wie zugenäht. Panisch bewegte er die Zähne, schob die pelzige Zunge ein Stück weit zwischen die Lippen und registrierte erleichtert, dass etwas auf seinem Mund zu kleben schien.

Nicht zugenäht ...!

Seine Freude darüber währte nur kurz. Die Lage schien aussichtslos. Jemand hatte ihn gewaltsam entführt und seinen Mund verklebt, um ...

Um was mit ihm zu tun?

Ein schrecklicher Verdacht breitete sich wie eine in Zeitraffer verlaufende Virusinfektion in ihm aus. Er würde hier sterben, vielleicht unter höllischen Qualen. Wer oder was steckte dahinter? Ein wahnsinniger

Mörder oder jemand, der ihm seine Organe entnehmen wollte, vielleicht aber auch ein skrupelloser Wissenschaftler, der ein grauenvolles, illegales Experiment an ihm ..., oder doch nur ein böser, geschmackloser Spaß unter Jagdfreunden? Der Umgang untereinander war nicht gerade zimperlich, doch dass die Kameraden eine derartige Aktion durchführen würden, konnte er sich eigentlich nicht vorstellen, zumal die Jägerschaft von seinem Herzinfarkt wusste.

Ich gehe manchmal auf die Jagd und töte ...

Was mache ich sonst? Wovon lebe ich?

War es jetzt Tag oder Nacht? Wie lange war er bereits gefangen und lag in dieser unangenehmen Position? Er hatte jegliches Zeitgefühl verloren und blickte sich angstvoll um. Seine Augen hatten sich bereits an die Finsternis gewöhnt. Der dunkle Kellerraum beherbergte Unmengen an Regalen, die offenbar mit vielerlei Werkzeugen und sonstigen Utensilien gefüllt waren. Da standen Tische herum, Werkbänke und Maschinen. Er drehte den Kopf, so weit er konnte, und entdeckte die Armlehne eines Sofas sowie ein seltsames, hässliches Gebilde, das wie ein unvollendeter, ausgestopfter Dämon aussah.

Seine Angst steigerte sich ins Unermessliche.

Es war ihm unmöglich, sich zu bewegen, doch seine Muskeln begannen zu zittern, seine Zähne klapperten und ein wimmerndes Stöhnen erfüllte den Raum, das dem Gejammer eines Kleinkindes nicht unähnlich war.

Er drohte zu kollabieren, doch plötzlich ...

Ein Geräusch! *Werde ich befreit oder ...?*

Stille …

Auf einmal ein schabendes Poltern.

Er wagte kaum zu atmen, doch seine Nase drohte zu verstopfen, sodass er die Luft kraftvoll ansaugen musste, um seine Lunge mit einer ausreichenden Menge an Sauerstoff zu versorgen.

Hilfe, ich ersticke …, warum hilft mir niemand?

Dann ein quietschendes Knarren, so als wenn jemand eine schwere Metalltür öffnen würde. Das kalte Licht einer Neonlampe drang in den Raum hinein. Er bewegte den Kopf, doch was auch immer die Geräusche verursachte, es lag außerhalb seines Sichtfeldes. Knirschende Schritte auf nacktem Betonfußboden, die von Wortfetzen überlagert wurden.

»… steht unter Medikamente. Ich muss noch …«

Die dumpfe Stimme eines Mannes! Der Entführer? Sein Peiniger? Starr vor Angst unterdrückte er das Zittern seines Körpers so gut er konnte, doch das kranke Herz in seiner Brust schien zu zerspringen.

Mit wem redet er? Hat er einen Komplizen?

»… die Dosis lässt nach. Ich ziehe eine neue Spritze auf, und …«

Das Wort *Spritze* ließ einen kalten Schauer über seinen Rücken laufen. Er würde – zum wiederholten Male – betäubt werden. Grauenvolle Schreckensfantasien breiteten sich in ihm aus. Wie kleine, gierige Metastasen durchwucherten sie seinen Körper, besiedelten sein Gehirn, wuchsen in sein Bewusstsein hinein und formten aus ihm ein verängstigtes Bündel Elend, in dem nichts mehr vorhanden zu sein schien, was ihn einmal ausmachte.

»… ich setze dich solange auf das Sofa …«

Er konnte das Quietschen verrosteter Federkerne hören und stöhnte laut auf, während sein Peiniger ihn berührte. Als er einen Einstich am Arm verspürte, krümmte sich sein Körper angstvoll hin und her, doch die Fesseln schnitten sich immer tiefer in das Fleisch hinein. In seinen Augen spiegelte sich das blanke Entsetzen.

»Gleich wird es dir besser gehen«, sagte der Fremde und starrte ihm mit einem seltsam suchenden Blick in die Augen.

Seine Augen sind so blau und … kalt wie die Murmeln, mit denen wir früher gespielt haben, dachte der *Läufer* wehmütig und wünschte sich inständig, dass er dieses Leben noch einmal leben dürfte, um sich an irgendeinem Punkt seiner zahlreichen verschiedenen Lebenslinien für einen anderen Weg zu entscheiden, doch die Würfel des Schicksals waren gefallen.

»Ich werde heute noch mit dem Teufel tanzen, mein Freund.«

Ich bin nicht dein Freund. Ich bin … nicht …

»Du wirst dabei sein und in der ersten Reihe sitzen. Du wirst schon sehen, Läufer …, der Teufel lässt sich nicht zweimal bitten.«

Nein, nein, bitte nicht. Ich will nach Hause …

»Ein Teil von dir wird bald zu einem Kunstwerk werden. Ich verspreche es …!«

Oh bitte nein! Tun Sie mir bitte nicht weh … Oh mein Gott, bitte nicht!

Plötzlich kamen die Spinnen; zu Tausenden ließen sie sich auf seinen Körper hinabsinken. Sofort begannen die Achtbeinigen eifrig, ein fragiles Netz zu weben, das sich wie ein Kokon um ihn hüllte. Er konnte sehen – wenn auch nur verschwommen –, hören und empfinden, doch er hatte das Gefühl, als wenn sich jeder Reiz durch eine dicke Schicht aus Watte hindurcharbeiten musste, bevor er die Schaltzentrale seines Gehirns erreichte.

Ein gnädiger Akt der Barmherzigkeit? dachte er müde und wünschte sich sehnlichst einfach einzuschlafen, doch die Angst, die in seinen Gedärmen wütete, verwehrte ihm den Zutritt in das Reich der grenzenlosen Träume. Hoffnungsvoll klammerte er sich an die zu erwartende Wirkung des Medikamentes, das in seinem Körper zu zirkulieren begann. Was auch immer geschehen würde, es gab einen Mechanismus, durch den sich einiges ertragen ließ.

Auch den Reiz eines Schmerzes, so hoffte er inständig.

24.

Als er den dunklen Kellerraum mit *Sandra* auf den Armen betrat, schlug ihm das wehleidige Stöhnen des *Läufers* entgegen. Die Wirkung des Medikamentes hatte bereits merklich nachgelassen. Der *Modellbauer* hatte nicht damit gerechnet, dass der Mann mit den ergrauten Haaren in so kurzer Zeit das Bewusstsein wiedererlangen würde, und ärgerte sich über seine eigene Nachlässigkeit. Er platzierte *Sandra* auf dem Sofa und verstellte ihre Gliedmaßen in einer Weise, wie es für eine junge, attraktive Frau typisch war. Nachdem er ihre Sitzposition für einen kurzen Moment begutachtet hatte, ging er zum Medikamentenschrank, um eine neue Spritze aufzuziehen.

»… die Dosis lässt nach. Ich ziehe eine neue Spritze auf und …«

Er wirkt unruhig. Ob er Angst hat?

»Natürlich hat er Angst … und er hat auch allen Grund dazu.«

Was hast du vor, Wolfgang?

»Warte ab, ich muss nur noch einige Vorbereitungen treffen.«

Ich mag die Dunkelheit. Kannst du deine Arbeiten auch im Zwielicht verrichten?

»Ja, natürlich«, sagte er behutsam und schaltete nur die schwachen Punktstrahler ein, sodass der größte Teil des Raumes im Halbdunkeln lag.

Er verabreichte dem *Läufer* die Injektion und beobachtete ihn danach aufmerksam, um die Wirksamkeit des Barbiturates zu überprüfen. Wenn alles funktionieren würde, sollte sich der Mann nach einigen Minuten in einer Art Dämmerschlaf befinden. Keine vollständige Narkose, aber ein berauschender Zustand, der die Sinne betörte und den größten Teil der Schmerzen dämpfte.

Sein Blick fiel auf *Sandra*. Es war nicht schwer zu erkennen, dass etwas Neugieriges in ihrem Antlitz lag. Er hatte bereits zu anderen Gelegenheiten beobachtet, dass die Augen der jungen Frau eine eigentümliche Ausstrahlungskraft besaßen, die er nicht für möglich gehalten hätte.

Nur widerwillig wandte er sich von ihr ab, streifte die Ärmel seines grauen Sweatshirts hoch und holte eine große Sprühflasche Desinfektionsmittel aus einem der Regale. Er stellte sie behutsam auf den Tisch neben der Pritsche, auf dem bereits eine Stoffschere, ein Fleischermesser und die Knochensäge lagen. Er zog dem Gefangenen die Laufschuhe aus, nahm die Schere, schnitt seine Jogginghose am rechten Bein auf und entfernte den Stoff, bis das Beim zum Oberschenkel hinauf unbekleidet war. Unschlüssig betrachtete er sein Werk und verharrte minutenlang in einer starren Bewegungslosigkeit, die so aussah, als wäre er mit einer Science-Fiction-Waffe paralysiert worden.

Ruckartig löste er sich aus seiner seltsamen Lähmung, verließ hastig den düsteren Kellerraum und kam kurz darauf mit einer Waffe in der Hand zurück. Als er *Sandras* fragenden Blick bemerkte, deponierte er

175

das Schießeisen auf dem Tisch zu den bereitgelegten Utensilien, setzte sich neben die attraktive Frau und legte seinen Arm um ihre Schulter.

»Nur für den Notfall«, sagte er bedächtig. »Falls die Dinge außer ... Kontrolle geraten.«

Was hast du vor, Wolfgang?

»Als Erstes muss ich den Propan-Gas-Kocher vorbereiten.«

Gas-Kocher? Wofür brauchst du so etwas? Willst du Campingurlaub machen?

Er lächelte. »Natürlich nicht, doch wenn ich mich an die Anleitung aus dem Buch halten will, benötige ich so etwas wie einen Propanbrenner.«

Du sprichst von diesem ... wie hieß das noch? hobbeln?

»Richtig! Es scheint nicht schwer zu sein, doch ohne die korrekten Vorbereitungen ...«

Ich habe Angst, Wolfgang.

»Das brauchst du nicht, Sandra«, sagte er tröstend. »Da fällt mir ein: Ich benötige auch noch ein Gefäß mit Wasser.«

Er befüllte einen blauen Plastikeimer, nahm einen Karton aus dem Regal und aktivierte den Punktstrahler an einer der Werkbänke. Vorsichtig öffnete er das Behältnis mit einem Tapeziermesser. Der darin befindliche Camping-Gas-Kocher bestand aus zwei Teilen: Einer blauen Ventilkartusche, in dem sich das Propangas befand, und einem aufschraubbaren Aufsatz – der eigentliche Kocher –, der neben der Zündung und einem Regler auch vier auseinanderklappbare, silberne Metallbügel besaß, auf die das Kochgeschirr abgestellt wurde.

Er spannte den Aufsatz in einen Schraubstock, klappte die Metallbügel auseinander und schaltete die Flex ein. Das ohrenbetäubende Kreischen des Trennschleifers ließ die abgestandene Luft im Raum erzittern. Während sich das Trennblatt der Flex nacheinander durch die Metallbügel fraß, ergoss sich ein gelbweißer Funkenregen über den Arbeitstisch.

Den, auf diese Weise gestutzten, Aufsatz drehte er vorsichtig auf die Kartusche, bis ein Ploppen zu hören war.

Vorsichtshalber ein Funktionstest, dachte der *Modellbauer,* nahm ein Feuerzeug aus der Hosentasche, drehte den Gasregler am Kocher auf und entzündete eine gelbe Flamme, die sich in ihrer Intensität über den Regler verstellen ließ. Als der Feuerstrahl eine blaugelbe Färbung angenommen hatte, unterbrach er den Gaszufluss, und stellte das Gerät zu den anderen Utensilien zurück.

Das müsste ausreichen!

»Es kann beginnen«, sagte er mit einem Anflug von Unsicherheit in der Stimme, nahm die Flasche mit dem Desinfektionsmittel und sprühte das nackte Bein des *Läufers* ein. Ein charakteristischer Krankenhausgeruch verbreitete sich blitzartig im Raum, zumal er die mit Alkohol versetzte Flüssigkeit großzügig dosierte.

Er stellte die Flasche beiseite und konzentrierte sich einige Minuten, dann tastete er mit der linken Hand das Schienbein seines Opfers unterhalb des Knies ab (*die Haut über dem Knochen ist hier ungewöhnlich dünn*), und ergriff mit der Rechten die Knochensäge, in deren Sägeblatt sich das Licht des Punktstrahlers reflektierte.

Der schwarze Kunststoffgriff lag gut in der Hand, doch für einen kurzen Moment zögerte der *Modellbauer*, sodass es für einen stillen Beobachter so ausgesehen hätte, als wenn ein plötzlicher Anfall von Skrupel über ihn hereingebrochen wäre. Kopfschüttelnd nahm er das Desinfektionsspray erneut in die Hand, sprühte jetzt auch das Sägeblatt von allen Seiten sorgfältig ein und setzte das rasiermesserscharfe Werkzeug kurz unterhalb des Knies an.

Es muss schnell gehen!

Er fixierte mit der Linken das Bein des *Läufers* am Fußgelenk, schloss verzückt die Augen und ...

25.

Beeindruckende Pracht! Blühende Rhododendronpflanzen so weit das Auge reichte. Ein be-
rauschendes Farbenmeer, an dem niemand
achtlos vorbeigehen konnte.

Ohlsdorf: der größte Parkfriedhof der Welt. Das
Straßennetz auf dem Ohlsdorfer Friedhof in Hamburg
hatte enorme Ausmaße, und Daniel Brechter war es
trotz der neuen Navigations-App nicht gelungen, den
Termin bei der Friedhofsverwaltung pünktlich einzu-
halten, zumal er immer wieder kurz anhielt, um die
Farbenpracht der Rhododendronpflanzen zu bewundern. Der Papierkram, die Auswahl der Grabstelle und
das anschließende Beratungsgespräch hatten sich aus
diesem Grund verzögert, doch jetzt, um 11 Uhr 30,
verließ er das imposante Gelände mit seinem Honda,
um die quirlige Hansestadt in Richtung Großseedorf
zu verlassen.

Während der Fahrt schweiften seine Gedanken ab,
und erneut begann er sich zu fragen, ob es nicht besser
gewesen wäre, die Kollegen mit ins Boot zu nehmen.
Seine Waffe hatte er vorsichtshalber mitgenommen,
doch es wäre nicht das erste Mal gewesen, dass bei
einem derartigen Vorhaben etwas außer Kontrolle
geraten könnte. Völlig auf sich allein gestellt verfügte
er nur über begrenzte Möglichkeiten, um auf ein un-
vorhersehbares Ereignis angemessen reagieren zu

können. Auf der anderen Seite verspürte Brechter nicht das geringste Verlangen, seinen Vorgesetzten den übersinnlichen Kontakt zu diesem mordenden Monster zu offenbaren. Außerdem: Noch gab es keinen Beweis dafür, ob ihm tatsächlich der Altenheim-Mörder im Traum begegnet war. Diese absonderlichen Wachanfälle mit den furchterregenden Halluzinationen, die bizarren Visionen der Gewaltexzesse und die ihn immer wieder peinigenden Albträume sprachen eher dafür, dass sich sein Gehirn in der Nacht auf äußerst radikale Weise abreagieren wollte. Wie auch immer: Es gab jetzt kein Zurück mehr. Selbstverständlich könnte er den Wagen einfach wenden und die ganze Angelegenheit vergessen, doch es gab einen entscheidenden Faktor, den er um jeden Preis abklären wollte.

Die These des dicken Bayern – Bollweidenthalers erstaunliche Erklärung für das Übersinnliche.

Wenn es tatsächlich so etwas wie das Morphische Feld gab und sich hierüber eine mentale Verbindung herstellen ließe, in welcher Wechselwirkung stand er in diesem Fall dann zu der Kontaktperson?

Was hatte Bollweidenthaler gesagt? Nur wenn eine starke, emotionale Beziehung zwischen den betroffenen Personen vorhanden ist, scheint eine Art telepathische Kommunikation über das Morphische Feld möglich zu sein.

Eine starke emotionale Beziehung! Zu wem?

In was für einer *Beziehung* stand er zu dem Altenheim-Mörder? Oder war es möglich, dass die These des dicken Bayern nicht für jeden galt? Vielleicht war er eine der seltenen Ausnahmen? Vielleicht besaß er von Geburt an eine besondere Fähigkeit; eine Art genetische Mutation wie bei den X-Men, die als heldenhafte Mutanten in den gleichnamigen Kinofilmen thematisiert wurden. Einer der Superhelden hatte telephatische Kräfte; er konnte Gedanken lesen. Vielleicht hatte auch er einfach die Fähigkeit, im Traum in die Welt anderer Menschen einzudringen?

Und wenn nicht?

Dann würde er tatsächlich in einer starken emotionalen Beziehung zu dem Mörder stehen. Was für eine abstruse Vorstellung. Der Gedanke daran ließ ihm einen kalten Schauer über den Rücken laufen.

Wer könnte sich in diesem Fall hinter der Kontaktperson – dem Monstrum – verbergen? Hatte es vielleicht etwas mit seinem verschwundenen Vater zu tun? Es war ihm nie in Sinn gekommen, mit seiner Mutter darüber zu sprechen oder eigene Nachforschungen anzustellen, um etwas über seinen Erzeuger herauszubekommen. Vielleicht war das ein Fehler gewesen.

»Dein Vater ist in den siebziger Jahren kurz nach deiner Geburt gestorben«, hatte seine Mutter ihm irgendwann erzählt. Das war alles. Keine Erklärungen, keine Fotos und keine Grabstelle, zu der er hätte gehen können. Hatte sie ihm damals eine Lüge aufgetischt, und wenn ja, warum? Gab es ein dunkles Geheimniss, vor dem sie ihn beschützen wollte?

Einige dieser Fragen hätte er sich bereits auch früher stellen können, doch rückblickend schien es ihm, als wenn es reine Bequemlichkeit gewesen war, die ihn davon abgehalten hatte, die Wurzeln seiner Existenz zu hinterfragen. Bequemlichkeit und ... Angst.

Angst ...? Doch, ja, natürlich, er konnte es nicht leugnen. Angst, etwas herauszufinden, das einen bestialischen Gestank freisetzen könnte, der ihm nicht gefallen würde. Wie der Gestank einer Leiche, die schon seit Jahren vergessen in einem düsteren Keller vor sich hinrottet. Vielleicht würde die Tür dorthin heute zum ersten Mal geöffnet werden; vielleicht hatte seine Intuition ihn bisher davor bewahrt, auch nur in die Nähe dieser Tür zu gehen, hinter der das Grauen lauern könnte.

Er hatte immer noch das unbändige Verlangen, die ganze Angelegenheit zu verdrängen, doch hiermit sollte jetzt Schluss sein. Er wollte zumindest versuchen, Licht in das Dunkel des Übersinnlichen zu bringen. Was auch immer dabei herauskommen würde: Diese unerträgliche Ungewissheit musste ein Ende haben. Noch hatte er keine Vorstellung davon, wie die Annäherung an den vermeintlichen Täter vonstatten gehen sollte und mit welcher Begründung er im Falle eines Falles die Kollegen zu Hilfe rufen könnte, doch notfalls – so sein ausgeklügelter Plan – würde er eben improvisieren.

Das Ortsschild von Großseedorf riss ihn aus seiner Nachdenklichkeit heraus. Er war eine Stunde über verschiedene Landstraßen gefahren und hatte sich bisher akribisch an die – zum Brüllen komischen – Anweisungen seiner Navi-App gehalten. Die eigentümliche Frauenstimme brachte ihn immer wieder zum Lächeln, sodass die finsteren Gedanken, die ihn während der Fahrt gequält hatten, so gut wie verflogen waren.

»Bitte biegen Sie in hundert Metern – Drecksack, ficken, ficken – rechts ab.«

Brechter lachte laut auf und schüttelte den Kopf. Die Navi-Stimme mit dem Tourette-Syndrom, die er sich auf das Smartphone heruntergeladen hatte, war ganz nach seinem Geschmack.

Mal was anderes, dachte er amüsiert und spekulierte in Gedanken darüber, welche Ausgefallenheiten die Navigations-Branche noch zu bieten hatte.

Brechter ignorierte die Anweisung der Tourette-Stimme und fuhr geradeaus weiter, da er zu seiner Rechten lediglich eine Hofeinfahrt mit einem riesigen Misthaufen entdeckte, die auf einen Bauernhof zu führen schien.

»Bitte bei nächster Gelegenheit wenden, … Arschloch.«

Selber Arschloch, dachte Brechter und suchte nach einer komfortablen Möglichkeit, um wieder zu der Abzweigung zurückzukehren. Er verließ die Ortschaft, wendete den Honda an der Einfahrt zu einer Pferdekoppel und gab Gas.

Bisher lag das Navi immer richtig. Dann werfen wir eben mal einen Blick auf diesen Misthaufen.

Und tatsächlich: Das Navi sollte Recht behalten. Die kleine Straße führte ihn direkt an dem Misthaufen vorbei, schlängelte sich durch Wiesen und Koppeln und endete auf einem kleinen Waldparkplatz, der sich in der Nähe eines alten, völlig isoliert stehenden Hauses befand.

Das muss es sein, dachte Brechter mit einem Anflug

von Nervosität, parkte den Honda neben einer Reihe schlanker, hoher Fichten und verließ den Wagen, um sich einen ersten Überblick zu verschaffen. Er ahnte nicht, was sich wenige Stunden zuvor in dieser idyllischen Umgebung abgespielt hatte, und schlenderte völlig unbedarft die Straße entlang, bis er im Vorgarten des alten Hauses etwas äußerst Seltsames entdeckte. Eine außergewöhnliche Abscheulichkeit, die sofort seine Aufmerksamkeit erregte.

26.

Der *Läufer* wurde fortgespült.

Für einen kurzen Zeitraum war er in der Lage gewesen, die schreckliche Realität seiner ausweglosen Situation zu begreifen, doch dann war dieser Mann mit den Furcht einflößenden Augen und der Spritze in der Hand erschienen. Vielleicht hätte er ihm Geld anbieten können, ihm irgendeinen Dienst erweisen oder für ihn lügen und betrügen können – er hätte alles getan, um sich aus der misslichen Lage zu befreien –, doch außer einem dumpfen, hilflosen Stöhnen drang kein Laut aus seinem mit Klebeband verschlossenen Mund. Nachdem sein Peiniger ihm die Injektion verabreicht hatte, dauerte es nicht lange, und sein gequälter Geist durchlief erneut die unberechenbaren Stadien des Medikamentenrausches.

Die zahlreichen Spinnen, die einen Kokon aus Watte um seinen Körper gesponnen hatten, waren verschwunden. Auch der Kokon selbst begann sich aufzulösen; stattdessen lag er plötzlich in der Brandung eines Ozeans, der aus einer zähflüssigen Substanz zu bestehen schien, die ihn an Tapetenkleister erinnerte. Sie trug ihn davon, hüllte ihn ein und vernebelte seine Sinne, die sich unaufhaltsam zu verselbstständigen begannen.

Zweifelsohne war er betäubt, jedoch auf seltsam unvollständige Weise. Er schien im Raum zu schweben. Sein medikamentös verunreinigter Körper hatte einen Teil seiner Sinne ausgelagert; er war zu einem stillen Beobachter seiner Selbst geworden und blickte verwundert auf seinen geschundenen Körper hinunter.

So muss es sich anfühlen, wenn ich tot bin, dachte er fasziniert und erschrocken zugleich. Doch Richard Walnutt war nicht tot. Er war nicht einmal vollständig narkotisiert und ahnte in diesem Moment noch nicht, dass gleich etwas Unvorstellbares mit ihm geschehen würde. Etwas, das ihn in seinen Körper zurückschleudern und seine Sinne explodieren lassen würde. Eine Prozedur, die er eigentlich überleben sollte, wenn es nach den Erwartungen seines Peinigers ging, doch als die Dinge ihren unheilvollen Lauf nahmen, sollte er sich nur eines wünschen.

Zu sterben …

27

Als sich die Knochensäge raspelnd durch das Schienbein des *Läufers* hindurcharbeitet, erzitterte sein geknebelter Körper wie der eines zum Tode verurteilten Delinquenten, der auf dem elektrischen Stuhl geröstet wurde. Eine Kaskade grellbunter Farben durchschoss sein Bewusstsein. Die Wirkung des Medikamentes schien sich augenblicklich in Luft aufzulösen. Der zähe Kleister, der sich eben noch schützend um ihn gelegt hatte, zerfiel vor seinem geistigen Auge wie eine fragile Sandburg, die der Brandung eines stürmischen Meeres zum Opfer fiel. Der Ozean spuckte ihn aus, schleuderte ihn in die kalte Realität zurück, in der sein wahres Martyrium gerade erst beginnen sollte. Ein überwältigender Schmerz durchströmte wellenartig seinen Körper. Er schrie sich die Lunge aus dem Leib, doch das Klebeband auf seinem Mund verzerrte die Töne seiner Stimmbänder zu einer jaulenden Symphonie des Grauens.

Der *Modellbauer* wusste nur zu gut, dass es jetzt darauf ankäme, möglichst keine Zeit zu verlieren. Wenn der Mann trotz der Amputation am Leben bleiben sollte – und das war das erklärte Ziel –, dann durfte er sich keine nachlässige Trödelei erlauben. Mit ganzer Kraft fixierte er das zitternde Bein und konzentrierte seine Aufmerksamkeit auf eine gleichmäßige Arbeitsgeschwindigkeit, um das Werkzeug im korrekten

Winkel zu bedienen. Andernfalls könnte sich die Säge verkanten, und er würde Gefahr laufen, auf halbem Weg im Schienbein stecken zu bleiben. Doch das Instrument ging durch den Knochen wie ein Messer durch Butter.

Nachdem er das Schienbein durchtrennt hatte, warf er die Säge auf den kleinen Tisch und nahm sich das Fleischermesser zur Hand, um die Muskelmasse im Wadenbereich zu durchtrennen. Hierfür musste er das Bein des *Läufers* für einige Zentimeter anheben. Blut spritzte auf seine Hände und auf die Liege, und als er sich mit der Linken den Schweiß von der Stirn wischen wollte, tropfte es auch von seinem Gesicht herunter. Das Bein hing inzwischen nur noch an dem dünneren Wadenbeinknochen, doch vor lauter Blut konnte er ihn nicht einwandfrei lokalisieren. Mit einem festen Griff tastete er in die Wunde hinein, drehte den Unterschenkel nach oben und erspürte auf diese Weise den Sitz des Wadenbeins. Mit der anderen Hand wechselte er rasch das Werkzeug und sägte den Knochen in zwei kurzen Bewegungen glatt durch.

Während der *Modellbauer* den abgetrennten Unterschenkel wie eine Trophäe nach oben hielt, spritzte das Blut aus dem Stumpf ohne Unterlass gegen seine Kleidung. Erschrocken bemerkte er, dass sich einige der Zehen an dem Fuß noch bewegten, und aus einer unkontrollierten Bewegung heraus hätte er das abgetrennte Körperteil um ein Haar fallen gelassen.

Der *Läufer* drohte zu kollabieren. Die Schmerzen raubten ihm den Verstand. Der Tod, oh ja …, das endgültige Ende wäre die Erlösung. Ein winziges Stück

Bewusstsein in ihm – vom Schmerz verschont –, hoffte inständig auf die Erlösung durch einen raschen Tod. Ein für immer währender Schlaf, aus dem es kein Erwachen mehr gäbe. Noch nie hatte er sich so sehr nach etwas gesehnt.

Gnade, oh bitte ... Gnade ... Oh Gott, bitte lass mich sterben ... jetzt sofort!

Doch nicht einmal die Bewusstlosigkeit befreite ihn aus den Klauen des Martyriums – noch nicht.

Der *Modellbauer* legte den abgetrennten Unterschenkel vorsichtig in eine Wanne. Sein Blick fiel auf den blutenden Stumpf, der immer noch vibrierte, dann beförderte er sein Feuerzeug aus der Hosentasche. Er griff nach dem Gas-Kocher, den er vorab umgebaut hatte, und öffnete mit zitternder Hand das Ventil. Während er das ausströmende Gas entzündete, dachte er frustriert über seine aufkeimende Nervosität nach. Es schien ihm nicht zu gelingen, die Arbeit auf professionelle Art und Weise zu Ende zu bringen.

Du zitterst wie ein Feigling ... außerdem dauert das alles viel zu lange ...

Er drehte an dem Regler, bis sich die gelbe in eine blaue, harte Flamme verwandelt hatte, und strich damit über den fleischigen, blutenden Stumpf, der wie vom Teufel besessen auf- und niederzuckte.

»Stillhalten«, schrie der *Modellbauer* wie ein bockiges Kind. »Ich bin gleich fertig. Nur noch einen kleinen Augenblick.«

Der Geruch von gebratenem Fleisch verteilte sich im Raum. Qualm stieg ihm in die Augen, sodass er sich zu fragen begann, warum er nicht an die Schutzbrille gedacht hatte, die in einer der zahlreichen Schubladen auf ihren Einsatz wartete. Als der Stumpf Feuer fing, schaltete er das Gerät aus und kippte das Wasser aus dem Eimer über die Brandstelle. Es qualmte noch mehr und zu dem Qualm gesellte sich ein zischendes Geräusch, das ihn an die Grillabende erinnerte, bei denen er mit seinen damaligen Weggefährten Bier über die glühende Holzkohle gekippt hatte.

Kritisch betrachtete er sein Werk.

Der schwarze Klumpen blutete nicht mehr, doch der Zustand des *Läufers* schien mehr als besorgniserregend zu sein. Er röchelte ungleichmäßig und schnappte immer wieder apathisch nach Luft. Hatte er ihm zu viel zugemutet? Ob er die nächsten Tage überleben würde? Seine bescheidenen medizinischen Kenntnisse würden ihm hier nicht weiterhelfen, doch er nahm sich vor, sorgsam auf die medikamentöse Versorgung des *Läufers* zu achten.

Sofern er die Nacht übersteht!

Bis zur Fertigstellung des neuen Modells würde es noch einige Tage dauern, und der *Modellbauer* hatte gehofft, dem Mann das fertige Kunstwerk zu präsentieren. Schließlich würde ein Teil des Modells aus seinen Unterschenkelknochen bestehen, doch hierzu musste er am Leben bleiben. Im Moment jedenfalls sah es so aus, als wenn er die Besinnung verloren hatte.

Unschlüssig blickte er zu *Sandra*, die die Ereignisse aufmerksam verfolgt hatte.

Das also ist das Hobbeln?

»Ja«, antwortete er erschöpft. »So leicht, wie ich zuerst dachte, war es dann allerdings doch nicht.«

Du bist voller ... Blut, Wolfgang.

Er blickte an sich herab. »Du hast Recht. Ich hätte eine Schürze benutzen sollen. Ich gehe hoch und ziehe mich um.«

Bitte nimm mich mit. Ich will hier nicht alleine bleiben. Ich habe ... Angst.

»Natürlich nehme ich dich mit. Hier sieht es ja aus wie in einem Schlachthaus«, sagte er und schaute sich angewidert um. »Ich werde nachher noch gründlich aufräumen müssen.«

Er hob *Sandra* hoch, verstellte ihr bewegliches Metall-Skelett und wuchtete die 50 kg schwere Silikonpuppe über die Schulter, da er sie nicht mit dem Blut des *Läufers* verunreinigen wollte.

Denke daran, dem Mann in vier Stunden eine Spritze zu verabreichen – falls er dann noch leben sollte.

»Ja, natürlich«, sagte der *Modellbauer* genauso matt, wie er sich fühlte. »Ich werde es nicht vergessen.«

Die Prozedur hatte ihm mehr abverlangt, als er sich anfangs selbst eingestehen wollte. In Gedanken waren es ein paar kurze Handgriffe gewesen; eine schnelle Aktion, die dank der sorgfältigen Vorbereitung wie von selbst vonstatten gehen würde, doch rückblickend musste er widerwillig zugeben, die ganze Sache unterschätzt zu haben. Vielleicht hatte er einfach zu viel erwartet? Vielleicht wäre es das Beste gewesen, den *Läufer* von vornherein zu töten?

Er verwarf den Gedanken daran sofort wieder und konzentrierte sich auf die geplante Vorgehensweise. Um an dem neuen Modell weiterarbeiten zu können, würde er den abgesägten Unterschenkelknochen freilegen und entsprechend vorbereiten müssen. Die Idee mit dem schlagenden Herzen kam ihm plötzlich wieder in den Sinn. Kraftlos schüttelte er sich, so als wolle er die Gedanken daran vertreiben, und entschloss sich spontan, vorerst eine Ruhepause einzulegen.

Der Job ist anstrengend, dachte er emotionslos. *Ich muss mich regenerieren, sonst bekomme ich auch noch so was wie ein Burn-out-Syndrom. Vielleicht ein kleiner Spaziergang im Garten ...*

28.

Nachdem sich Anna Grablow eine Zeit lang hinter den Büschen auf die Lauer gelegt hatte, wurde sie zunehmend unruhiger und näherte sich dann unschlüssig dem alten Haus, in dem sie zusammen mit ihrer damaligen Freundin Ingelore für mehrere Monate eine unbeschwerte Zeit verbracht hatte. Das war lange her und Ingelore ... mittlerweile tot.

Anna runzelte die mit Leberflecken übersäte Stirn und rückte ihre klobige Hornbrille zurecht. Die kantigen Gesichtszüge der alten Frau sahen verkrampft aus; ihre zahlreichen Falten schienen sich immer tiefer in die Haut einzugraben und in ihren ruhelosen, grünen Augen spiegelte sich eine undefinierbare Angst wider, die sie nur mühsam unter Kontrolle bekam.

Für einen kurzen Augenblick spielte sie mit dem Gedanken, die Waffe zu ziehen, an der Tür zu klingeln und Wolfgang kurzerhand über den Haufen zu schießen, doch dann fiel ihr ein, dass sie davon ausgehen musste, das Geld nicht ohne seine Hilfe zu finden. Sicher gab es ein Versteck; sie würde die Information mit vorgehaltener Pistole aus ihm herauspressen müssen.

Sie schob den Gedanken daran beiseite; dann schlenderte sie wie eine normale Spaziergängerin den Schotterweg entlang und blieb in Höhe des Hauses neugierig am Zaun stehen.

Viel hatte sich nicht verändert.

Ihr war damals schon aufgefallen, dass eine bedrohliche Atmosphäre von dem alten Gemäuer auszugehen schien. Der große, quadratische Bau aus den zwanziger Jahren war im Stil der beliebten Kaffeemühlenhäuser errichtet worden. Über den beiden mit rotem Klinker verblendeten Vollgeschossen sattelte ein Walmdach, dessen Ziegel mittlerweile fast vollständig mit Moos bewachsen waren. Zahlreiche Rankpflanzen und wilder Wein überwucherten Teile der Außenfassade, sodass einige der Fenster wie Löcher wirkten, die jemand in das Grün hineingeschnitten hatte. Der in die Jahre gekommene Bau war komplett unterkellert und besaß – soweit sich Anna erinnern konnte – einen rückwärtigen Anbau, unter dem sich ein versteckter Eingang zum damaligen Kohlenkeller befand. Vielleicht auch heute noch eine elegante Möglichkeit, unbemerkt in das Innere des Hauses zu gelangen? Ihr fiel auf, dass in all den Jahrzehnten offensichtlich keine nennenswerten Renovierungsarbeiten durchgeführt worden waren, und sie wunderte sich darüber, dass die Bausubstanz noch einigermaßen stabil aussah.

Vielleicht sind es die Kletterpflanzen, die alles noch zusammenhalten, dachte sie misstrauisch und bemerkte die maroden Fenster, von denen der weiße Lack abzuplatzen begann. Das Haus war seit jeher besonderen klimatischen Bedingungen ausgesetzt. Plötzlich aufkommender feuchter Nebel, der sich zuweilen aus dem angrenzenden Hochmoor über das Gelände legte, und ein ungebremst über die Pferdekoppeln hereintobender kalter Ostwind nagten seit Jahrzehnten an den Grundfesten des alten Gebäudes.

Sie erinnerte sich dunkel daran, dass Ingelore ihr einmal einen versteckten Pfad durch das Hochmoor gezeigt hatte, von dem nur wenige Eingeweihte wussten. Eine abenteuerliche Angelegenheit, zumal die Freundin den geheimen Weg gar nicht so gut kannte, wie sie vorgegeben hatte. Die Exkursion wäre fast in einem Desaster geendet.

In Gedanken versunken ging Anna weiter den Zaun entlang. Das verrostete Gartentor mit den schmiedeeisernen Ornamenten in der Mitte stand ein Stück weit offen, und wie selbstverständlich betrat sie das Grundstück, als wären seit ihrem letzten Besuch keine vier Wochen vergangen.

Unruhig wie ein kleines Kind schaute sie sich um.

Der großzügig angelegte Vorgarten beinhaltete neuerdings eine wirre Ansammlung von Objekten aller Art. Bepflanzte, hölzerne Schubkarren, ein bunt bemalter Totempfahl, seltsame Figuren aus Ton oder Stein, tote Holzgerippe, auf deren Äste bläuliche Glasflaschen aufgesteckt waren, aus Altmetall zusammengeschweißte Merkwürdigkeiten, klappernde Windräder, in den Bäumen hängende Windspiele aus Bambus, eine tönerne, graue Buddha-Statue und verschiedene Tröge, in denen kleine Teiche angelegt waren.

Die Faszination, die von den zahlreichen geheimnisvollen Objekten ausging, zog Anna in ihren Bann. Sie schien ihre anfängliche Angst völlig vergessen zu haben und streifte staunend durch den verwilderten Vorgarten, bis sie erschrocken an einem der Wasserkübel stehen blieb.

Etwas unbeschreiblich Hässliches stand direkt neben einem der Teiche, in denen die Seerosen auf der Wasseroberfläche blühten. Ein dämonisches Objekt, das an Geschmacklosigkeit nicht zu überbieten war. Angeekelt blieb Anna davor stehen und überlegte, um was für eine abartige Darstellung es sich hierbei handeln könnte. Ein Kunstwerk? Am liebsten wäre sie schreiend davongelaufen – sie schien zu ahnen, dass diese abstoßende Dämonenstatue sie in zukünftigen Albträumen heimsuchen würde –, doch gleichzeitig war sie nicht in der Lage, den Blick davon abzuwenden. Dieses missgebildete Geschöpf strahlte eine beklemmende Faszination aus, der sie sich nicht entziehen konnte, da es etwas Menschliches in sich trug, das Anna nicht einordnen konnte.

Sie schaute genauer hin.

Woraus bestand diese seltsame – ihr fiel kein rechtes Wort für das Gebilde ein – Ausgeburt der Hölle, deren hämisch grinsende Fratze ein Eigenleben zu besitzen schien? Es war wohl gut einen Meter hoch und teilweise transparent, sodass man in sein Inneres hineinsehen konnte. Die feinen Verästelungen im Korpus sahen aus, als wären sie aus Elfenbein – umspannt von einer pergamentartigen grünlich schimmernden Haut –, doch der Fuß, auf dem das Ding fixiert war, schien aus einer bronzefarbenen Metalllegierung zu bestehen.

Oben thronte so etwas wie ein kürbisgroßer kahler Kopf, aus welchem dem Betrachter ein riesiger, breit geöffneter Mund entgegengrinste, in dem sich eine

Gebissprothese mit angespitzten Zähnen zu befinden schien.

Als Anna in die beiden Augäpfel blickte, die wie Glupschaugen oberhalb einer wulstigen Nase aus dem Kopf hervorquollen, lief es ihr kalt den Rücken herunter. Die Sehorgane sahen trotz ihrer überdimensionalen Größe irgendwie menschlich aus, doch etwas an ihnen war offensichtlich manipuliert worden, da es den Anschein hatte, als wenn ihr toter Blick mitwandern würde, sofern der Betrachter seine Position veränderte.

Vielleicht ein Mechanismus, der in die Augäpfel eingebaut worden ist? Oder eine optische Täuschung?

In Anna wuchs das beunruhigende Gefühl, dass sie von dem künstlichen Dämon beobachtet wurde.

Vielleicht lebt etwas dort drinnen?

In Gedanken versunken blieb sie eine Zeit lang unschlüssig vor dem unheimlichen Kunstwerk stehen und überlegte, ob sie das Grundstück vorerst verlassen sollte, doch die Entscheidung wurde ihr abgenommen.

Hinter ihr knirschten die Kieselsteine auf den Gehwegplatten. Erschrocken zuckte Anna zusammen, fuhr ruckartig herum und starrte in die eiskalten, blauen Augen eines stattlichen Mannes, der sie freundlich anlächelte.

»Gefällt Ihnen mein Modell?«

29.

Der weiße SUV knarrte bedächtig, als sich Matthias Bollweidenthaler hinter das Lenkrad seiner Geländelimousine quetschte.

Allradantrieb, beheizbare Ledersitze, Bordcomputer und Navigationssystem: Der Wagen hatte so einiges zu bieten, doch mittlerweile waren ihm die materiellen Annehmlichkeiten des Lebens nicht mehr so wichtig. Der *ehemalige* Polizeipsychologe fühlte sich ausgesprochen krank.

Die Geschwindigkeit der Verschlechterung meines Gesundheitszustands verhält sich analog zur Expansion des Universums, dachte er konsterniert. *Das Universum dehnt sich beschleunigt aus.*

Außerdem hatte er ein schlechtes Gewissen.

Ein Psychologe, der seine eigene Frau anlog – und das bereits seit Wochen – hatte seinen Beruf verfehlt. Die Ärzte gingen davon aus, dass sich der gesundheitlich stark angeschlagene Diabetiker in den eigenen vier Wänden erholen würde, doch Bollweidenthaler fuhr morgens los und verbrachte den Tag mit allerlei kleineren Aktivitäten, die ohne besondere körperliche Belastungen einhergingen – so hoffte er jedenfalls.

Es gab keinen Grund, sich über Ulrike zu beschweren oder ihr Einfühlungsvermögen in Frage zu stellen, doch nach fast dreißig Ehejahren hatte sich etwas Grundsätzliches in ihrem Leben verändert. Ein schleichender Prozess, der sich nicht in Worte fassen ließ. Vielleicht Routine, unverrückbare Nähe, die keinen Raum für zwischenmenschliche Experimente zuließ, oder die Tatsache, dass alles Mitteilungswürdige bereits irgendwann ausgesprochen worden war?

Spekulationen, dachte er verbittert. Sicher war es das Beste, einfach mit Ulrike darüber zu reden – sie würde verständnisvoll reagieren –, doch es gab einen Unterschied zu früheren Krisensituationen. Seine Krankenakte war eine Sache, die drohende vorzeitige Pensionierung wegen Dienstunfähigkeit eine ganz andere. Selbstverständlich wusste Ulrike im Großen und Ganzen über seine Krankheiten Bescheid – schließlich litt der übergewichtige Sportmuffel bereits seit Jahren unter allerlei akuten Beschwerden –, doch die Tragweite der zukünftigen Veränderungen hatte er ihr bisher vorenthalten. Momentan sah er sich außerstande, mit Ulrike darüber zu reden, und spielte ihr stattdessen ein erbärmliches Katz-und-Maus-Spiel vor, doch langfristig würde er reinen Tisch machen müssen.

Es sei denn …

Daniel Brechter … Das Morphische Feld.

Das seltsame Gespräch mit dem schlaksigen Kriminalbeamten hatte ihn nachdenklich gemacht. Leider hatte Brechter sich ihm nicht vollständig offenbaren können, da die Nachricht über den Tod seiner Mutter mitten in ihr Gespräch geplatzt war, doch das Treffen hatte etwas in ihm ausgelöst. Es fühlte sich an, als wenn eine dumpfe Vorahnung, die unbemerkt in den Tiefen seines Bewusstseins lauerte, plötzlich an die

Oberfläche geschwemmt wurde.

Natürlich musste er sich an die eigene Nase fassen. Es wäre naiv gewesen zu glauben, dass sein unorthodoxer Lebenswandel ohne Kosequenzen bleiben würde. Jetzt bekam er die Rechnung präsentiert. Ulrike hatte ihn oft ermahnt, mehr für seine Gesundheit zu tun, doch wie so oft hatte er ihre gut gemeinten Empfehlungen einfach in den Wind geschlagen. Schließlich hatte die exzellente Köchin aufgegeben und stattdessen ein unerschütterliches Gottvertrauen entwickelt, mit dem sich auch ihr schlechtes Gewissen besänftigen ließ, das jede leidenschaftliche Köchin befällt, deren Mann von Jahr zu Jahr an Umfang zunimmt.

Der dicke Bayer – so nannten ihn all seine Kollegen bei der Hamburger Polizei – hatte die ersten dreißig Jahre seines Lebens in München verbracht. Im Rahmen einer Dienstreise, die ihn nach Hamburg führte, lernte er Ulrike kennen – und lieben. Seitdem war die attraktive Stadt an der Elbe der Mittelpunkt seines Lebens geworden.

Jetzt war plötzlich alles aus dem Ruder gelaufen. Er würde die Zukunft nicht mehr kontrollieren können. Auch dieser dämliche *Es-ist-niemals-zu-spät-Spruch*, den alle rechthaberischen Gutmenschen gebetsmühlenartig zitierten, war seiner Meinung nach einfach völliger Quatsch. Dennoch gab es natürlich verschiedene Möglichkeiten, dem körperlichen Verfall entgegenzuwirken: ein Kuraufenthalt, die Anmeldung in einem Fitnessstudio, mehr Bewegung im Allgemeinen, kein Tabak, kein Alkohol, eine Magenverkleinerungsoperation und so weiter …

Doch Bollweidenthaler hatte einfach keine Lust, diesen beschwerlichen, aufopfernden Weg der Entsagungen zu beschreiten, und begann, seine Intuition ins Feld zu führen. Dieses Bauchgefühl – so seine Interpretation der diffusen Wahrnehmung – verriet ihm zuverlässig, dass seine Tage hier auf Erden gezählt waren. Es würde gar keinen Sinn machen, in irgendeiner Weise dagegen anzukämpfen.

Die Unendlichkeit stand vor der Tür. Noch hatte sie nicht angeklopft, doch es war nur eine Frage der Zeit, bis sich die letzten Puzzleteile seiner genussorientierten Existenz zu einem vollständigen Bild der Endlichkeit zusammenfügen würden. Die Art und Weise, mit der er seinen Lebenswandel gestaltete, würde nicht mit dem Erreichen eines biblischen Alters korrespondieren. Soviel war sicher.

Das Gespräch mit Daniel Brechter hatte ihn darin bestärkt, die mysteriöse Vorahnung über seinen baldigen Tod als reale Wahrscheinlichkeit zu akzeptieren. Erst der verwirrte Polizeibeamte hatte ihn darauf gebracht, sich näher mit dem Mophischen Feld zu beschäftigen, das auch eine mögliche Erklärung für seine Vorahnung darstellen könnte. Dieses allumfassende Bewusstseinsfeld aus Energie ist verantwortlich für eine Vielzahl von rätselhaften Phänomenen: Der Abruf von gespeicherten Informationen, der Kontakt zwischen Personen, die sich verbunden fühlen, und auch Vorahnungen gehören dazu.

Ulrike würde er diesen wissenschaftlichen Sachverhalt, der zugegebenerweise offiziell nicht anerkannt war, niemals erklären können. Auch lag es ihm fern, seine geliebte Frau zu beunruhigen. Stattdessen log er sie an und verbrachte einen Teil des Tages im Polizeipräsidium, um die Übergabe der Akten an seinen Nachfolger zu organisieren, der sich momentan noch auf einer USA-Rundreise befand.

Außerdem machte sich Bollweidenthaler Sorgen um Brechter, der einen verwirrten Eindruck bei ihm hinterlassen hatte, und das, noch bevor er von dem Tod seiner Mutter erfuhr. Eigentlich war es nicht seine Art, jemanden zu bespitzeln, doch die ganze Angelegenheit kam ihm äußerst seltsam vor.

Mehr aus einer Laune heraus und weil er nicht wusste, was er als Nächstes tun sollte, nutzte er den heutigen Tag, um sich an Brechters Fersen zu heften. Er ging davon aus, dass eigentlich nichts besonderes dabei herauskommen würde, und hatte auch nicht vor, sich in irgendeiner Weise zu erkennen zu geben, doch es war ein sonniger Tag, und in seinem Terminkalender stand noch kein einziger Eintrag für den Rest der Woche.

Bollweidenthaler blieb auf Abstand und achtete peinlich genau darauf, keine rote Ampel zu überfahren. Im Zweifelsfall würde er die konspirative Verfolgung einfach abbrechen. Kein Beinbruch, da die ganze Sache ohnehin nicht mehr als eine fixe Idee war.

Dennoch: Der Aufenthalt auf dem Ohldorfer Friedhof sollte einen bleibenden Eindruck bei ihm hinterlassen. Er hatte nicht geahnt, dass der riesige Parkfriedhof eine derart faszinierende Blütenpracht präsentieren konnte.

Er hatte den SUV so unauffällig wie möglich geparkt und wartete geduldig auf Brechters Rückkehr. Nach einer gefühlten Ewigkeit sah er durch die blühenden Büsche, wie Brechter wieder in seinen Wagen stieg und in Richtung Friedhofsausgang davonfuhr. Hektisch betätigte er den Anlasser seines Wagens, gab Gas und folgte dem Honda des Polizeibeamten, ohne dabei den gehörigen Abstand zu vergessen.

Eigentlich war er davon ausgegangen, dass Brechter wieder nach Hause fahren würde, doch Fehlanzeige. Die Fahrt ging ins Grüne. Vorbei an sattgrünen Kuhweiden, Pferdekoppeln, Rapsfeldern und dunklen Fichtenwäldern. Nachdem sie irgendwann mehrere kleine Ortschaften durchquert hatten, verlor sich die Spur zu dem vorausfahrenden Honda plötzlich.

Bollweidenthaler schüttelte genervt den Kopf.

Wo ist der Kerl auf einmal abgeblieben?

Das gelbe Ortsausgangsschild signalisierte ihm, dass er wieder schneller fahren konnte, doch *der dicke Bayer* zögerte und ließ den Wagen langsam ausrollen. Unschlüssig blieb er auf freier Strecke stehen und blickte müde durch die Frontscheibe, bis er vor Schreck zusammenzuckte.

Brechter hatte gewendet und kam ihm entgegengefahren. Er rutschte etwas tiefer in den Sitz, was ihm aufgrund seines Körpervolumens nur unzureichend gelang, und klappte die Sonnenblende herunter. Das war knapp! Doch vermutlich hatte Brechter nichts bemerkt. Im Rückspiegel konnte er gerade noch erkennen, wie der Honda zügig abbog.

Der Beschilderung zufolge ist das eine Sackgasse, murmelte Bollweidenthaler zu sich selbst und wendete

ebenfalls. Er beschloss, nicht hinter dem Honda herzu-
fahren, und stellte seinen Wagen am Straßenrand ab.
In der Hoffnung, dass die vor ihm liegende Strecke
nicht allzu weit sein würde, machte er sich zu Fuß auf
den Weg, um nach dem verschwundenen Kriminalbeamten zu suchen.

Was in Gottes Namen will Brechter in diesem Kaff hier?

30.

Anna kam sich vor wie ein Kind, welches beim Äpfelklauen erwischt worden war. Plötzlich stand sie dem Mann gegenüber, an den sie sich eigentlich behutsam herantasten wollte. Auf das *Pervitin* schien kein Verlass mehr zu sein. Übermütig hatte sie den Garten des ehemaligen Terroristen betreten, doch jetzt …

Nachdem die erste Schrecksekunde überstanden war, spürte sie sofort ein neues, unangenehmes Gefühl in sich aufsteigen: panische Angst.

Jetzt hatte es keinen Sinn mehr wegzulaufen, doch vielleicht war eine direkte Konfrontation gar nicht so übel. Die Entscheidung über das *Wie* und *Wann* wurde ihr abgenommen; jetzt gab es kein Zurück mehr.

Da stand dieser Mann, von dem sie einen Teil der RAF-Beute erpressen wollte. *Wolfgang* …, Ingelores Erstgeborener, der von der eigenen Mutter gehasst und verstoßen wurde, da er das Produkt einer ungewollten Vereinigung war.

Mitte der sechziger Jahre gab es für die wenigen Frauen, die sich später der ersten Generation der RAF anschließen sollten, kaum Möglichkeiten, sich den Aufdringlichkeiten einer dominanten Männerwelt zu entziehen. Erst zu einem späteren Zeitpunkt, als Männer und Frauen gemeinsam in den Untergrund des Terrorismus abwanderten, sollte das alte Rollenverständnis der Geschlechter an Bedeutung verlieren. Man kämpfte Seite an Seite; einige der Frauen übernahmen sogar Führungsfunktionen innerhalb der Roten Armee Fraktion.

Als der deutsche Terrorismus 1975 auf dem Höhepunkt seiner Popularität angekommen war, verschwand der damals neunjährige Wolfgang mit seinem Vater – ebenfalls ein gesuchter Straftäter und RAF-Sympathisant – für viele Jahre von der Bildfläche des Geschehens. Vermutlich hielten sie sich zu Ausbildungszwecken im Ausland auf.

Irgendwann in den neunziger Jahren war Wolfgang zurück und entwickelte sich zu einer der schillernden Figuren innerhalb der dritten Generation der RAF. In der Szene galt er als der große Unbekannte, von dem die Behörden und somit auch die Presse und die Öffentlichkeit so gut wie nichts wussten.

Überhaupt war die dritte und letzte Generation der RAF eine geheimnisumwitterte, verschworene Gruppierung, die auf äußerst professionelle Weise vorging. Die Kommandoebene bestand aus kaum mehr als zwanzig Personen, die sich erfolgreich vom Rest der Szene abkapselte. Insgesamt neun Morde gingen auf das Konto der kriminellen Organisation, die auch internationale Kontakte pflegte, mit deren Hilfe es ihnen möglich war, auf hohem technologischen Niveau zu arbeiten. Die Eliteeinheiten der Palästinenser lieferten Teile des technischen Know-hows, und in den Trainingscamps im Jemen wurde der Umgang mit Waffen und Sprengstoff trainiert. Fast keine ihrer Taten wurde je aufgeklärt; die Hälfte der beteiligten Personen ist bis zum heutigen Tag unbekannt. Eine unheimliche Allianz voller Geheimnisse.

Jetzt stand Anna Grablow direkt vor einem der Hauptakteure.

Zweifelsohne hatte sie ihn sofort wiedererkannt, auch wenn ihr letztes Zusammentreffen bereits zwanzig Jahre zurücklag. Schon damals war ihr aufgefallen, dass der Mann eine enorme Größe vorzuweisen hatte. Obwohl sie selbst nicht gerade klein war, musste sie zu ihm hinaufschauen, um das Blau in seinen Augen zu erkennen. Seine Kleidung war leger: graue Jeans, ein schwarzes Sweatshirt und dunkelblaue Slipper, die fleckig aussahen. Sie fragte sich, ob er damals auch bereits eine Glatze hatte, und verwarf den Gedanken daran sofort wieder. Trotz ihrer anfänglichen Angst kam Anna nicht umhin, das charismatische Erscheinungsbild des Riesen mit einer gewissen Bewunderung zu betrachten.

»Entschuldigen Sie, dass ich hier einfach so …«

Lächelnd fiel er ihr ins Wort. »Oh, kein Problem. Es freut mich immer, wenn sich jemand für meine Kunstwerke interessiert.«

»Sie leben und arbeiten hier als freischaffender Künstler?«, fragte Anna unsicher und ließ den Blick über die zahlreichen Objekte streifen, die dem Garten etwas Lebendiges verliehen.

»Hmm … ja…«, antwortete er zögerlich. »Könnte man so sagen, allerdings ist es mehr ein Hobby.« Sein schelmisches Lächeln ließ ihr das Blut in den Adern gefrieren, da sie gleichzeitig etwas Diabolisches in seinen Augen zu erkennen glaubte.

»Und? Wie ist nun Ihre Meinung?«

Anna blickte irritiert. »Wie bitte?«

»Gefällt Ihnen mein Modell?«, wiederholte er seine Frage von vorhin und wies auf den seltsamen, hässlichen Dämon, der neben dem Wassertrog stand.

»Das … das ist wirklich sehr … interessant«, log sie stotternd und hoffte inständig, dass er nicht ihre wahre Meinung über diese Scheußlichkeit aus ihr herauskitzeln würde.

»Finden Sie?«

»Nun … in der Tat. Etwas … ungewöhnlich vielleicht …« Sie schaute noch einmal genau hin und runzelte leicht die Stirn. »Aber durchaus … äh … beeindruckend. Auf jeden Fall ein Unikat, hab ich Recht?«

»Ja, natürlich ein Unikat«, bestätigte er.

»Was soll es …?« Anna brach die Frage lieber ab und entschied sich hastig für eine andere Formulierung. »Woraus … besteht das Kunstwerk denn?«

»Zum größten Teil aus Knochen«, erwiderte er trocken. Seine Stimme klang plötzlich metallisch hart. Für einen Moment schien er mit den Gedanken abzuschweifen, so als wenn seine eigene Antwort etwas in ihm ausgelöst hätte, das er mit niemand anderem teilen mochte.

Anna lachte, der Hysterie nahe. »Aus … Knochen«, wiederholte sie zögerlich und tat so, als wenn sie seine Erklärung als Scherz wahrgenommen hätte. »Das ist wirklich sehr … interessant.«

Sie entschied sich, das Thema nicht weiter zu hinterfragen, da die Angst in ihr aufkeimte, Dinge zu erfahren, die sie gar nicht hören wollte.

»Sie interessieren sich also für Kunst, Frau ...?« Er hielt ihr die Hand hin, die wie eine riesige Pranke aussah, und lächelte freundlich.

Anna zuckte zusammen. »Äh ..., ach ja, bitte entschuldigen Sie, ich hatte mich noch gar nicht vorgestellt.« Fieberhaft überlegte sie, welcher Nachname zu ihr passen würde. Ihr Äußeres schien ihm nicht bekannt zu sein – das hätte sie bemerkt –, doch an den Namen *Grablow* könnte er sich vermutlich erinnern.

»Meyer!«, sagte sie in einem Anflug von Panik. Nichts wäre verdächtiger gewesen, als den eigenen Namen nicht parat zu haben. »Anna Meyer ist mein Name ... und ja ... für Kunst habe ich mich schon immer interessiert.«

Sie erwiderte seinen Händedruck und musste einen Schmerzensschrei unterdrücken, da er sich keine Mühe gab, die Kraft in seinen Händen zu kontrollieren.

»Angenehm«, sagte er grinsend. »Möller ... Wolfgang Möller.« Seine Ausdrucksweise hatte etwas Abfälliges an sich, so als würde er genau wissen, dass die Allerweltsnamen, die sie beide führten, nur Produkte falscher Identitäten waren.

»Und was hat Sie in unser beschauliches Dorf verschlagen?«, fragte er beiläufig.

»Ich ... erkunde die Gegend hier«, stammelte Anna unsicher und hatte Mühe, seinem Blick standzuhalten. »Als Vorsitzende der Senioren-Fahrradgruppe bin ich ständig auf der Suche nach neuen Routen, die sich durch interessante Örtlichkeiten auszeichnen.« Anna fing an zu schwitzen. *So ein Mist*, dachte sie. *Fehlt noch, dass ich rot werde.*

»Verstehe«, sagte er, obwohl sein Gesicht das Gegenteil ausdrückte. »Wo haben Sie denn ihr Fahrrad abgestellt?«

»Die Erkundungstouren fahre ich natürlich mit dem Wagen ab«, antwortete Anna wie aus der Pistole geschossen. Langsam lief sie sich warm. Ihr war nicht verborgen geblieben, dass *Wolfgang Möller* – der hier sicher unter einer falschen Identität lebte – zunehmend misstrauisch wurde, und versuchte zwanghaft, sich zu disziplinieren. Ihr Ziel war, das Gespräch wieder souverän unter Kontrolle zu bringen. Anna dachte an die Waffe, die sie in der Innentasche ihres Mantels trug, und dass sie immer noch gut damit umgehen und sich damit jeden Angreifer vom Halse halten konnte.

»Kommen Sie doch auf eine Tasse Kaffee herein zu mir«, sagte er freundlich und lächelte über das ganze Gesicht. Anna wunderte sich über seine liebenswerte Ausstrahlung, die ihn offenbar nicht daran gehindert hatte, eine terroristische Laufbahn einzuschlagen, in deren Verlauf zahlreiche Morde auf sein Konto gingen. Seine makellosen, elfenbeinfarbenen Zähne blitzten ihr gefällig entgegen, sodass sich ihre anfängliche, von Angst geprägte Unsicherheit in eine vorsichtige Annäherung verwandelte.

»Ich kann Ihnen eine von mir selbst gefertigte Karte überlassen, auf der ein fahrradtauglicher Weg durch das Hochmoor eingezeichnet ist. Die Mitglieder ihrer Gruppe werden begeistert sein. Ein Highlight, für das man Ihnen noch lange dankbar sein dürfte.«

»Nein, das geht doch nicht«, sagte Anna, aber in Wirklichkeit fühlte sie sich wie gerädert und hatte das

Bedürfnis, etwas Heißes zu trinken.

»Aber natürlich geht es«, sagte er herzlich. »Ich wollte mir sowieso gerade einen Kaffee aufbrühen.«

Und bevor Anna noch weiter protestieren konnte, wurde sie schon durch einen langen, dunklen Flur geführt, der in seinem Wohnzimmer endete. Die schweren Vorhänge ließen nur wenig Licht in den großzügigen Raum, der mit zahlreichen alten Möbeln und sonstigem Inventar vollgestellt war. Kuriose Stehlampen, mehrere bemalte, hässliche Vasen, tickende Kuckucksuhren und jede Menge triviale Ölbilder an den Wänden gaben ihr das Gefühl, sich in einer billigen Filmkulisse zu befinden. Sie setzte sich auf ein abgewetztes braunes Sofa und wartete geduldig.

»Sie müssen schon entschuldigen«, rief Möller aus der Küche heraus, »aber die Einrichtung ist bereits sehr alt ... und heruntergekommen.«

Sie hörte die Kaffeemaschine blubbern.

»Allerdings sind es keine wertvollen Antiquitäten«, fügte er lautstark hinzu. »Eigentlich alles mehr oder weniger Schrott, aber irgendwie hänge ich daran.«

»Das kann ich verstehen«, sagte sie lächelnd, während er mit einem Tablett in den Händen den Raum betrat.

»Hier ist die Karte mit dem versteckten Weg durch das Moor«, sagte er geheimnisvoll und legte ein zusammengerolltes weißes Blatt Karton neben ihre Tasse, die er zusammen mit dem anderen Geschirr auf dem höhenverstellbaren Couchtisch platziert hatte.

»Danke.«

Als er das heiße Getränk in die mit bunten Blumen

hübsch bemalten Porzellantassen einschenkte, verspürte Anna plötzlich ein leichtes Unbehagen, das sich zu verselbstständigen begann. Wie am Anfang ihrer Begegnung drohte sie die Kontrolle über sich selbst zu verlieren, und eine diffuse Angst stieg in ihren Gedärmen nach oben, die ihr die Luft zum Atmen nahm.

Was, wenn er etwas in den Kaffee getan hatte? Etwas, von dem sie ohnmächtig werden würde ..., oder noch schlimmer, von dem sie niemals wieder aufwachen würde?

Ihre Sinne waren zum Zerreißen gespannt. Zitternd hob sie die Tasse und nippte vorsichtig daran.

Er schmeckt völlig normal, dachte Anna erleichtert, doch dann kamen ihr erneut Zweifel, da sie sich erinnerte, dass es auch geschmacksneutrale K.-o.-Tropfen gab.

»Sie wohnen hier wohl schon lange, wenn Sie sich in dem Moor so gut auskennen?«, fragte sie mit gekünsteltem Interesse, um die aufkeimende Panik wieder unter Kontrolle zu bekommen.

»Das stimmt«, bestätigte er, während sein Blick über die Tasse hinweg auf sie fixiert war. »Und Sie kommen aus der Stadt, hab ich Recht?«

Annas Kehle wurde trocken. »Ja, richtig geraten«, sagte sie. »Hamburg ist eine so schöne Stadt. Das Venedig des Nordens, die Alster, die Elbe ...«

»Es gab mal eine Zeit, da war Hamburg das Drehkreuz des internationalen Terrorismus. Haben Sie das gewusst, Frau ... Meyer?«

»Äh ..., nein, das war mir nicht bekannt. Kann ich mir gar nicht vorstellen.« Ihre Stimme verblasste zu einem Flüstern.

»Die Abschaffung der Todesstrafe war ein Fehler«, sagte er mit verschlagenem Blick. »Terroristen gehören an die Wand gestellt, nicht wahr? Kein Pardon für die Feinde des Staates. Oder sind Sie da anderer Ansicht?«

»Ich …« Anna verstummte augenblicklich. Seine kryptischen Worte hallten wie ein Echo in ihrem Kopf. Sie hörte das Blut in ihrem Hals rauschen und wäre am liebsten sofort aufgesprungen, doch ihr Körper schien plötzlich wie gelähmt.

»Apropos Hamburg …, der Ohlsdorfer Friedhof im Frühling ist eine Attraktion«, sagte Möller, faltete die Hände wie zum Gebet zusammen und fuhr fort: »Vor vielen Jahren war ich mal dort. Herrlich, diese Blütenpracht. Waren Sie auch schon mal auf dem Friedhof?«

»… Nein, bisher leider noch nicht.« Sie schob die Hand unter ihren Mantel, den sie vorsichtshalber nicht abgelegt hatte, und tastete nach der Waffe.

»Nein? Komisch, jetzt, wo ich so drüber nachdenke, kommt es mir so vor, als wenn ich Sie damals bei der Trauerfeier gesehen hätte.«

Anna blickte in seine kalten Augen und erschauderte. »Sie müssen mich wohl verwechseln.«

»Ja, natürlich, das wird es wohl sein«, murmelte er mit einem Anflug von Zynismus in der Stimme. »Eine Verwechslung. Was sonst? Schließlich gehörten Sie ja nicht zu den *Schatten* der *ersten Generation*, nicht wahr?«

»Ich glaube, ich werde jetzt besser gehen«, hörte Anna sich sagen. Ihr wurde plötzlich schlecht. Ätzende Magensäure schoss ihre Speiseröhre hinauf, sodass sie kurz davor war, ihren Mageninhalt über den Kaffeetisch zu ergießen.

Er lachte laut auf. »Aber Frau … Meyer, Sie wollen doch jetzt noch nicht gehen? Meyer war doch Ihr Name, oder?« Er verzog das Gesicht zu einem Grinsen. »Ausgerechnet jetzt wollen Sie gehen … jetzt, wo ich mit Ihnen noch … tanzen wollte … nein, kommt nicht in Frage, einen Tanz müssen Sie mir gewähren, liebe Frau Meyer.«

Er stand auf, verbeugte sich galant und sagte lächelnd: »Haben Sie schon einmal mit dem Teufel getanzt, Frau Meyer?«

31.

Der Mann, der sich selbst als *Modellbauer* bezeichnete, war schnell, doch nicht schnell genug – und er hatte einen verhängnisvollen Fehler begangen.

Als die alte Hexe in seinem Garten umherspazierte, erwachte seine Neugierde zum Leben und er lud sie kurzerhand auf eine Tasse Kaffee ein. Möglicherweise eine günstige Gelegenheit, den Vorrat an Baumaterial für die Modelle zu erweitern, zumal ihm die Idee mit der Herzverpflanzung wieder in den Sinn kam.

Da die seltsame Alte mit der komischen Brille allein unterwegs war, würde sie vielleicht so schnell niemand vermissen. Eine seltene Chance, da nur wenige Besucher in dieser Gegend unterwegs waren. Das nahe gelegene Hochmoor, in dem sich regelmäßig eine Armada von Stechmücken auf Nahrungssuche befand, schreckte viele Naturfreunde von einem Besuch ab.

Von vornherein beschlich ihn ein seltsames Gefühl, während er mit der betagten Frau redete, die der Achtzig wohl näher als der Siebzig war. Etwas Nagendes, das ihn die ganze Zeit über nicht mehr losließ. Vielleicht eine vage Vermutung, eine verschüttete Erinnerung oder so etwas wie ein Déjà-vu-Erlebnis, von dem er nicht wusste, wie er es einordnen sollte.

Natürlich war ihm bereits seit Längerem bewusst, dass der *Uniformierte* ein nicht zu unterschätzendes

Risiko darstellte, doch dass die Alte zu seinen Verbündeten zählte, schien ihm unwahrscheinlich. Er spürte instinktiv ihre Unsicherheit, die sich phasenweise in eine fast kindliche Angst steigerte, deren Beobachtung ihn zu amüsieren begann. Seine dezent dosierten Provokationen befeuerten ihre Furcht noch, sodass sich sein Misstrauen verfestigte, und je länger er die von tiefen Falten durchzogenen Gesichtszüge der Alten musterte, um so näher kam er der Lösung, die das Rätsel um ihre wahre Identität auflösen würde.

Ich kenne diese Frau! Sie war ... ja natürlich, die Beerdigung. Sie war auf dem Friedhof. Sie muss eine aus der ersten Generation sein.

Eine Vorkämpferin? Eine Verbündete, die den späten Schulterschluss mit Gleichgesinnten suchte?

Nein, das war kein Zufall! Vermutlich arbeitete sie für die Bullen – oder auf eigene Rechnung. Er würde sich nicht an der Nase herumführen lassen. Seine Ziele hatten sich geändert; die Antriebsfeder seines Handelns hatte sich verändert. Es gab keine Revolution mehr; die Welt würde langsam in dem dreckigen Sumpf der Großkonzerne versinken, deren Ziel ausschließlich die Vermehrung ihres Profits war. Die Mächtigen dieser Welt strebten schon immer nur nach dem Einen: noch mehr Macht, noch mehr Geld. Das Schicksal der Menschheit war unabänderlich, die eigene Vernichtung nur noch eine Frage der Zeit.

Ein Prozess, dem er sich auf seine Art entzog. Die Dämme in seinem Inneren waren gebrochen; er hatte es zugelassen – einfach so.

Jetzt gab es eine neue Aufgabe: Die alte Hexe musste weg, und zwar so schnell wie möglich.

Seine Wahl fiel auf die Stahlrute, die er bereits erfolgreich bei dem *Läufer* eingesetzt hatte. Den Teleskopschlagstock hatte er zusammen mit anderen nützlichen Utensilien in der Küche deponiert und präparierte sich entsprechend, während der Kaffee blubbernd in die Kanne tropfte. Mit der kleinen handlichen Waffe aus Metall – auch Totschläger genannt –, die sich mit einem Ruck teleskopartig ausfahren ließ, konnte man problemlos einen Menschen töten, doch er beherrschte die Handhabung der Schlagwaffe perfekt. Das Opfer wurde *lediglich* in eine tiefe Bewusstlosigkeit befördert, aus der es so schnell nicht wieder erwachen würde.

Ein Überraschungsangriff, auf den die Alte nicht gefasst sein würde. Sie wirkte senil und träge, ihre Reflexe langsam; sie hatte die beste Zeit ihres Lebens bereits lange hinter sich. Nach getaner Arbeit könnte er sie in aller Ruhe in den Keller verfrachten, um ihr dort das Herz aus dem Leib zu schneiden. Das Organ ließe sich bestimmt auf irgendeine Weise in sein neues Modell einbauen. Vielleicht zusammen mit einem Herzschrittmacher?

Ein überaus simpler Plan, doch seine zynische Überheblichkeit sollte ihm zunächst einen Strich durch die Rechnung machen.

Am Ende ihrer Unterhaltung hatte er die Maske fallen gelassen und war aufgestanden, um den Reigen des Dämonentanzes zu eröffnen, doch als er die kleine Stahlrute aus Metall aus der Gesäßtasche zog, um die Frau in das Reich der Träume zu befördern, verwandelte sich ihr beigefarbener Sommermantel plötzlich in einen Schützengraben.

Die Alte hatte ihn überrumpelt. Er war wie ein blutiger Anfänger auf sie hereingefallen und kam – während er fiel – zu der bitteren Einsicht, dass seine bisherige Menschenkenntnis aufgrund der selbst auferlegten Einsamkeit verkümmert war.

Ich hätte mich besser auf eine derartige Herausforderung vorbereiten müssen, verfluchte er sich in Gedanken.

Anna Grablow war vor Angst wie gelähmt.

Es war ein fataler Fehler gewesen, das Haus des ehemaligen Terroristen zu betreten, doch immerhin hatte sie während des Kaffeetrinkens den Mantel anbehalten, unter dem sich die geladene und entsicherte Waffe befand.

Das Gespräch mit Wolfgang entwickelte sich zu einem Albtraum, und Anna ließ ihre Hand in der tiefen Tasche des Mantels verschwinden, um nach dem Abzug der Waffe zu tasten.

Und dann geschah etwas, das ihr niemals in den Sinn gekommen wäre. Obgleich sie sich in den letzten zwanzig Jahren erheblich verändert hatte, hatte Wolfgang sie im Laufe des Gespräches offensichtlich wiedererkannt. Die neue Brille, die gefärbten Haare und die von Schmerzen gepeinigten Gesichtszüge waren kein Garant für ein unerkanntes Auftreten gewesen. Und seinen merkwürdigen Andeutungen zufolge war er alles andere als bemüht, die Begegnung in freundlicher Weise ausklingen zu lassen. Stattdessen beförderte er etwas Längliches, Metallisches zutage, das wie der Schwanz eines Gürteltiers aussah, an dessen Spitze sich eine kleine Kugel befand.

Eine Waffe ...?

Anna feuerte zwei mal durch den Stoff des Mantels hindurch, der daraufhin an den rußgeschwärzten Durchschussstellen zu qualmen begann. Ungläubig beobachtete sie, wie ihr Kontrahent zu Boden ging, und verfiel in eine minutenlange Schockstarre, aus der sie sich erst befreien konnte, als kleine Flammen aus ihrem Mantel herauszüngelten. Hastig klopfte sie einige Male mit der flachen Hand darauf.

Wolfgang lag bäuchlings auf dem Boden und rührte sich nicht mehr. Aus seinem Bein quoll Blut, das sich über den abgewetzten Orientteppich ergoss. Die zweite, offenbar tödliche Kugel hatte ihn vermutlich in die Brust getroffen. Anna erhob sich hustend und schnappte nach Luft. Der unerwartet schnelle Sieg löste eine euphorische Stimmung in ihr aus, die sie wie trunken um das Opfer herumtanzen ließ. Sie fuchtelte mit der Waffe, stieß mit dem Fuß gegen seinen leblosen Körper und spuckte ihm unverhohlen ihre Verachtung entgegen.

»Na du blöder ... Wichser«, fauchte sie hemmungslos. »Damit hast du nicht gerechnet, was? ... Arschloch! Dachtest wohl, du hast leichtes Spiel mit der alten Schachtel. War wohl nix, du Penner. Ich war schon immer auf der Hut vor solchen Scheißkerlen, wie du einer bist, ... Hurensohn.«

Unschlüssig blickte sie sich um und überlegte, was sie als Nächstes tun sollte.

»Ich find den Schatz auch ohne dich, du Mistkerl«,

sagte sie mit wutverzerrten Gesichtszügen, doch in ihrer Stimme schwang eine erschöpfte Müdigkeit mit, die ihr plötzlich die Motivation zu rauben schien.

Was mach ich mit der Leiche? Vielleicht trägt er einen Schlüssel bei sich? Wo soll ich anfangen zu suchen?

Die Entscheidung wurde ihr abgenommen.

32.

Während Daniel Brechter das unheimliche alte Haus beobachtete, überlegte er, was er als Nächstes unternehmen musste, um etwas über den geheimnisvollen Bewohner dieses Anwesens herauszubekommen. Der Vorgarten mit den zahlreichen skurrilen Objekten deutete darauf hin, dass hier ein Künstler mit einem Hang zum Surrealismus lebt.

Brechter zog es vor, das Anwesen ungesehen zu inspizieren und bewegte sich von Deckung zu Deckung. Manchmal suchte er Schutz hinter den Bäumen, ein anderes Mal kauerte er sich in die Büsche, die auf dem Grundstück gleich hinter dem Grenzzaun wuchsen. Sein Blick fiel erneut auf das seltsame Objekt neben dem Wassertrog.

Dieser Gartenzwerg ist das mit Abstand hässlichste Ding, das ich jemals zu Gesicht bekommen habe, dachte er angeekelt und fragte sich verunsichert, was in dem Gehirn des Mannes vorgehen musste, der dieses Vorgarten-Monstrum erschaffen hatte.

Ein durchgeknallter Psychopath ... oder vielleicht der wahnsinnige Mörder, den wir suchen?

Seine Intuition signalisierte ihm, dass es schon mit dem Teufel zugehen musste, wenn in diesem beschaulichen Horrorkabinett nur ein harmloses, altes Ehepaar wohnen sollte. Nein, hier passte alles zusammen: der

Treffer auf der Soko-Liste, die Lieferung der Spezial-
säge und jetzt dieses Sammelsurium an Geschmacklo-
sigkeiten.

Gartenzwerg?

Dieses Wort auf diesem Zettel: ILMIG oder GIMLI,
je nachdem, wie die Buchstaben angeordnet wurden.
GIMLI, der Zwerg. Ilka hatte also Recht gehabt, hier
stand ein Zwerg im Garten. Brechter war drauf und
dran, in hysterisches Gelächter auszubrechen, riss sich
dann aber im letzten Moment noch zusammen.

Was hatte Bollweidenthaler gesagt? ›Vielleicht ein
Künstleratelier oder eine Bildhauerwerkstatt?‹ Nein,
das war Leo Katzmann gewesen. Der Polizeipsychologe hatte sich folgendermaßen ausgedrückt: ›Ich gehe
jede Wette ein, dass es etwas mit Zwergen zu tun hat.
Ich würde auf alles achten, was damit in Zusammenhang gebracht werden könnte.‹

*Ein grottenhässlicher, riesiger Gartenzwerg, der wie ein
falsch zusammengesetztes Gerippe aussieht! Mit einem
Gesicht, das sich irgendwo zwischen Schrumpfkopf und
Teufelsfratze einreihen ließ.*

Brechter hätte am liebsten sofort zum Telefon gegriffen, um die Kollegen zu informieren, zumal ihn
brennend interessierte, wie das Verhör mit der
Grablow gelaufen war, doch seine momentane Neugierde ließ ihn wankelmütig werden. Er warf einen
Blick auf die Armbanduhr. Es dauerte nicht mehr lange, dann würde die Dämmerung einsetzen.

Er musste sich entscheiden – jetzt.

*Auf den Friedhöfen dieser Welt reihen sich die Gräber
von Leuten aneinander, die unbedingt den Helden spielen*

222

wollten, dachte Brechter gewissenhaft, holte das Smartphone aus dem blauen Cord-Sakko und versuchte, eine Verbindung zum Geschäftszimmer der Soko herzustellen.

Kein Netz! Scheiße!

Er startete noch zwei weitere Versuche, gab dann aber entnervt auf und wollte gerade den Standort wechseln, als er plötzlich aufschreckte, da kurz aufeinanderfolgend zwei Schüsse aus dem alten Haus zu hören waren.

Fast wäre ihm das Smartphone aus der Hand gefallen. Brechter hatte mit allem Möglichen gerechnet, doch eine Schießerei in dem Haus des Mannes, den er für den Altenheim-Mörder hielt, hatte er nicht erwartet. Schon gar nicht gerade in dem Moment, in dem er kurz davor gewesen war, heimlich in das Haus einzusteigen. Eigentlich hatte er sich für einen geordneten Rückzug entschieden, doch hierfür war es bereits zu spät.

So ein beschissener Mist! Und jetzt? Als Polizist kann ich das nicht einfach ignorieren, Verstärkung kann ich aber auch nicht rufen. Blöde Kacke!

Mehrfach wechselte Brechter den Standort und hielt nach Spaziergängern Ausschau, deren Handy vielleicht funktionieren würde, doch die Gegend war wie ausgestorben. Hin- und hergerissen warf er erneut einen Blick auf das Smartphone – die negative Anzeige hatte sich immer noch nicht verändert –, zog seine Dienstwaffe und schlich zum Hauseingang. Den Blick durch die Fenster konnte er vergessen, da sie mit schweren, vergilbten Gardinen verhangen waren.

Vorsichtig drückte er mit der Hand gegen die Tür. Sie war verschlossen. Er fingerte seine Scheckkarte aus der Geldbörse und schob sie in den Spalt zwischen Türblatt und Rahmen. Während er leicht gegen die Tür drückte, zog er die Karte nach unten, bis ihm durch ein leises Knacken das Gelingen seines Vorhabens signalisiert wurde und die schwere Holztür ein Stück weit aufschwang.

Der längliche Flur war in ein diffuses Licht getaucht. Während sich Brechter mit der Waffe im Anschlag langsam vorantastete, knarrten unter seinen Schuhen die alten Holzdielen.

Der Schweiß trat ihm auf die Stirn. Sämtliche seiner Sinne waren geschärft und die Nerven zum Zerreißen gespannt.

Im Wohnzimmer erwartete ihn das Chaos. Umgeworfene Möbel, zerbrochenes Kaffeegeschirr, Blut auf dem Teppich und dieser seltsame Geruch in der Luft, der auf eine Schießerei hindeutete.

Ruhig bleiben, ermahnte er sich innerlich und presste seinen Körper gegen die Wand, um den im Halbdunkel liegenden Raum genauer zu inspizieren. Da er keine Taschenlampe dabei hatte und in der Aufregung nicht an die Lampe im Handy dachte – wofür er sich nachträglich mehrfach verfluchte –, wartete er einen Moment, bis sich seine Augen an die diffusen Lichtverhältnisse gewöhnt hatten.

Nichts. Kein Laut. Niemand schien sich in diesem Zimmer aufzuhalten.

Bewegungslos stand er da und wagte kaum zu atmen. Nach einer gefühlten Ewigkeit setzte er sich erneut in Bewegung und inspizierte die restlichen Räume im Erdgeschoss – die Waffe immer im Anschlag.

Fehlanzeige.

Sein Blick fiel auf die steile Holztreppe, die in das Obergeschoss führte, doch dann besann er sich eines Besseren.

Der Keller! In seinem Traum war er dem Altenheim-Mörder in einem dunklen Kellerraum begegnet. Und es gab jetzt keinen Zweifel mehr daran, dass die Verbindung zu dem Täter über das Morphische Feld funktioniert hatte. Schließlich war er hierher gelangt und stolperte förmlich in den Dunstkreis des Verbrechens hinein. Wer auch immer hier auf wen geschossen hatte: Dieses Haus beherbergte ein dunkles Geheimnis.

Das alles kann kein Zufall sein!

Als er wartend auf der obersten Stufe der Kellertreppe stand, überkam ihn ein beklemmendes Gefühl der Panik, das sich wie eine Schraubzwinge um seine Brust legte. Er hatte jegliches Zeitgefühl verloren und blickte auf die Armbanduhr. Fast eine halbe Stunde war seit den Schüssen vergangen. Mühsam atmete er durch, stieg die schwach beleuchtete Treppe hinab und blieb unschlüssig neben zahllosen Kartons stehen, die vergilbt und fleckig aussahen. Erst jetzt fiel ihm auf, dass er in eine klebrige, dunkel glänzende Flüssigkeit hineingetreten war.

Frisches Blut!

Ich bin kurz davor ... Hier unten ist jemand!

Einige nackte Glühbirnen tauchten den Keller in ein gespenstisches Licht. Vorsichtig tastete er sich von

Raum zu Raum, immer darauf bedacht, jede noch so kleine Deckung für sich auszunutzen. Alte Möbel, Kisten, Regale mit Vorräten, Farben und ausgesonderten Gerätschaften, Autoreifen, Werkzeuge und Gartengeräte: Überall standen oder lagen Gegenstände herum, die wohl typisch für einen Keller waren, der sich unter einem alten Haus befand.

Er rechnete jede Sekunde mit einer Konfrontation und hatte den Abzug seiner Waffe bereits leicht angedrückt, doch bis auf das Blut auf dem Fußboden befand sich hier nichts Außergewöhnliches.

Kein Mensch, keine Geräusche. Nichts!

Verunsichert wandte er sich wieder der Treppe zu, blieb dann aber wie angewurzelt stehen und kratzte sich am Kopf.

Irgendetwas muss hier unten sein! Das Nächstliegende wäre eine Geheimtür, dachte Brechter und nahm sich vor, die Wände im Keller genauer in Augenschein zu nehmen. Noch ahnte er nicht, dass in diesem unheimlichen Haus jemand auf ihn lauerte, der an einer Substanz interessiert war, die sich in seinem Kopf befand.

Und es gab nur einen Weg, um an diese Substanz heranzukommen.

33.

Bereits nach zehn Minuten ging Matthias Bollweidenthaler die Luft aus. Mehr war nicht drin. Schnaubend wie ein Walross setzte er sich auf einen kleinen Findling, der am Rand des Schotterweges lag. Mit einem riesigen, grün gestreiften Taschentuch – ein Relikt aus seiner Dienstzeit bei der Bundeswehr – wischte er sich den Schweiß aus dem wulstigen Nacken.

Hinter ihm lagen die letzten Häuser, vor ihm nur Ackerböden und Viehkoppeln, auf denen Kühe grasten, die ihn verdutzt anschauten. Um einen Blick hinter die nächste Kurve zu werfen, würde er mindestens noch einmal die gleiche Strecke gehen müssen.

Zu viel für seine Kondition.

Er entschied sich für den Rückweg zum Wagen und hoffte inständig, dass die Kraft wenigstens hierfür noch ausreichen würde.

Sie tat es. Irgendwann saß er wieder in seinem weißen SUV und japste nach Luft. Mit zitternden Händen öffnete er das Handschuhfach, fingerte eine Schachtel Zigaretten heraus und klappte das goldfarbene Gasfeuerzeug auf.

Die Zigarette schmeckte beschissen.

Trotzdem: Ein warmes, wohltuendes Gefühl der Entspannung breitete sich in seinem Körper aus. Zug um Zug inhalierte er den Tabakrauch und schloss dabei die Augen.

Drei Möglichkeiten, dachte er schwermütig. Den Rückzug antreten, warten, bis Brechters Wagen wieder auftaucht, oder in die Sackgasse hineinfahren, um ihn zu suchen. Er entschied sich für Letzteres, drückte den Stummel im Ascher aus und startete den geländegängigen Wagen.

Diesmal ging es schnell und vor allem – komfortabel. Als er das alte Haus mit dem moosbewachsenen Dach zu seiner Rechten bemerkte, stieß er einen lauten Pfiff aus.

Einsam gelegen … sieht richtig verwunschen aus … zu Fuß wär ich hier nie hingekommen.

Er steuerte den Wagen in den angrenzenden Wald und kam auf dem Parkplatz zum Stehen, auf dem auch Brechters Honda stand. Dann stieg er aus, um einen Blick in den Wagen des Polizeibeamten zu werfen und die nähere Umgebung abzusuchen.

Nichts! Und jetzt?

Brechter befand sich höchstwahrscheinlich in diesem Haus – aus welchem Grund auch immer –, und bald würde es dunkel werden. Bollweidenthaler setzte sich wieder in den Wagen, lehnte sich zurück und schloss die Augen. Grübelnd sinnierte er vor sich hin. Sollte er abwarten oder die Initiative ergreifen? An der Tür klingeln oder durch die Fenster hineinspähen? Um mit Brechter zu sprechen, doch über was?

Ich mache mir Sorgen um Sie, Herr Brechter, große Sorgen. Es muss jemand auf Sie aufpassen! Ich habe diesen Job übernommen, Herr Brechter.

Was für ein Bullshit. Warum war er ihm überhaupt

gefolgt? Aus Sorge, Neugierde, Langeweile oder vielleicht war es gar keine Verfolgung, sondern eine Flucht? Vielleicht flüchtete er vor der Verantwortung, die er gerade jetzt für sich selbst hätte übernehmen sollen. Eine Flucht vor seinem eigenen Spiegelbild, das ihm jeden gottverdammten Tag schonungslos die abstoßende Wahrheit präsentierte.

Er hatte doch einen Grund gehabt, ein Ziel verfolgt, als er sich an Brechters Fersen geheftet hatte, oder?

Ziele …?

Welche Ziele hatte er noch vor Augen? Würde er überhaupt jemals noch welche davon umsetzen können?

Was hatte Priorität: Reinen Tisch machen, Ulrike endlich ins Vertrauen ziehen, den Ruhestand genießen? Vielleicht ein Hobby? Den Mount Everest besteigen, in der Oper bei *Carmen* einen fahren lassen, Wandteppiche häkeln?

Oder … den schnellen Tod sterben?

Die Vorahnung?

Über das Morphische Feld war es ihm gelungen, einen flüchtigen Blick in die Zukunft zu werfen. Oder war alles nur Einbildung gewesen? Dieser philosophische Gedanke, der seinem Gehirn entsprungen war, klang gar nicht so übel. Wie hatte er gleich noch gelautet? *Die Unendlichkeit stand vor der Tür.*

Das Phänomen schien keine Seltenheit zu sein. Immer wieder gab es Fälle, in denen Personen ihren eigenen Tod vorausahnten. Er hatte es in seiner Laufbahn als Psychologe selbst miterlebt und zuerst an eine Suizidankündigung geglaubt, wurde dann jedoch eines Besseren belehrt.

Vielleicht war jetzt der richtige Zeitpunkt, um über den eigenen Tod nachzudenken, doch der ehemalige Polizeipsychologe war müde und erschöpft. Seine Gedanken drifteten ab.

Der Tod, dachte er in einem kurzen Anflug von Gleichgültigkeit. *Der Tod ist dein bester Freund. Wenn er jetzt käme, es wäre in Ordnung.*

Mit dem Gedanken an seinen besten Freund fiel Bollweidenthaler in einen tiefen und traumlosen Schlaf.

34.

Einer der ältesten Tricks der Natur: Das Sich-tot-Stellen. Die Kugel, die den *Modellbauer* am Bein getroffen hatte, würde ihn so schnell nicht umbringen, doch die stark blutende Wunde musste bald versorgt werden. Das zweite Geschoss stecke in der kugelsicheren Weste, die er in der Küche während des Kaffeekochens angelegt hatte. Überall im Haus gab es verborgene Depots, in denen der ehemalige Terrorist Waffen, Munition und andere praktikable Utensilien eingelagert hatte. Ein Relikt aus Zeiten der RAF.

Er war unvorsichtig gewesen, doch eine seiner alten Gewohnheiten hatte ihm das Leben gerettet: Empfange niemanden ohne Schutzweste, den du nicht genau kennst.

Was jetzt noch fehlte, war ein günstiger Moment.

Als ihm die alte Hexe in ihrer Überheblichkeit für einen kurzen Moment den Rücken zudrehte, rollte er sich herum und schlug ihr mit dem Totschläger, den er unter sich verborgen hatte, die Waffe aus der Hand. Das Brechen ihrer fragilen Knochen erinnerte ihn an die morschen Äste, die er zerkleinerte, um daraus ein Feuer zu entfachen, in dem er das Fleisch seiner Opfer verbrannte. Die schrullige Alte hielt ihre zertrümmerte Hand an die Brust und schrie wie am Spieß. Er baute sich in voller Größe vor ihr auf und holte erneut aus.

»Der blöde Wichser trägt eine Schutzweste, du Fotze«, spie er ihr entgegen. »Du wolltest meine Kohle, Hexe? Du kriegst etwas anderes. Einen Ehrenplatz für dein Herz in meinem Modell, das geb ich dir ... du erbärmliche Fotze!«

Trotz seiner unbändigen Wut schlug er dosiert zu, da ein teuflischer Plan in ihm zu keimen begann. Er würde ihr das Herz bei vollem Bewusstsein herausschneiden. Kein schneller, gnädiger Tod, sondern eine Orgie der Gewalt. Als die Alte regungslos am Boden lag, hielt er ihr zwei Finger an den Hals und nickte zufrieden.

Das Miststück lebt noch!

Die blutende Wunde an seinem Bein fing an zu pochen, doch der *Modellbauer* ignorierte den Schmerz. Er wollte die alte Hexe im Keller anketten, solange sie noch bewusstlos war, und zerrte die Frau an den Haaren hinter sich her. Das verletzte Bein würde er auch in dem geheimen Kellerraum verarzten können. Neben all seinen Werkzeugen und Utensilien, die er für den Modellbau benötigte, lagen dort auch verschiedene Waffen und eine Notfallapotheke mit Verbandsstoff. Trotz seiner Verwundung bereitete es dem kräftigen Hünen keine Probleme, die schmächtige Alte die Kellertreppe herunterzutragen. In dem geheimen Verlies, in dem bereits der *Läufer* vor sich hinsiechte, drückte er sie stehend gegen eine Wand und befestigte ihre Handgelenke mit groben Handfesseln, die metallisch rasselnd von der Decke herunterhingen.

Scheiße! Fluchend bemerkte er die Blutspur, die sich hinter ihm herzog, und bandagierte eilig seine Schusswunde, die schlimmer aussah, als sie tatsächlich war.

Nur ein Streifschuss!

Als er den Verband fixierte, fiel sein Blick auf den *Läufer*. Obwohl er ihm zuletzt eine extrem hohe Dosis verabreicht hatte, schien der robuste Mann noch zu leben. Eigentlich sollte der *Modellbauer* zufrieden sein, da er dem Läufer noch zu Lebzeiten sein neues Modell präsentieren wollte, doch mittlerweile hatte er seine Meinung geändert. Dieser Mann war nur noch ein Schatten seiner selbst; er würde die Fertigstellung des Kunstwerkes ohnehin nicht mehr erleben. Und falls doch, dann wären seine Sinne nicht mehr in der Lage, die Perfektion der Arbeit zu erkennen.

Nein, der *Modellbauer* hatte eine neue Idee entwickelt; ein letztes Experiment, das den Tod des *Läufers* mit einkalkulieren würde.

Die Entnahme einer Flüssigkeit.

Der Einfall war ihm gekommen, als er *Sandras* Haut mit einem speziellen Pflegemittel bestrichen hatte, damit sie geschmeidig blieb und diesen warmweichen Glanz behielt.

Es war eine ganz besondere Flüssigkeit, mit der er die Knochen des neuen Modells lackieren würde. Er versprach sich davon einen schillernden Effekt, doch am meisten faszinierte ihn die Tatsache, dass noch nie irgendwo auf der Welt ein Knochen mit einer derartigen Flüssigkeit präpariert worden war.

Die alte Hexe, die in der Ecke des Raumes an den eisernen Fesseln hing, war noch immer ohne Bewusstsein. Er würde sie die ganze Nacht dort hängen lassen. Vielleicht würde sie aufwachen, doch hier unten konnte sie sich die Lunge aus dem Leib schreien.

Niemand würde sie hören.

Er verließ den geheimen Raum und betrat die Kellertreppe, doch auf halber Strecke blieb er stehen und lauschte bedächtig.

Schritte? Ein Eindringling?

Er schlich sich bis zur Tür hinauf und spähte durch das Schlüsselloch hindurch. Tatsächlich, die Silhouette eines Mannes bewegte sich langsam den Flur entlang. Wie war das möglich, wer hatte sich auf seine Fährte gesetzt? War es dem *Uniformierten* gelungen, ihn doch noch zu finden?

Innerlich fluchend trat er den Rückzug an – besonnen und lautlos. Über den Geheimausgang im ehemaligen Kohlenkeller gelangte er zu der rückwärtigen Seite des Hauses, schlich sich im Schutz der hereinbrechenden Dunkelheit zum Seiteneingang zurück und betrat das Haus geräuschlos durch die Küche. Angespannt lauschte er in den Flur hinein. Der Fremde war nicht zu hören, doch die Tür zum Keller stand offen, sodass sich der Eindringling seinem Allerheiligsten zu nähern schien. Er ging zurück in die Küche, öffnete das Versteck und entnahm eine Waffe, mehrere Nebelgranaten und den *Taser*, dann folgte er dem Eindringling in den düsteren Keller hinab.

35.

Angst und Panik. Eine nicht zu beschreibende Furcht breitete sich in seinen Eingeweiden aus. Die mühsam aufrechterhaltene Fassade seiner Selbstsicherheit bröckelte. Daniel Brechter begann sich zu fragen, warum er allein in diesen düsteren Keller hinabgestiegen war. Ein unkalkulierbares Risiko; völlig unprofessionell und verantwortungslos. Eine gefährliche Verhaltensweise, die überhaupt nicht seinem Naturell entsprach, doch von diesem Haus schien eine seltsame Magie auszugehen, der er sich nicht entziehen konnte.

Die Schüsse, das Blut und die Tatsache, dass sich ihm niemand zu erkennen gab, deutete auf ein Gewaltverbrechen hin, wobei sich Täter und Opfer vermutlich noch irgendwo hier im Haus befinden mussten. Voller Panik realisierte Brechter, dass er das Obergeschoss noch nicht kontrolliert hatte.

Ich muss verrückt geworden sein, dachte er angstvoll und bemerkte resigniert, dass er kurz davor war, in die Hose zu pinkeln. Er spürte den salzigen Geschmack seines Schweißes auf den Lippen und hatte das Gefühl, in einer schmiedeeisernen Rüstung zu stecken, die seine Lunge zusammenquetschte.

Eine furchtbare, namenlose Angst hatte von ihm Besitz ergriffen. Panisch suchte er ein Versteck und drückte sich neben einem alten Schrank gegen die weiß getünchte Wand. Für einen Moment war er vor Angst wie gelähmt und unfähig, sich zu bewegen, einen klaren Gedanken zu fassen oder das Zittern seiner Hände zu kontrollieren. Raum und Zeit schienen miteinander zu verschmelzen. Nur das Rauschen seines Blutes und der galoppierende, dumpfe Schlag seines Herzens schienen noch zu existieren.

Reiß dich zusammen. Du kannst hier nicht ewig stehen.

Sein Blick fiel auf den Betonboden vor seinen Füßen. Verwundert bückte er sich und fuhr mit den Fingern über die Schleifspuren, die sich seitlich des Schrankes dahinzogen.

Hier wird ständig etwas hin- und hergeschoben!

Brechters kriminalistischer Spürsinn erwachte. Außerdem war er froh, etwas entdeckt zu haben, das ihn aus seiner paralysierenden Schockstarre herausriss. Auf Zehenspitzen ging er um den Schrank herum und drückte mit der Schulter gegen die Seitenwand. Knirschend setzte sich das Ungetüm in Bewegung, doch Brechter hielt inne, da ein undefinierbares Geräusch aus dem Flur zu ihm herüberdrang. Hastig presste er sich in die Ecke zwischen Schrank und Mauer und brachte die Waffe in Position. Er wagte nicht zu atmen und sah plötzlich etwas Zischendes in den düsteren Kellerraum hereinrollen. Nebel stieg davon auf.

Scheiße, eine Nebelgranate!

Brechter ahnte, dass er verloren war. Falsch. Er ahnte es nicht nur, er *wusste* es. Er hatte sich sehenden Auges in eine Falle hineinmanövriert und sah nur noch eine Chance: den Überraschungsangriff.

Noch erkannte er die Umrisse des Flures vor sich

und brachte die Waffe in Anschlag, doch der Nebel breitete sich zügig aus. Bald würde er die Hand vor Augen nicht mehr sehen. Brechter verließ die – scheinbar – sichere Deckung und schoss ins Blaue hinein. Irgendwo dort im Flur musste sich der Angreifer befinden.

»Keine schlechte Taktik«, schrie ihm eine wuchtige Stimme entgegen, »doch du hast meine Geheimtür entdeckt. Und das macht mich sauer, Eindringling. Außerordentlich sauer!«

Brechter stolperte einige Schritte vorwärts und schoss in die Richtung, aus der er die Stimme vermutete. Sein Adrenalinspiegel hatte zwischenzeitlich eine schwindelerregende Höhe erreicht. Eine Maschinengewehrsalve blitzte vor ihm auf. Der Lärm war ohrenbetäubend; seine Trommelfelle schienen zu platzen. Die Geschosse des Gegners schlugen über ihm in der Decke ein und pfiffen als Querschläger durch den Kellergang. Brechter warf sich auf den staubigen Fußboden und schoss im Liegen zurück. Sein linker Fuß zuckte wie bei einem elektrischen Stromschlag; eine verirrte Kugel schien ihn getroffen zu haben.

Er will mich lebend, sonst hätte er nicht gegen die Decke geschossen. Das ist meine Chance …

Brechter stand auf, lief in den nächsten Kellerraum hinein und schoss auf die Silhouette, die er auf den unteren Stufen der Kellertreppe zu erkennen glaubte. Plötzlich war der Mann verschwunden; stattdessen rollte eine weitere Nebelgranate auf ihn zu. Hektisch verließ er den Raum, um über die Treppe zu flüchten, und sah plötzlich eine riesige Gestalt am Ende des

Kellerflures stehen. Brechter wollte abdrücken, doch der schattenhafte Riese war schneller. Mit der Elektroschockpistole – dem *Taser* – brachte er Brechter zu Fall; dann hielt er plötzlich einen teleskopartigen Gegenstand in der Hand und kam auf ihn zugerannt. Der Polizeibeamte wand sich vor Schmerzen auf dem Fußboden, unfähig, wieder auf die Füße zu kommen. Krampfhaft umklammerte er seine Waffe in der Hoffnung, dass er die Kraft aufbringen würde, den Abzug durchzudrücken. Der Riese war jetzt fast über ihm; er konnte in die kalten, blauen Augen des Angreifers blicken und bemerkte die metallisch schimmernde Stahlrute in seiner Hand.

Brechter riss seine Waffe empor, um den Angriff des Glatzköpfigen abzuwehren – zu spät.

36.

Das Klingeln seines Smartphones ließ ihn zusammenzucken. Bollweidenthaler brauchte einen Moment, um zu realisieren, dass er die Nacht in seinem SUV verbracht hatte. Draußen zwitscherten die Vögel in der Morgensonne, und über dem Waldboden waberten filigrane Nebelschwaden, die aus dem nahen Hochmoor herüberzogen.

Das Telefon lag auf dem Beifahrersitz, doch als er das Gespräch annehmen wollte, war der Klingelton bereits erloschen. *Ulrike* stand auf dem Display; sicher machte sie sich Sorgen um ihn, da es nicht seine Art war, ohne ein Wort der Entschuldigung die Nacht über fern zu bleiben. Im Moment allerdings fiel ihm keine plausible Erklärung ein, die er Ulrike präsentieren konnte, deshalb entschied er sich für eine SMS, in der er ihr vage mitteilte, dass er aus dienstlichen Gründen verhindert sei.

Danach quälte er seinen massigen Körper aus dem SUV heraus und vertrat sich die steifen Beine. Nachdem er einige Runden um den Wagen gedreht hatte, drückte seine Blase, und er erleichterte sich schwankend hinter einem Baum. Er fühlte sich wie gerädert und zündete sich – trotz der pochenden Kopfschmerzen – eine Zigarette an, um das Hungergefühl zu betäuben.

Der Honda von Daniel Brechter stand noch an derselben Stelle, wo er ihn gestern Abend vorgefunden hatte. Nachdenklich rieb er sich den Schlaf aus den Augen und ging die Schotterstraße entlang, um einen Blick auf das alte Haus zu werfen. Nichts, keine Veränderungen, niemand war zu sehen. Sein psychologischer Scharfsinn erwachte, als er einen gründlichen Blick auf die seltsamen Objekte warf, die überall verteilt im Garten herumstanden. Der Gartenzwerg neben dem Wassertrog erregte seine besondere Aufmerksamkeit, und als sich Bollweidenthaler dem überaus hässlichen Kunstwerk so weit wie möglich genähert hatte, überfiel ihn eine grausige Ahnung.

Alles, was mit Zwergen zu tun hat!

Seine Kombinationsgabe lief unter Volllast. Das hässliche Ding sah aus, als wäre es aus …Knochen.

Hier läuft irgendetwas mächtig schief, dachte er misstrauisch, ging am Rande der Straße entlang zu dem Parkplatz zurück und setzte sich wieder in den Wagen. Vielleicht lag er ja falsch, und die ganze Angelegenheit war nur ein lächerliches Missverständnis, doch die innere Unruhe, die ihn gleich nach dem Aufwachen befallen hatte, ließ sich nicht besänftigen. Und dann noch diese furchterregende Entdeckung im Garten – der schaurige Zwerg. In der Soko-Besprechung hatten sie die Dinge auf den Punkt gebracht: Der Altenheim-Mörder amputierte Körperteile, um daraus etwas zu bauen, und jetzt stand hier im Garten ein Zwerg, der aus einem Material zu bestehen schien, welches ihn an Knochen erinnerte. Und: Auf dem Zettel des Mörders verbarg sich vermutlich der Hinweis auf einen Zwerg.

Er nahm das Smartphone und wählte die Handynummer von Katzmann.

»Ja.« Katzmanns Stimme klang kratzig und rau. Vermutlich hatte er sich eine Erkältung eingefangen.

»Leo, ich …«, begann Bollweidenthaler verwirrt. »Leo, hier stimmt was nicht.«

»Matthias? Bist du das?«

»Ja, Leo. Mir geht's … beschissen, doch das ist momentan … Nebensache. Ich muss …«

Die Verbindung brach immer wieder kurz ab.

»Ich kann dich kaum verstehen«, sagte Katzmann, der über den morgendlichen Anruf seines Freundes etwas verwundert war.

»Brechter ist in diesem Haus verschwunden. Leo, der ist schon die ganze Nacht da drin. Irgendetwas stimmt hier nicht. Und dann noch dieser hässliche Zwerg im Garten.«

»Brechter? Was hast du mit Daniel zu tun?«

Bollweidenthaler schloss die Augen. »Ich bin ihm gefolgt.«

»Warum?«

»Das ist ne längere Geschichte, Leo«, sagte er seufzend. »Das Netz kann jeden Moment abkacken und ich glaube, Brechter ist in Schwierigk…«

»Wo bist du denn?«, fragte Katzmann.

»Großseedorf, äh … Waldstraße … äh … Waldstraße 18. Einsames Haus am Rande eines Moors.«

»Großseedorf, Waldstraße 18?«, sagte Katzmann nach einer nachdenklichen Pause. »Moment mal.«

Bollweidenthaler hörte das Rascheln von Papier und hoffte inständig, dass die Leitung stabil blieb.

»Und Brechter ist in diesem Haus?«, fragte Katzmann sichtlich erregt.

»Ja, denke schon. Ich selbst sitze im Wagen in der Nähe des …«

»Bleib, wo du bist, Matthias. Wir kommen so schnell wir können. Ich informiere das MEK und schicke den Hubschrauber voraus.«

»Ist es denn so schlimm?«

»Die Adresse steht auf unserer Fahndungsliste. Das kann kein Zufall sein.«

»*Was?*«

»Brechter hat die Liste auch eingesehen. Es muss einen Grund dafür geben, warum er ausgerechnet dahin gefahren ist.«

»Mein Gott, was soll ich tun, Leo?«

»Du machst gar nichts. Bleib, wo du bist. Ich kümmere mich darum. Es wird nicht lange dauern. Ich muss jetzt Schluss machen. Wenn dir was auffällt, ruf mich wieder an.«

»Okay, danke, mach ich.«

Das Gespräch war beendet.

Und jetzt? Einfach abwarten, so wie Katzmann es ihm nahegelegt hatte? Wie lange würden sie brauchen, um mit dem MEK hier anzurücken? Eine Stunde? Der Hubschrauber würde schneller sein, keine Frage, doch die Besatzung allein konnte das Haus nicht erstürmen.

Außerdem: Vielleicht befanden sich die wenigen Helikopter, die der Hamburger Polizei zur Verfügung standen, gerade in einem anderen Einsatz, dann würde er doch auf das MEK warten müssen.

Die Adresse steht auf der Fahndungsliste!

Wenn Brechter hier tatsächlich ins Schwarze getroffen haben sollte, dann zählte jede Sekunde. Vielleicht war der sympathische Kriminalbeamte bereits tot, doch das Risiko war es wert. Er saß hier im Wagen direkt in der Nähe des Hauses, seine Observation hatte einen Sinn gehabt, er konnte jetzt etwas bewirken, etwas vorantreiben, das die Leere in ihm ausfüllen würde – jedenfalls für eine gewisse Zeit.

Voller Tatendrang öffnete Bollweidenthaler die Tür des SUV, doch er stieg nicht aus. Stattdessen ließ er den Kopf kraftlos auf die Brust fallen, wodurch sein schwabbeliges Doppelkinn hervortrat.

Ich bin nur ein fetter Niemand, der nicht einmal die Kraft hat, mit einem Stock zuzuschlagen. Ich habe keine Waffe, ich habe gar nichts ... Ich kann nichts ausrichten. Nichts ...

Gerade wollte er sich in sein scheinbar unabänderliches Schicksal fügen, da kam ihm eine Idee.

Keine Waffe? Doch ..., natürlich habe ich eine Waffe ...

37

QUINTET. Große, blaugrüne Buchstaben auf schwarzem Grund, daneben ein seltsames Symbol aus geschwungenen Linien.

QUINTET. Das Erste, was Daniel Brechter erblickte, war dieses Wort, das er irgendwo schon mal gesehen hatte.

Seine Augenlider waren schwer wie Blei; jede Faser seines Körpers schmerzte, und immer wieder versank er in eine geheimnisvolle Zwischenwelt, in der sich sein Geist eine eigene Realität erschuf, ohne die er bereits den Verstand verloren hätte. Eine Art Notfallprogramm, das das Grauen unterdrückte, das in ihm zu wachsen begann.

Dunkelheit und ein diffuses Licht wechselten sich ab, dann tanzten erneut die Buchstaben vor seinen Augen und Erinnerungsfetzen trieben wie Seifenblasen an die Oberfläche seines Ichs, um dort sofort wieder zu zerplatzen.

Was war geschehen?

Schüsse aus dem Wald! Ein Jäger? War es nicht ein Keller gewesen, in dem …

QUINTET. Eine schwarz-weiße Ablage mit einem Bedienfeld, darauf eine teleskopartige Stange. Kabel, Schalter, eine Konsole neben der Ablage, auf der sich eine runde Schale aus Keramik befand.

In der Schale schwamm in einer blutigen Lache eine faustgroße, dunkelrote, fleischige Masse. Ein Geflecht von Arterien verästelte sich auf ihrer Oberfläche; schlauchartige Kanäle mit zerfetzten Rändern ragten aus dem Gebilde heraus.

Wo bin ich?

Brechters Gehirn war nicht in der Lage, die verworrenen Informationen, die von seinen Sehnerven transportiert wurden, zu einem sinnhaften Bild zusammenzusetzen. Der Körper, in dem er sich befand, schmerzte, doch gleichzeitig fühlte er sich so fremd wie eine Prothese an.

Halb sitzend, halb liegend, die Hände in die Armlehnen gekrallt, richtete er seinen Blick schräg nach oben und entdeckte die überdimensionale Lupe, die an einem Gelenkgestänge befestigt war.

Jetzt wusste Brechter, wo er sich befand.

Der weiße Kunststoffbezug, auf dem er saß, gehörte zu einem Zahnarztstuhl. Natürlich, die Kontrolle der Zähne war längst überfällig gewesen. Hier in der Zahnarztpraxis würde nur der Zustand seines Gebisses kontrolliert werden – das war alles. Die Beihilfe hatte den Zuschuss für Zahnersatz gekürzt, da konnte es nicht schaden, öfter mal zum Zahnarzt zu gehen.

Vage erinnerte er sich an die Terminabsprache mit der Arzthelferin …

Oder? … so dunkel hier. … eine Betäubung?

Ich muss mich bewegen … Schmerzen!

Erst jetzt bemerkte Brechter, dass sein Körper an dem Behandlungsstuhl festgebunden war. Lederne Manschetten umschlossen seine Hand- und Fußgelenke, graues Klebeband fixierte den Rumpf, den Hals und schien auch um die Stirn gewickelt zu sein.

Brechter war bewegungsunfähig.

Ein gewissenhafter Zahnarzt!

Langsam nahm der Raum um ihn herum Konturen an. Sein Kopf ließ sich nur wenige Zentimeter zur Seite bewegen, doch seine Augen wanderten suchend umher – und fanden etwas Bemerkenswertes.

Der Körper einer Frau hing in der Ecke des Raumes. Ihre Arme waren nach oben gestreckt; Handfesseln aus Metall hielten ihren leblos und schlaff wirkenden Leib aufrecht und verhinderten, dass sie zu Boden glitt. Sie kam ihm bekannt vor, doch der vom Alterungsprozess bereits gezeichnete Körper der Frau war schrecklich entstellt, sodass er sie nicht erkannte. Ihr bis zum Schambein aufgeschnittener Brustkorb klaffte zu beiden Seiten auseinander. Die darunter liegenden Rippen waren offensichtlich gewaltsam gebrochen worden und standen wie Schaschlikspieße aus dem Körper heraus. Das Brustbein fehlte völlig. Überall war Blut, ihre Gedärme hingen aus der riesigen, auseinanderklaffenden Wunde, und dort, wo einst das Herz der Frau geschlagen hatte, sah Brechter nur vage ein dunkelrotes Loch, in dem sich ein Gewirr von funktionslosen Arterien und Venen schlängelte.

Hier hatte jemand eine bestialische Schlachtung vorgenommen!

»Ha! Ah … Ha! Har …« Brechter fing an zu lachen. Es waren krächzende, holperige Laute, die er unsicher von sich gab. Von quälender Unnatürlichkeit geprägt.

Wieder einer dieser Albträume, dachte er irritiert und wunderte sich darüber, warum er ausgerechnet beim

Zahnarzt eingeschlafen war.

Das Gesicht eines glatzköpfigen Mannes schwebte plötzlich vor ihm. »Du hast lange geschlafen, *Uniformierter*«, sagte der Mann und lächelte verschlagen. »Und du scheinst dich gut zu amüsieren. Das hatte ich nicht erwartet, aber umso besser. Schon mal was vom *Liquor* gehört, hm?«

Brechter kicherte, weil ihm die Frage so absurd schien. »Bist du hier der … Zahnarzt?«, fragte er mit brüchiger Stimme und stöhnte.

Dieses Gesicht! Der Riese mit der Glatze?

»Zahnarzt?«, fragte der Mann belustigt. »Ja, wenn ich so darüber nachdenke, warum nicht? Allerdings bohre ich dir nicht in die Zähne, *Uniformierter*, sondern in den Kopf.« Demonstrativ fuchtelte er mit einer Akku-Bohrmachine in der Luft herum.

»Apropos Zahnarzt«, nuschelte Brechter kraftlos. »Ich brauche unbedingt noch einen Termin für die Zahnreinigung.«

Der Mann mit der Bohrmaschine brach in schallendes Gelächter aus. »Du hast Humor, das gefällt mir. Allerdings scheinst du mich zu verwechseln. Ich bin kein Zahnarzt, sondern der *Modellbauer,* und für die Arbeit an meinem Modell benötige ich deinen *Liquor,* den ich dir aus dem Kopf herauspunktieren werde. Vermutlich wirst du dann nicht mehr lachen.«

»Du … kannst mir keine Angst machen, Zahnarzt«, röchelte Brechter. »Nichts von alledem hier ist real.«

»Du hast keine Angst? Interessant!«, sagte der große Mann, der eine blutbefleckte Schürze aus Kunststoff trug und sich selbst als *Modellbauer* titulierte. Er kniff die Augen zusammen und fuhr fort: »Du scheinst in einer Art Paralleluniversum zu leben. Das erklärt auch, wie es dir gelingen konnte, in die Welt meiner Gedanken einzudringen, *Uniformierter*.«

»Ich habe schon oft solche Sachen geträumt«, sagte Brechter mehr zu sich selbst. »Und außerdem ...«

»Dann stört dich der Anblick der alten Hexe vermutlich auch nicht, mein Freund.« Der *Zahnarzt* deutete auf die tote Frau, die mit angeketteten, hoch erhobenen Armen in der Ecke hing.

»Ich bin nicht dein Freund.«

Der Mann ging nicht auf Brechters Bemerkung ein. »Ich hab der Alten das Herz herausgeschnitten. Du kannst dir nicht vorstellen, was das für eine Sauerei gewesen ist. Schade, dass du währenddessen bewusstlos warst. Sie hat gebettelt, gejammert, geweint und mit ihrem Schicksal gehadert, doch ich spürte vom ersten Moment unserer Begegnung an, dass sie des Lebens eigentlich überdrüssig war.«

Er beugte sich zu Brechters Ohr hinunter. »Willst du wissen, was ihre letzten Worte waren?«

»Sie hat dich verflucht ... oder?«

›Ich habe deine Mutter getötet, Hurensohn‹, das waren ihre letzten Worte. Und weißt du was, *Uniformierter*? Wenn es stimmen sollte, es wäre mir scheißegal. Findest du das seltsam?«

Brechter lief es trotz seiner Schmerzen eiskalt den Rücken runter. Diese Begegnung erschien ihm so unwirklich, dass es einer dieser grauenvollen Träume sein *musste*, in dem er sich momentan befand. Dann jedoch hätten sie eine neue Qualität erreicht; eine gespenstische Kopie der Wirklichkeit, die der Realität in jeglicher Beziehung ebenbürtig war. Wenn das wahr wäre, vielleicht würde er dann irgendwann nicht mehr zwischen Traumwelt und Realität unterscheiden können?

»Genug geschwafelt«, sagte der *Modellbauer* geschäftig und grinste. »Draußen erwacht ein neuer Tag und bis zum Mittag will ich fertig sein.«

»Womit?«, fragte Brechter. Dann registrierte er den Tisch neben sich, mit einer elektrischen Haarschere darauf.

»Ich wiederhole mich ungern, aber ich benötige deinen *Liquor* für die Lackierung meines neuen Modells.« Er betätigte den roten Schalter der Bohrmaschine – der dünne, lange Bohrer begann sich daraufhin surrend zu drehen – und deutete auf einen beinamputierten Mann, der auf einem alten Metallbett lag.

»Den *Läufer* dort werde ich zu Übungszwecken als Erstes behandeln. Er ist schon so gut wie tot. Falls ich daneben bohre, wird er es kaum bemerken.«

»Bitte … nicht … warum«, stöhnte Brechter, der langsam aus den Tiefen des seltsamen Zustandes erwachte, der sich irgendwo zwischen Ohnmacht und Delirium befand.

»Du interessierst dich für die Einzelheiten?«, fragte der *Modellbauer* mit einem zynischen Unterton und nahm einen beschriebenen Zettel zur Hand. »Eine sehr komplexe Angelegenheit. Auch für mich absolutes Neuland, aber ich gebe dir ein paar Infos: Der *Liquor* ist das Gehirnwasser, das in deinem Kopf in speziellen Hohlräumen um dein Gehirn herumzirkuliert. Diese klare, farblose Flüssigkeit will ich haben, aber keine Angst, sie bildet sich immer wieder neu. Ich werde versuchen, die *Cisterna magna* an deinem Hinterkopf anzubohren und zu punktieren. Dieser Zugang ist eine Zisterne beziehungsweise eine Erweiterung des *Subarachnoidalraums*, der auch als äußerer Liquorraum bezeichnet wird. Er steht in Verbindung mit dem inneren Liquorraum. Wie der Name schon sagt, zirkuliert darin der *Liquor* – die Gehirnflüssigkeit. Die *Cisterna magna* liegt zwischen Kleinhirn und Rückenmark. Sie ist schwierig zu treffen, außerdem könnte das Stammhirn verletzt werde, aber ich werde mir redlich Mühe geben. Versprochen!«

»Hmhmm.«

»Das war der theoretische Teil, mein Freund. Jetzt wird es Zeit für die Praxis!«

»NEINNN …!« Brechter beobachtete die Szene mit weit aufgerissenen Augen. Noch war es kaum mehr als eine vage Vermutung, doch mit jeder Minute, die das Schreckensszenario andauerte, bestärkte sich sein Verdacht, dass er sich *nicht* in einem der üblichen Albträume befand. Langsam kehrten auch die Erinnerungen an den Altenheim-Mörder und seine Ermittlungen zurück, die ihn hierher zu dem alten Haus am Moor geführt hatten. Seine Zähne fingen an zu klappern; die Angst in ihm wuchs wie Montageschaum, der alle Hohlräume in seinem geschundenen Körper auszufüllen begann.

Kein Albtraum!

Der leblose Körper des anderen Mannes lag auf der Seite, sodass sein kahlrasierter Hinterkopf zu sehen war. Der *Modellbauer* hatte eine Markierung an die Stelle gezeichnet, an der er den Zugang für die Punktion vermutete. Er setzte die Bohrmaschine an und betätigte den Start-Schalter. Der Bohrer rotierte mit der langsamsten Geschwindigkeit, die sich einstellen ließ, und verschwand mit einer unerwarteten Leichtigkeit in dem weichen Gewebe des *Läufers*.

Brechter erwartete, dass der Mann zu schreien begann, doch bis auf ein Zucken der Beine – eines davon war nur noch zur Hälfte vorhanden – gab es keine Reaktion des Leidgeprüften, der dem Tod wohl näher als dem Leben war. Verzweifelt versuchte Brechter, die Fesseln an dem Zahnarztstuhl zu lösen. Voller Panik zog und zerrte er daran, doch es gelang ihm nicht, sich zu befreien. Die Kontraktionen seines Körpers übertrugen sich auf die zahnmedizinischen Apparaturen am Stuhl und das leise Dröhnen der Bohrmaschine wurde auf einmal von dem stakkatoartigen Geklapper seiner Befreiungsversuche untermalt.

Der *Modellbauer* warf ihm einen ungnädigen Blick zu, dann legte er die Bohrmaschine beiseite, nahm stattdessen eine große Spritze aus Kunststoff und führte die Nadel in das vorab gebohrte Loch ein, aus dem eine wässrige, rötlich-gelbe Flüssigkeit herausgelaufen kam.

»Verdammt …, kannst du nicht einen Moment Ruhe geben? Ich kümmere mich gleich um dich.«

Er stach mit der Nadel durch die Membrane in den Liquorraum hinein und zog die Spritze auf, die sich daraufhin mit einer Flüssigkeit füllte, die alles andere als farblos war.

»Scheiße!«, fluchte der *Modellbauer* voller Enttäuschung. »Ist ziemlich verunreinigt, das Zeugs.«

Brechter war kurz davor zu kollabieren. Sollte ihn in Kürze das gleiche Schicksal treffen? Die Angst griff nach ihm wie eine riesige Pranke, die ihn zu zerquetschen drohte. Kalter Schweiß rann ihm die Stirn herunter. Er wollte schreien, doch seine Stimmbänder gehorchten nicht.

»Bitte ... ich ... tu mir nichts. Ich ....« Seine Stimme versagte.

»Angst?«, fragte der *Modellbauer*, der plötzlich hinter ihm stand. »Das klang vorhin noch ganz anders.«

Brechter sah aus dem Augenwinkel heraus, wie eine Hand nach der Haarschere griff.

»Hmmm ... nein ... bitte!«

Sein Körper vibrierte, seine Augen füllten sich mit Tränen und in seiner zitterigen Stimme schwang die Todesangst mit. Mit kräftiger Hand griff sein Peiniger von hinten in die roten Haare und fixierte sein Haupt, dann rasierte er ihm durch den Spalt zwischen Sessel und Kopfstütze den Hinterkopf kahl.

»Nein ... um Gottes Willen ...bitte ...!«

»Diesmal wird es besser funktionieren ... versprochen ...«, sagte der *Modellbauer*, warf die Haarschere beiseite und ergriff die handliche Bohrmaschine.

Brechters Gehirn drohte zu explodieren.

Das mahlende Geräusch des Bohrers schien seine Seele aufzufressen. Der Zahnarztstuhl erbebte unter dem unkontrollierten Erzittern seines Körpers. Der Metallbohrer *tanzte* auf der Oberfläche seines Schädels. Er spürte etwas Knirschendes in seinem Kopf, so als würden die Knochen seines Schädels zersplittern, und sah plötzlich den Teufel vor seinem geistigen Auge. Der Fürst der Finsternis trug das Gesicht des *Modellbauers*; in seinem zähnefletschenden Maul steckte zur Hälfte ein Mensch und aus seinem Arschloch kroch eine monströse Schlange heraus, die sich zwei Jünglinge gleichzeitig einverleibte.

Ich verrecke hier unten erbärmlich, war sein letzter Gedanke, doch dann geschah etwas völlig Unerwartetes.

38.

Der Motor des weißen SUV brüllte lautstark auf. Die schwere, geländegängige Limousine pflügte wie ein Panzer über den Schotterweg und durchbrach den hölzernen Gartenzaun, als wäre er aus Pappmaché. Zweihundertfünfundvierzig Pferdestärken bahnten sich mit brachialer Gewalt unaufhaltsam ihren Weg; alle Gegenstände, die die lange Zufahrt zum Hauseingang flankierten, wurden wie Spielzeug weggeschleudert.

Bollweidenthaler gab Vollgas.

Der SUV war die einzige Waffe, die ihm zur Verfügung stand, und er hatte sich fest vorgenommen, sie nicht nur halbherzig einzusetzen. Der Entschluss war ihm nicht leichtgefallen – es konnte ja weiß Gott was alles passieren –, doch der ehemalige Polizeipsychologe sah keine andere Möglichkeit. Sein eigenes Schicksal war ihm egal, mehr noch, er wollte es förmlich herausfordern, allerdings befand sich Brechter vielleicht in Lebensgefahr; ihn galt es zu retten. Der Kriminalbeamte hielt sich bereits die ganze Nacht über in dem Haus auf, in dem ein Tatverdächtiger wohnte, und hätte die Kollegen mit Sicherheit über seine Erkenntnisse informiert – sofern er dazu in der Lage gewesen wäre.

Irgendetwas *Schlimmes* musste vorgefallen sein, und Bollweidenthaler war der Einzige, der momentan etwas ausrichten konnte. Er wollte nicht tatenlos abwarten, bis Leo Katzmann und das MEK vor Ort sein würden, auch auf die Gefahr hin, dass er einen folgenschweren Fehler begann.

Einmal ein Risiko eingehen, dachte er beherzt, *einmal sich der Gefahr aussetzen, einen kapitalen Bock zu schießen.*

Vielleicht die große Chance, dem eigenen Leben am Ende noch einen besonderen Stempel aufzudrücken. Etwas Verrücktes, an das sich die Leute noch lange erinnern würden.

Ein Denkmal, eine Markierung, eine Signatur …

Seine verschwitzten Hände krallten sich am Lenkrad fest. Er drückte seinen massigen Körper in den Sitz hinein und versuchte verzweifelt, die aufkommende Panik zu ignorieren. Das alte Haus lag jetzt genau vor ihm; er konnte bereits die kunstvollen Schnitzereien an der Eingangtür erkennen und hoffte inständig, dass der Wagen auf den letzten Metern nicht noch ausbrechen würde.

Kurz vor dem Aufprall schloss er die Augen. Der tonnenschwere SUV bohrte sich wie ein Projektil in das alte Haus hinein, dessen Mauern unter der Wucht des Aufpralls zusammenbrachen. Die massive Eingangstür flog einem Geschoss gleich durch den Flur; Mauerwerk, Gebälk und Fensterscheiben zerbarsten wie bei einer Bombenexplosion. Das Fahrzeug pflügte weit in das Innere des Gebäudes hinein, pulverisierte die dünnen Leichtbauwände zwischen den Räumen und kam erst im Wohnzimmer qualmend zum Stehen. Ein Teil der Deckenkonstruktion war auf den SUV herabgestürzt und hatte die Frontscheibe zerstört. Im

Innenraum des Wagens bedeckten Glas, Bauschutt, zersplitterte Holzteile, Staub und die Überreste des Airbags die Vordersitze. Irgendwo darunter saß Bollweidenthaler, der nur noch röchelnde Geräusche von sich gab. Das Luftkissen im Lenkrad hatte ihn während des Aufpralls geschützt, doch den herabstürzenden Trümmern des Hauses war er hilflos ausgeliefert.

Unter all dem Schutt war Bollweidenthaler zur Bewegungsunfähigkeit verdammt und spürte deutlich, dass die Unendlichkeit nicht mehr nur vor der Tür stand. Jetzt war sie bereits im selben Raum wie er ...

Der Kopf des *Uniformierten* vibrierte wie ein zur Schlachtung vorbereitetes Schwein, das kopfüber hängend die letzten Augenblicke seines flüchtigen Daseins erlebte. Eine präzise Bohrung war auf diese Weise so gut wie unmöglich; der Bohrkopf schabte ständig an der Schädeldecke des Mannes herum und hüpfte auf und nieder wie die Nadel eines Schallplattenspielers, die an einem Kratzer hängen geblieben war.

So hat das keinen Sinn, dachte der *Modellbauer* genervt. *Ich werde ihn wieder in das Reich der Träume befördern müssen.*

Doch hierzu sollte es nicht mehr kommen.

Eine gewaltige Explosion erschütterte das Kaffeemühlenhaus – direkt über ihm. Oder etwas Ähnliches. Für einen Moment war er nicht in der Lage, seine Wahrnehmungen einem vorstellbaren Ereignis zuzuordnen. Eine Gasexplosion? Blitzeinschlag, ein abgestürztes Kleinflugzeug oder gab es einen Zusammenhang mit dem Erscheinen des *Uniformierten*?

Das gesamte Haus schien in seinen Grundfesten zu erzittern. Es krachte, splitterte, knallte und wütete, als wenn eine riesige Abrissbirne quer durch das Gebäude pendeln würde. Neben einstürzenden Mauern, berstenden Holzbalken und splitterndem Glas vernahm er plötzlich den andauernden Heulton eines Verbrennungsmotors.

Scheiße, du bist aufgeflogen! Sie stürmen das Haus mit einem gepanzerten Fahrzeug!

Der *Modellbauer* überließ die Gefangenen ihrem Schicksal, ergriff verschiedene Waffen, darunter auch eine Maschinenpistole, dann stürmte er die Kellertreppe hinauf, um den Schaden zu inspizieren. Als er die Schneise der Verwüstung sah, die das Fahrzeug in seinem Haus angerichtet hatte, wurde ihm schlagartig klar, dass nach den Jahren der Beständigkeit eine unruhige Zeit der Flucht auf ihn zukommen würde.

Er spürte eine aufkommende Euphorie, die das beklemmende Gefühl des Verlustes zu überlagern begann. So war es schon immer gewesen. Das Chaos bedeutete für ihn nichts anderes als die Abfolge von unabänderlichen Vorgängen, von denen man nie genau wusste, in welche Richtung sie sich entwickeln würden. Dies schloss auch den endgültigen Untergang mit ein, der früher oder später ohnehin an die Tür klopfen würde. Die Zukunft war unscharf, ständig in Bewegung und reizvoll – wie so vieles Unerwartete.

Trotzdem war er nicht gänzlich unvorbereitet. Es gab immer noch die Möglichkeit der Flucht; entsprechende Maßnahmen hatte er bereits vor Jahren durchgeführt.

Als er mit der Waffe im Anschlag das verwüstete Wohnzimmer betrat, schlugen ihm gräuliche Abgas-Schwaden entgegen. Die Reifen des festgefahrenen SUV tanzten quietschend auf dem Parkett, und durch das Heckfenster des Wagens konnte er schemenhaft die Umrisse des eingekeilten Fahrers erkennen.

Der *Modellbauer* hob die Maschinenpistole an und feuerte mehrere Salven in das Wageninnere hinein. Blut spritzte wie eine kleine Fontäne gegen das Seitenfenster; der Motor heulte ein letztes Mal auf und soff dann ruckelnd ab.

Sein Blick fiel auf die Treppe zum Obergeschoss. Obwohl das gesamte Haus einsturzgefährdet war, schien sie noch intakt zu sein. Während er nach oben sprintete, brach im Wohnzimmer ein Teil der Geschossdecke ein und begrub den SUV unter sich, der mittlerweile Feuer gefangen hatte. Er ignorierte die Flammen und rannte keuchend in das Schlafzimmer, in dem *Sandra* ihn bereits erwartete.

Sie saß auf dem Bett und schaute ihn mit großen Augen an.

Was ist passiert, Wolfgang?

»Wir sind aufgeflogen. Das Haus ist zerstört und hat Feuer gefangen.«

Was willst du jetzt tun?

»Ich muss fliehen! Es wird nicht mehr lange dauern, dann wimmelt es hier von Bullen.«

Nimmst du mich mit?

»Ich kann nicht ..., aber ich sorge dafür, dass dich niemand in die Finger bekommt.«

Wird es wehtun?

Für einen Moment schien es, als wenn er die Kontrolle über sich selbst verlieren würde. Auf der Bettkante sitzend vergrub er das Gesicht in seinen riesigen Händen und begann leise zu schluchzen. Verwundert musste er zur Kenntnis nehmen, dass ihm plötzlich die beste Zeit seines Lebens in den Sinn kam. Es war ein bemerkenswertes Jahr gewesen, das er als Dreizehnjähriger zusammen mit seinem Vater in der Wüste verbracht hatte. Wann immer er daran zurückdachte, so wie jetzt kurz vor der unvermeidlichen Flucht, war ihm jedes Detail des Lebens in der Wüste präsent: der trocken-heiße Wind, das Knirschen des Sandes unter seinen Stiefeln, die fremdländisch klingenden Rufe der Freiheitskämpfer. Nur mit Mühe gelang es ihm, sich aus seiner erinnerungserfüllten Paralyse zu entreißen.

»Nein, Sandra. Es wird nicht wehtun.«

Er trug *Sandra* vorsichtig auf den Armen die Treppe hinunter, manövrierte sie durch das teilweise zerstörte Untergeschoss – in dem sich das Feuer bereits auszubreiten begann – in die Küche hinein und von dort durch den Nebeneingang in den Garten. Als er *Sandra* in das Blumenbeet bettete, hörte er in der Ferne bereits die Sirenen der heranrückenden Polizei. Er eilte zu dem hölzernen Schuppen, der sich an die Südwand des Hauses anlehnte, öffnete die Tür mit einem knarrenden Geräusch und ergriff einen kleinen, roten Kanister mit Benzin. Hastig lief er zurück, überschüttete die lebensechte Luxus-Silikonpuppe mit der brennbaren Flüssigkeit und warf ihr das entflammte Feuerzeug auf den Bauch. Für einen kurzen Moment blieb er selbstversunken vor der anspruchslosen Gefährtin stehen, die lediglich in seiner Fantasie zum Leben erwachte, dann verschwand der *Modellbauer* in den Überresten seines brennenden Hauses.

Als die Polizeikolonne auf dem Schotterweg vor dem gesuchten Grundstück zum Stehen kam, brannte *Sandra* bereits lichterloh. Im gleichen Moment flog eine Handgranate aus dem brennenden Haus über den Vorgarten hinweg auf die Polizeifahrzeuge zu.

39.

Während die Fahrzeugkolonne der Hamburger Polizei mit eingeschalteten Sirenen und Blaulicht durch Großseedorf raste, erwachte der beschauliche Ort aus seinem Dornröschenschlaf. Fenster und Türen öffneten sich, betagte Dorfbewohner trafen sich tuschelnd an den Zäunen ihrer Grundstücke und beobachteten kopfschüttelnd die polizeiliche Machtdemonstration, so als wollten sie sagen: ›Was wollt ihr denn hier? Ihr seid hier nicht willkommen, dies ist ein friedliebender Ort mit anständigen Bürgern.‹

Kriminalkommissar Thomas Storak saß am Steuer des letzten Fahrzeugs und spekulierte lautstark vor sich hin. »Ich frage mich, warum sich Daniel ausgerechnet diesen Wolfgang Möller aus der Liste herausgepickt hat?«

»Vielleicht nur Zufall«, brummte Katzmann, der als Leiter der Soko-Altenheim den heutigen Einsatz zusammen mit dem Gruppenführer des Mobilen Einsatzkommandos befehligen würde. *Libelle II*, der momentan einzige einsatzfähige Polizeihubschrauber, befand sich auf einer anderweitigen Mission, insofern mussten sie ohne Luftunterstützung auskommen. Katzmann hoffte inständig, dass die Angelegenheit nur ein harmloser Irrtum war, doch sein Bauchgefühl verriet ihm nichts Gutes. Vielleicht gab es eine Verbindung zwischen Daniel, seiner Mutter, der RAF und dem Altenheim-Mörder. Dann wäre es doch kein Zufall und sie mussten mit dem Schlimmsten rechnen.

»Ich bin da skeptisch. Irgendetwas steckt dahinter«, widersprach Storak und zwinkerte Katzmann verschwörerisch zu. »Brechter hängt da irgendwie mit drin, ich weiß bloß noch nicht, auf welche Weise.«

Katzmann starrte aus dem Fenster des Wagens und schien in sich selbst versunken. Dann reagierte er schließlich: »Halt dich zurück mit solchen Behauptungen, Thomas. Das kann ganz schnell nach hinten losgehen.«

Sie schwiegen eine Weile.

»Kennst du diesen Sowanowitsch vom MEK?«, fragte Storak kleinlaut, da er sich über seine eigene Geschwätzigkeit ärgerte. Er nahm sich vor, zukünftig wieder auf eigene Rechnung zu ermitteln, wenn ihm bei einem Kollegen etwas Außergewöhnliches auffallen würde.

»Nicht wirklich«, antwortete Katzmann nach einer gefühlten Ewigkeit.

Vor ihrem Wagen fuhren die Fahrzeuge des Mobilen Einsatzkommandos. Eine Gruppe der Eliteeinheit befand sich in ständiger Bereitschaft, sodass Katzmann die Beamten innerhalb kürzester Zeit aktivieren konnte. Die Spezialisten unterstanden der Leitung des Gruppenführers Michael Sowanowitsch, der gemeinsam mit Katzmann den heutigen Einsatz leiten sollte.

Michael Sowanowitsch, von den Kollegen nur *Mike* genannt, war ein alter Hase im Polizeigeschäft, der im Laufe der letzten zehn Jahre bereits zahlreiche brisante

Einsätze geleitet hatte, die in den meisten Fällen erfolgreich abgeschlossen werden konnten. Der durchtrainierte Mittvierziger mit dem Kurzhaarschnitt und dem geschwungenen Schnauzbart saß im vorderen Führungswagen und studierte einen Aktenvermerk, den er von Katzmann vor der Abfahrt erhalten hatte. Er enthielt alle relevanten Informationen zum Fall des Altenheim-Mörders – in Kurzfassung.

Als die Kolonne den unbefestigten Schotterweg erreicht hatte, meldete sich Sowanowitsch über Funk.

»Hier sind wir definitiv richtig«, sagte er monoton. »Das Gebäude scheint zu brennen. Sofort Feuerwehr und Rettungswagen anfordern.«

Einer der Beamten setzte den Befehl umgehend um. In der Elite-Truppe war jeder mit jedem über Funk verbunden. Die Kommunikationstechnik gehörte zur Standardausrüstung; Katzmann und Storak waren ebenfalls verkabelt worden.

Scheiße, dachte Katzmann deprimiert, als er die Rauchschwaden kommen sah.

»Wir müssen da noch vor der Feuerwehr rein«, sagte Katzmann über Funk. »Vermutlich sind zwei unserer Leute drin.«

Die Kolonne kam jetzt in Höhe des Hauses zum Stehen. Sowanowitsch nahm ein olivgrünes Fernglas zur Hand und verschaffte sich aus dem Wagen heraus einen ersten Überblick.

»Könnte klappen«, sagte er kurz angebunden, »obwohl das Gebäude teilweise zerstört ist. Das Feuer beschränkt sich noch auf die Südseite. Der Eingang ist auch schon ... geöffnet. Sieht aus, als wäre da jemand reingefahren.«

»Hört sich alles beschissen an«, sagte Storak zu Katzmann. Es fiel ihm schwer, ein aufkommendes Gefühl der Schadenfreude zu unterdrücken.

»Wir gehen da jetzt rein. Präzisionsschützen auf Position. Die Feuerlöscher …«

Weiter kam Sowanowitsch nicht.

Eine Handgranate detonierte mit einem ohrenbetäubenden Knall neben dem Führungsfahrzeug. Alle Insassen wurden heftig durchgeschüttelt. Sowanowitsch gab umgehend den Befehl zum Rückzug.

»Rückwärtsgang, sofort. Wir beziehen weiter hinten Position.«

Storak geriet in Hektik und hatte Mühe, den Gang einzulegen. Der Wagen soff ab.

»Nun fahr schon«, brüllte ihm Katzmann ins Ohr. »Wir werden angegriffen!«

Währenddessen eröffnete Möller das Feuer. Er hatte sich im Keller verschanzt und nutzte die Kellerfenster als Schießscharten. Allerdings schoss er ins Blaue hinein, da die Pflanzen und Skulpturen, die im Vorgarten standen, seine Sicht behinderten. Einige Treffer auf die Fahrzeuge konnte er trotzdem erzielen, sodass die rückwärts fahrenden Polizeifahrzeuge Mühe hatten, einen geordneten Rückzug zu gewährleisten.

Als sich die Kolonne außer Reichweite befand, versammelte sich das Team zu einer ersten Lagebesprechung.

»Irgendjemand verletzt?«, fragte Sowanowitsch.

Alle verneinten. Bis auf zwei beschädigte Einsatzfahrzeuge – bei einem war die Frontscheibe getroffen worden – gab es keine weiteren Ausfälle.

Katzmann und Sowanowitsch unterhielten sich kurz am Rande der Truppe und beschlossen gemeinsam, trotz der Gefahrenlage einen Zugriff zu riskieren. Die Präzisionsschützen sollten einen Ring um das Haus bilden und dem Rest der Truppe Feuerschutz gewähren. Währenddessen würden sich die Beamten des MEKs Zugang in das Innere des Hauses verschaffen, um den darin befindlichen Täter zu überwältigen. Da ihnen die Zeit davonlief und sich vielleicht noch zwei Kollegen in dem brennenden Gebäude befanden, beschlossen die beiden Beamten, das nicht unerhebliche Risiko einzugehen. Die Koordination des Einsatzes erfolgte über Funk. Allerdings hatte Sowanowitsch angekündigt, den Einsatz seiner Männer sofort abzubrechen, wenn die Lage außer Kontrolle zu geraten schien. Storak bekam den Auftrag, sich um die anrückende Feuerwehr und den Rettungsdienst zu kümmern.

Nachdem die entsprechenden Befehle erteilt worden waren, nahmen die Männer ihre Position ein.

Die Elite-Spezialisten waren nahezu am gesamten Körper durch schusssichere Kleidung geschützt, wobei die gepanzerten Helme mit der eingebauten Funktechnik einer der wichtigsten Ausrüstungsgegenstände war. Neben der *Heckler & Koch* Maschinenpistole gehörten auch Blendgranaten, eine Handfeuerwaffe und das obligatorische Messer zur Ausstattung.

Der Ring um das Haus schloss sich immer enger, und Möller, dem die Aktion nicht verborgen blieb, schoss auf alles, was sich bewegte. Die Beamten nutzten jede brauchbare Deckung und erwiderten das Feuer, sodass Möller immer mehr in die Defensive geriet. Die Kellerfenster erwiesen sich als ein leichtes Ziel für die erfahrenen MEK-Beamten, die sich schnell eingeschossen hatten. Seine Handgranaten konnte Möller im Keller nicht einsetzten, da die Fenster zu klein für einen gezielten Wurf waren.

Als die Beamten bemerkten, dass auf der Nordseite des Hauses keine Kellerfenster vorhanden waren, gab Sowanowitsch den Befehl, das Gebäude in diesem Bereich über das Erdgeschoss zu erstürmen.

Eine fataler Fehler, wie sich schon bald herausstellen sollte.

40.

Das gesamte Areal war weiträumig abgesperrt. Mehrere Löschfahrzeuge der Feuerwehr hatten an dem brennenden Haus Stellung bezogen; vier Krankenwagen, ein Rettungshubschrauber der Bundeswehr und einige zivile Fahrzeuge der Kriminaltechnischen Abteilung standen auf der benachbarten Pferdekoppel, auf der auch die Hundestaffel der Polizei Hamburg ihre Fahrzeuge positioniert hatte. Zusätzliche Polizeikräfte aus dem Umland parkten ihre Einsatz-Fahrzeuge auf dem nahe gelegenen Waldparkplatz. Die Umgebung schien vor Menschen und Fahrzeugen förmlich überzulaufen.

Katzmann saß zusammen mit Sowanowitsch im Führungswagen des Mobilen Einsatzkommandos und blickte gedankenverloren durch die Heckscheibe. Zwei Leichentransporter der Gerichtsmedizin fuhren quälend langsam den Schotterweg entlang auf ihn zu und zogen eine Staubfahne hinter sich her.

Jetzt, drei Stunden nach den schrecklichen Ereignissen, die sich während des unerwartet verlaufenden Zugriffs ereignet hatten, wurde ihm das eigentliche Ausmaß der katastrophalen Geschehnisse erst richtig bewusst. An verschiedenen Stellen im Haus hatte der Täter Sprengfallen installiert, die drei der MEK-Beamten zum Verhängnis wurden. Selbst die umfangreiche Schutzkleidung konnte nicht verhindern, dass das Trio schwere Verletzungen davontrug. Einer von ihnen schwebte in Lebensgefahr und sollte mit dem Rettungshubschrauber in das Universitätskrankenhaus Hamburg gebracht werden. Sowanowitsch wollte abbrechen, doch Katzmann bestand darauf, den Keller zu überprüfen. Nachdem der Täter seit zwanzig Minuten nicht mehr in Erscheinung getreten war, durchsuchte er zusammen mit zwei MEK-Beamten das verqualmte Untergeschoss. Sie trugen Gasmasken, und erst in allerletzter Minute gelang es ihnen, in den Geheimraum des barbarischen Mörders einzudringen.

Ein Albtraum …

Sie vollbrachten das Wunder, Brechter im letzten Moment lebend herauszuschaffen, doch zwei weitere Personen konnten nur noch tot geborgen werden. Daniel Brechter würde wohl durchkommen, doch für Matthias Bollweidenthaler, den die Feuerwehrmänner aus dem verschütteten Fahrzeug herausgesägt hatten, kam jede Hilfe zu spät.

»Ich nehme das auf meine Kappe«, sagte Sowanowitsch sichtlich bestürzt und ergriff das Telefon, um den Polizeipräsidenten zu informieren.

Katzmann antwortete ihm nicht. Er beobachtete Storak, der kopfschüttelnd im Garten vor den Überresten einer merkwürdigen Puppe stand und sich eine Zigarette anzündete. Einen derartigen Fall hatte der kurz vor der Pensionierung stehende Kriminalbeamte bisher noch nicht erlebt. Als der Hubschrauber mit dem schwer verletzten Beamten abhob, verließ er stolpernd das Fahrzeug, um sich im angrenzenden Knick zu übergeben. Ihm wurde schwindelig; fast hätte der durchtrainierte Polizist die Besinnung verloren.

Rauchvergiftung trotz Maske? Scheiße!

Eine Mitarbeiterin des Kriseninterventionsteams beobachtete Katzmann und fragte, ob sie ihm helfen könne.

»Geht schon«, antwortete der in die Jahre gekommene Kriminalbeamte schwer atmend und wischte sich den Mund mit einem Taschentuch ab.

»Sie sollten sich untersuchen lassen«, schlug die Frau mit sorgenvoller Miene vor.

»Mach ich nachher«, entgegnete Katzmann diplomatisch. »Ich werd mal kurz was trinken.«

»Tun Sie das.«

Katzmann musste husten, dann ging er zurück zu dem Führungsfahrzeug und nahm sich eine kleine Flasche Selter aus dem Schrank. Während er gierig trank, erschienen mehrere Polizeibeamte vor dem Fahrzeug. Storak, der die Objekte im Garten fotografiert hatte, gesellte sich hinzu und kam mit der Mitarbeiterin des Kriseninterventionsteams ins Gespräch.

»Mike, die Hundestaffel ist zurück«, rief einer der Beamten in das Fahrzeug hinein.

Sowanowitsch stieg aus; Katzmann folgte ihm.

»Und, habt ihr ihn?«, fragte Sowanowitsch den Leiter der Hundestaffel. Der Schäferhund, den der dickliche Beamte mit der Halbglatze an der Leine führte, knurrte Storak zähnefletschend an, der daraufhin ängstlich zurückwich. Schon seit seiner Kindheit hatte Thomas Storak ein Problem mit Hunden, wobei niemand sagen konnte, was der Grund für die gegenseitige Antipathie war, doch Storak hielt seitdem immer einen respektvollen Abstand ein.

»Fehlanzeige!«, antwortete der Beamte, der sich als Polizeihauptmeister Frierichs vorgestellt hatte, enttäuscht. »Der Typ ist verschwunden.«

»Das ist völlig unmöglich«, platzte Katzmann dazwischen. »Der Mann kann sich nicht einfach in Luft aufgelöst haben.«

»Ich hab so was in der Richtung schon geahnt«, raunte Storak ihm zu, doch Katzmann ignorierte es.

»Vielleicht gibt es einen weiteren Geheimraum im Keller«, überlegte Sowanowitsch. »Haben die Hunde denn auf eine Spur angeschlagen?«

Der Leiter der Hundestaffel wirkte etwas verärgert. »Klar haben die Hunde angeschlagen. Es gibt diverse Geheimgänge in dem Haus. Einer davon führt über den alten Kohlenkeller nach hinten heraus bis fast zum Moor hin.«

»Scheiße!«, sagte Storak und zündete sich eine Zigarette an. »Ich ahne Fürchterliches.«

Frierichs fuhr fort: »Ohne die Hunde hätten wir die Spur durch das Moor nicht verfolgen können. Ein falscher Schritt, und ...« Er ließ den letzten Satz unvollendet in der Luft stehen und befahl seinem Hund, sich hinzusetzten.

»Unser Täter kennt sich in der Gegend bestens aus«, sagte Sowanowitsch. »Er wird sich irgendwo im Moor versteckt haben.«

»Fehlanzeige!«, widersprach der Leiter der Hundestaffel. »Ihr müsst ihn schleunigst zur Fahndung ausschreiben.«

Katzmann schluckte. »Wieso das?«

»Mitten im Moor, gut einen Kilometer von hier, haben wir ein getarntes Depot gefunden. Mit Zement in den Boden eingelassen, oben drauf ein provisorisches Dach mit Tarnnetzen. Einige Utensilien hat er zurückgelassen: Fernglas, Koffer, diverse Kleidungsstücke, aber die wichtigen Dinge wie gefälschte Papiere, Geld und Ausrüstung hat er mit Sicherheit dabei.«

»Der kann doch nicht weit kommen?«, spekulierte Storak und warf die Kippe vor den Hund auf den Boden. Ihm fiel auf, dass die Diensthunde zum Schutz gegen herumliegende Scherben und Splitter braune Lederpuschen an den Pfoten trugen.

Frierichs lächelte. »Euer Mann hatte ein Ass im Ärmel. Den Spuren nach zu urteilen ein geländefähiges Motorrad. Vielleicht so eine Art Cross-Maschine. Allerdings war er schlau genug, die Reifenspuren zu verquirlen. Wir gehen trotzdem gleich noch mal mit den Kollegen der KTU rein.«

»Der ist ja längst über alle Berge«, sagte Sowanowitsch kraftlos.

»Für die Hunde war bei dem Depot Schluss«, sagte Frierichs und kratzte sich am Kopf. »Ohne Spur ist der Gang durch das morastige Gelände lebensgefährlich. Der Täter scheint aber einen Weg durch das Moor zu kennen, der sogar mit dem Motorrad befahrbar ist.«

»Ich fasse es nicht!« Katzmanns Stimme zitterte. Entsetzt schlug er mit der flachen Hand gegen die Seitenwand des Polizeifahrzeugs.

Sowanowitsch warf ihm einen missbilligenden Blick zu. »Offenbar habe ich den Kerl unterschätzt.«

»So eine Scheiße, wir haben ihn alle unterschätzt«,

krächzte Katzmann, dessen Enttäuschung immer mehr in unkontrollierte Wut umschlug. »Thomas, gib mal die Fahndung raus. Wir müssen das Schwein kriegen.«

»Wird umgehend erledigt, Chef«, entgegnete Storak ernüchtert. »Allerdings ...«

Katzmann warf ihm einen missbilligenden Blick zu. »Was?«, fragte er gereizt.

»Wenn ich mit so einem Geländemotorrad unterwegs wäre, würde ich bei der nächsten Kontrolle einfach frühzeitig durch die Botanik schrubben.«

»Und er braucht nicht einmal eine Tankstelle anzufahren«, sagte eine raue Stimme plötzlich unmittelbar hinter ihnen. Alle drehten sich um. Kriminalhauptkommissar Berghaus vom BKA Wiesbaden stand vor ihnen und zog seine weißen Handschuhe aus, um die Kollegen aus Hamburg und Kiel zu begrüßen.

»Erddepots?«, sagte Katzmann, mehr zu sich selbst.

»Genau«, antwortete Berghaus und zog seinen Dienstausweis aus der schwarzen Anzugjacke, um ihn Sowanowitsch zu präsentieren. Der schlaksige Sonderermittler mit den blonden, mittellangen Haaren war Mitarbeiter der BKA-Dienststelle, die immer noch die ungeklärten RAF-Morde untersuchte. »Wo auch immer Möller hin will, unterwegs hat er mit Sicherheit einige Depots, in denen auch Treibstoff lagert. Mittlerweile ist er vielleicht schon bei Kassel auf der Autobahn. Er ist schnell, extrem beweglich und wird vermutlich die ganze Nacht über durchfahren, teilweise vielleicht auch durch offenes Gelände. So bald werden Sie ihn wahrscheinlich nicht wiedersehen. Gewöhnen Sie sich lieber an den Gedanken.«

41.

Der Teufel hatte einen Mordshunger. Überall sah ich die nackten Leiber, die er sich in seinen furchterregenden Rachen schob, um sie einen nach dem anderen herunterzuwürgen. Seine schwarzen Augen blitzten lüstern auf, und die gebogenen Hörner auf seinem Kopf schimmerten im matten Glanz des Zwielichtes. Er thronte genau über mir und glotzte gierig auf mich herab. Wie gelähmt blickte ich mich angstvoll um, zu schützen meinen Körper vor Luzifers Appetit, doch ich war in einer Acht gefangen, die mich in ihrer Mächtigkeit umschloss. Die kunstvoll verzierten Wände mit den antiken Säulen schimmerten geheimnisvoll, und als ich den Blick nur für einen kurzen Moment nach unten richtete, sah ich geometrische Mosaike. Kreise, die wie Blumen aussahen, wellenförmige Muster und verschiedene Symbole.

Ein rätselhafter Ort, dachte ich voller Bewunderung, doch über mir krachten die Knochen der bemitleidenswerten Kreaturen in Luzifers Schlund. Seine langen Arme, mit Klauen versehen, ergriffen sich behänd immer neue Leiber, die ergebene Helfer ihm gehorsam darboten. Unter dem Teufel krochen zwei riesige Schlangen, die Menschenleiber in sich hineinwürgten, und auch aus seinen langen, abstehenden Ohren wanden sich Schlangen, mit menschlichen Körpern in den Fängen. Sie alle fraßen die Menschen, die lauthals um Erbarmen bettelten, doch der furchterregende Fürst der Finsternis kannte keine Gnade. Seine Klaue griff

auch nach mir. Ich spürte seinen übel riechenden Atem und
wollte schreien, doch Luzifer fraß mich nicht. Mit dämonen-
hafter Stimme sprach er zu mir.

Das eine Geheimnis besteht aus vier Geheimnissen, wa-
ren seine Worte, dann rülpste er laut und steckte sich einen
der Gepeinigten kopfüber in den Rachen. Ich sah, wie dessen
Beine zappelten, und erschauerte.

Nachdenklich legte Clara Sommer Daniels Notizbuch
beiseite. Der Text wirkte verstörend auf sie, obwohl ihr
im Laufe ihrer Beziehung durchaus bewusst geworden
war, dass es eine verborgene, abgründige Seite in Daniels Seelenleben gab. Diese Horrorfilme und die Gewaltfantasien gepaart mit den Furcht einflößenden
Träumen, denen er schutzlos ausgeliefert war, jagten
ihr Angst ein – auch wenn sie sich im Laufe der Zeit
damit abgefunden hatte. Das war zugegebenermaßen
nicht die ideale Partnerschaft, die sie sich erhofft hatte,
auf der anderen Seite musste Clara sich eingestehen,
dass Daniels *dunkle* Seite eine gewisse Faszination auf
sie ausübte.

Ihr Blick wanderte über die belebte Einkaufsmeile,
die sich unterhalb des Balkons ihrer Altbauwohnung
dahinzog. Hamburg-Eppendorf gehörte zu den be-
gehrtesten Wohnvierteln in Hamburg, dementspre-
chend hoch waren die Mieten, doch sie hatten das
unverschämte Glück gehabt, mit Hilfe ihres Vaters an
eine bezahlbare Wohnung zu gelangen. Daniel war
darüber nicht begeistert gewesen, fügte sich dann aber
bequemerweise in sein Schicksal.

Der Verkehr war wie üblich um diese Zeit ins Stocken geraten, aber hier oben, fünf Stockwerke über den Straßen der Großstadt, fand sie Gefallen an der permanenten Geräuschkulisse. Vor fünfzehn Jahren war Clara in Australien gewesen. Ein halbjähriger Aupair-Aufenthalt, den sie mit verschiedenen Exkursionen kombinieren konnte. Eine davon führte ins *Outback* zum *Uluru*, der auch unter dem Namen *Ayers Rock* bekannt ist. Der mythische Riesenfelsen ist seit jeher eines der beliebtesten Reiseziele des australischen Kontinents, jedoch gab es dort etwas, das ihr eine Heidenangst eingejagt hatte – diese unbeschreibliche Stille.

Hier in Hamburg-Eppendorf fühlte sie sich wohl. Die helle, großzügig geschnittene Wohnung mit den hohen Räumen und den stuckverzierten Decken hatte es ihr vom ersten Moment an angetan. Der fehlende Fahrstuhl war zwar ein Manko, doch ansonsten gab es nichts zu bemängeln. An der verschnörkelten Balkonbrüstung hingen zahlreiche Blumenkästen, die Clara liebevoll mit Geranien und Petunien bepflanzt hatte, und in der Ecke neben der Balkontür standen zwei Tomatenpflanzen unter einer in Eigenregie zurechtgezimmerten Folienüberdachung.

Clara genoss das sonnige Wetter an diesem Samstag-Nachmittag im Liegestuhl. Sie trug Jogginghose und T-Shirt, hatte eine riesige braune Sonnenbrille auf der Nase, die – so empfand es jedenfalls Daniel – irgendwie Ähnlichkeit mit der Nase einer prominenten deutschen Tennisspielerin hatte, und ihre langen schwarzen Haare waren zu einem Zopf nach hinten gebunden. Auf einem kleinen runden Tisch neben ihr stand eine Thermoskanne mit Früchtetee.

Ein perfekter Tag, wie es schien, dennoch ging es ihr miserabel. Außerdem hatte sie ein schlechtes Gewissen, da sie in Daniels privaten Aufzeichnungen herumgeschnüffelt hatte, ohne dass er davon etwas ahnte. Ein eklatanter Vertrauensbruch, der ihrer Meinung nach allerdings berechtigt war, da er zuerst die Spirale des Misstrauens in Bewegung gesetzt hatte. Trotzdem fühlte sie sich beschissen.

Ein Jahr war seit den schrecklichen Ereignissen vergangen, die sich in dem unheimlichen Mörderhaus in Großseedorf zugetragen hatten. Ein Jahr, das sie so schnell nicht wieder vergessen würde. Der mysteriöse Tod von Daniels Mutter stand am Anfang einer Reihe von grauenvollen Vorfällen, deren Dimensionen sich ihr – und den anderen Menschen in dieser Stadt – erst nach und nach erschlossen. Sie konnte sich noch gut an die zahlreichen reißerischen Schlagzeilen erinnern, die wochenlang die Hamburger Medienlandschaft beherrschten.

Der Altenheim-Mörder – Ein gesuchter Ex-Terrorist?

Keller des Grauens vor den Toren Hamburgs!

Die Fantasie der Journalisten schien keine Grenzen zu kennen, zumal unseriöse Informationen kursierten, die den Nährboden für zahlreiche Spekulationen bildeten. Die Mordserie in den Altenheimen war zwar beendet, doch der Täter, der sich selbst als *Modellbauer* bezeichnete und allem Anschein nach Mitglied der dritten RAF-Generation war, konnte sich dem Zugriff der ermittelnden Behörden entziehen. Das Monster blieb bis zum heutigen Tag unauffindbar; die Polizei hatte versagt.

Nach seiner spektakulären Rettung musste Daniel einige Wochen im Krankenhaus verbringen. Sein Zustand war kritisch; fast schon lebensbedrohlich. Neben zahlreichen Prellungen und Quetschungen, einer Schussverletzung am Fuß, diversen problematischen Wunden am Kopf, die durch eine Bohrmaschine verursacht worden waren, hatte er sich noch eine Rauchvergiftung zugezogen, die ihn beinahe das Leben gekostet hätte. Letztlich schlugen die Behandlungen an, doch die psychischen Schäden, die er durch die grauenvolle Tortur davongetragen hatte, schleppte er auch ein Jahr danach immer noch mit sich herum.

Selbst einige seiner Vorgesetzten und Kollegen machten ihm zu schaffen, da ihnen Daniels Erklärungsversuche, mit denen er seinen unerlaubten Alleingang zu rechtfertigen versuchte, unglaubwürdig erschienen. Doch er blieb standhaft. Reine Intuition, mehr oder weniger Zufall, kombiniert mit einer Prise Leichtsinnigkeit, die seiner kriminalistischen Neugierde geschuldet war. Das war seine Version der Geschehnisse. Immerhin: Er hatte einen der barbarischsten Verbrecher Deutschlands ausfindig gemacht, und das machte ihn in den Augen der Boulevardpresse zu einer Art Held. Irgendwie war Daniel dadurch unangreifbar geworden.

Katzmann, der sich mittlerweile im Ruhestand befand, hätte damals beinahe alles hingeschmissen. Er gab sich selbst eine Mitschuld an dem Tod des Polizeipsychologen Matthias Bollweidenthaler. Auch wenn die beiden Männer in ihrer Art nicht unterschiedlicher hätten sein können, verstanden sie sich früher prächtig. Vielleicht auch gerade deswegen.

Viele der damaligen Ereignisse erfuhr Clara zuerst nur aus der Zeitung, später erzählte ihr Daniel die eine oder andere Einzelheit; doch immer, wenn das Thema zur Sprache kam, bemerkte sie, dass er nicht mehr derselbe war wie früher. Anfänglich gefiel ihr seine Persönlichkeitsveränderung sogar. Er war verschlossener, ängstlich und empfindlich, dafür entdeckte sie an ihm eine liebevolle, zärtliche und nachdenkliche Art, die ihrem ausgeprägten Harmoniebedürfnis entgegenkam. Keine Horrorfilme mehr, keine Albträume oder Gewaltfantasien. Seine mentale Erschöpfung ließ ihn schlafen wie ein unschuldiges Baby.

Doch offenbar hatte sie sich zu früh gefreut.

Diese handschriftlichen Aufzeichnungen, die er mit dem Begriff *Visionen* tituliert hatte, deuteten auf einen entsetzlichen Albtraum hin, und was noch viel schlimmer war: Daniel hatte sie angelogen.

42.

Clara hatte gehofft, dass endlich Ruhe in ihr Leben einkehren würde, doch nach Daniels geheimnisvoller Abreise begann sie sich zu fragen, ob diese Beziehung überhaupt noch eine Zukunft hatte.

Erst wenige Tage vor seinem Abflug erfuhr sie von der bevorstehenden Auslandsmission, von der niemand sonst etwas wissen durfte. Eine vierzehntägige Dienstreise. Internationale Ermittlungen, alles streng geheim. Er gab sich wortkarg und hatte vor sechs Tagen direkt nach seiner Ankunft – in einer Stadt irgendwo in Europa – lediglich eine SMS übersandt. Seitdem war Funkstille.

Das klang nach einer Vorlage für einen James-Bond-Film, doch Clara war sich durchaus bewusst, dass die Polizeiführung seinen damaligen Alleingang nicht auch noch belohnen würde. Einen psychisch labilen Kriminalbeamten, der ansonsten überwiegend Akten bearbeitete, auf eine derartige Ermittlungsreise zu schicken, das war schon ungewöhnlich. Clara wurde misstrauisch und rief unter einem Vorwand bei seiner Stammdienststelle an, um sich mit ihm verbinden zu lassen.

»Herr Brechter ist schon seit über einer Woche im Urlaub«, war die lapidare Antwort der Sachbearbeiterin aus dem Geschäftszimmer.

Er hatte ihr eine infame Lüge aufgetischt und war verschwunden. Aber wohin? Und aus welchem Grund? Clara fühlte sich wie weggeworfen. Was auch immer er vorhatte; warum war sie nicht ins Vertrauen gezogen worden? Diese Geheimniskrämerei machte sie krank, und obwohl Clara ihn nach seiner Rückkehr am liebsten sofort vor die Tür setzen würde, bereitete ihr sein erneuter Alleingang Unbehagen, da sie nicht ausschließen konnte, dass es einen *besorgniserregenden* Grund für sein Verschwinden gab.

Auf dem Balkon wurde es kalt, da die Sonne langsam hinter dem gegenüberliegenden Wohnblock verschwand. Neugierig warf sie einen Blick auf sein Notizbuch. Es gab noch weitere Einträge, doch Clara zögerte. Sie hatte seine private Kladde per Zufall beim Putzen gefunden und konnte der Versuchung nicht widerstehen. Obgleich er sie schamlos angelogen hatte, hegte sie Zweifel an der Rechtmäßigkeit ihres Handels und begann sich zu fragen, wie *sie* darauf reagieren würde, wenn er heimlich in ihren Tagebüchern lesen würde.

Sie nahm das Buch mit dem festen, bunt bedruckten Einband mit allergrößter Vorsicht in die Hände, so als könnte es jederzeit auseinanderfallen, und blätterte angespannt darin herum. Auch die anderen Notizen schienen Träume, Visionen oder absonderliche Fantasien zu sein.

Vielleicht gibt es ja irgendeinen Hinweis auf seinen momentanen Aufenthaltsort? Oder auf den Grund der Reise?

Clara faltete den Liegestuhl zusammen, bewässerte Tomaten und Balkonblumen und ging fröstelnd in das

Wohnzimmer, dann setzte sie sich mit Daniels Notizbuch in den bequemen Lesesessel, den sie in einem skandinavischen Möbelhaus gekauft hatten, und begann zu lesen.

Heute Nacht ging ich wieder durch die sonnendurchfluteten Straßen der mittelalterlichen Stadt. Das Leben pulsierte, überall errichteten die Bewohner Gebäude und Kirchen. Es wurde gehämmert, gesägt und gezimmert, und die zahllosen Karren der Händler klapperten betriebsam durch die verwinkelten Gassen. Dennoch, ich konnte ihn fast körperlich spüren: den Hass und die Missgunst der Menschen. Blutiger Streit und unselige Familienfehden mit zahllosen Opfern auf allen Seiten. Es wurde gemordet, gebrandschatzt, geschändet, gestohlen und betrogen. Ständig verschoben sich die Machtverhältnisse; diese Stadt war reich, aber voller Intrigen und Zwistigkeiten.

Gleichwohl blieb ich in mich selbst versunken. Ich sah in ihre vergrämten Gesichter, roch den Gestank ihrer Fäkalien, die sie ihrem Nachbarn vor die Tür schütteten, und vernahm das Geschrei und Gezeter ihrer Stimmen, wenn sie mit Masken verkleidet ihr Höllenspektakel zelebrierten, doch ich war nur ein stiller Beobachter, ein Durchreisender, der sich auf der Suche befand.

Die Gasse, durch die ich ging, wurde immer enger. Hohe Mauern flankierten meinen Weg; die Fenster waren verschlossen mit Fensterläden, deren braune Farbe abzublättern begann. Da war eine enge Abbiegung vor mir, dann noch eine, und plötzlich sah ich es zwischen den Häusern hindurch.

Wie erstarrt blieb ich im Schatten der Gasse stehen. Ihre

Schönheit blendete mich, obwohl sie noch unvollendet war. Unfähig mich zu bewegen stand ich da und sah den Männern zu, wie sie in schwindelerregender Höhe auf den Gerüsten standen, um ihr Tagwerk zu verrichten.

Ist sie nicht jetzt schon wunderschön, sagte ein Mann zu meiner Linken, der auf einem Stein saß und ein Stück Pergament in der Hand hielt.

Nickend wandte ich mich ihm zu. Er trug ein langes rotes Gewand und hatte eine braune Kappe auf dem Kopf. Vielleicht war er es, den ich suchte?

Kennst du die vollkommene Zahl? fragte er mich.

Nein, welche ist es?

Die Neun. Es ist die Neun, Wanderer.

Es ist eine schöne Zahl, antwortete ich verwirrt.

Seine Augen blitzten auf. Es gibt einen Ort, sagte er, da stehen Zeit und Raum still. Dort triffst du die, die du liebst.

Und wie gelange ich dorthin?

Du benötigst einen Führer, Wanderer. Einen, der dich zum Baum der Erkenntnis leitet.

Weißt du, wo ich so jemanden finde, sitzender Mann?

Zwei kennst du jetzt schon, den dritten findest du bei den Arkaden. Er hat sie geköpft, Wanderer.

Clara schüttelte verärgert den Kopf.

Das ergab alles überhaupt keinen Sinn. Angespannt überlegte sie, was sich hinter diesen Notizen verbergen könnte. Der Text, den sie zuletzt gelesen hatte, klang nicht nach einem Albtraum, doch auf irgendeine geheimnisvolle Weise kam es ihr vor, als wenn sich eine Botschaft oder ein Rätsel darin verbergen würde.

Eine mittelalterliche Stadt?

Wenn das ein Hinweis auf sein Reiseziel sein sollte, bestand die Aussicht, die Anzahl der Möglichkeiten einzuschränken.

Vielleicht Rom, London, Prag, Venedig, Paris, Neapel oder Siena, dachte sie spontan und bemerkte, dass sich ihr Ehrgeiz zu regen begann. *Da waren zahlreiche Städte außerhalb Deutschlands, die es im Mittelalter bereits gab, doch manche hatten sich drastisch verändert. Ist das von Bedeutung? Einige von ihnen haben auch heute noch historische Stadtkerne!*

Claras Gedanken begannen zu kreisen. Vielleicht besaß Daniel ja tatsächlich so etwas wie eine Gabe. Sie selbst konnte sich so gut wie nie an den Inhalt ihrer Träume erinnern, doch seine Notizen zeugten von einem ausgeprägten Erinnerungsvermögen. Da gab es viele Details, rätselhafte Andeutungen und kleine, versteckte Hinweise, deren Lektüre sie immer mehr zu faszinieren begann.

Hektisch blätterte sie zurück.

Der Teufel in der ersten Geschichte hatte von vier Geheimnissen gesprochen. Zwei Visionen hatte sie bereits gelesen, zwei lagen noch vor ihr.

Zufall?

Zwei kennst du jetzt schon, den dritten findest du bei den Arkaden, hatte der Mann auf dem Stein zu dem Wanderer gesagt.

Irgendeinen Zusammenhang schien es doch zu geben. Eine Verknüpfung, ein Muster, eine Symbolik, die etwas zu bedeuten hatte. Warum sonst sollte Daniel seine Träume, in denen ihm offenbar eine verschlüsselte Botschaft erschienen war, notieren und kurz darauf unter Vorspiegelung falscher Tatsachen für zwei Wochen auf geheimnisvolle Weise verschwinden?

Die dritte Geschichte?

Jetzt waren die Dämme gebrochen; Clara hatte Blut geleckt. Ihre anfänglichen Bedenken waren plötzlich wie weggeblasen. Wenn sich hinter den Aufzeichnungen tatsächlich ein Rätsel verbergen sollte, so bestand durchaus eine, wenn auch geringe Aussicht, das Geheimnis dahinter zu lüften.

Daniel war es schließlich auch gelungen.

Er war zwar der Empfänger der Träume gewesen, dennoch, so spekulierte Clara, stand ihm der Text auch nur in der Weise zur Verfügung, wie sie ihn gerade vor sich liegen hatte. Mit einem Unterschied: Er hatte das Geträumte in seinem Geist irgendwie gesehen und am nächsten Morgen oder im Laufe des Tages zu Papier gebracht. Sie besaß nur den Text, Daniel hatte die Rätsel geträumt.

Eine verschlüsselte Botschaft? Vier Visionen, vier Geschichten, die am Ende vermutlich zu einer mittelalterlichen Stadt führten, aber die Auflösung des Rätsels hatte Daniel nicht notiert. Clara war sich sicher, dass er sich genau in diesem Moment in dieser Stadt befand. Vielleicht eine Art Hilferuf, dem er gefolgt war. Doch warum hatte er ihr nichts davon erzählt? Oder konnte es möglich sein, dass er eine Art Doppelleben führte, von dem sie nichts wissen durfte? Voller Neugierde las sie weiter.

Wenn er die Nuss geknackt hat, kann ich es auch!

43.

Der Platz mit dem Brunnen und den Skulpturen war riesig. Einer der größten in der Stadt. Ich betrat ihn zu einer Zeit, an dem er wie ausgestorben vor mir lag. Keine Menschenseele ließ sich blicken; kein Geräusch verdarb die Stille der Nacht, und über mir thronte ein aschgrauer Vollmond, dessen schattenhaftes Licht die Skulpturen am Platze zum Leben erweckte.

Ich ging geräuschlos, fast so, als wenn ich schweben würde. Immer, wenn ich an einer Statue vorbeikam, begrüßte sie mich. Mal war es nicht mehr als ein leichtes Nicken des Kopfes, mal eine angedeutete Verbeugung und ab und zu auch eine bedeutsamere Geste, die mir wie eine Botschaft vorkam.

Wir kennen dich, wir haben dich schon erwartet, so klangen ihre lautlosen Begrüßungsformeln.

Je öfter ich den Platz umkreiste, desto bunter wurde ihr Treiben. Sie drehten sich, verbeugten und verrenkten ihre Leiber, als wenn sich das Forum des Nachts in eine Zirkusmanege verwandelt hätte, in dessen Mitte die Unbelebten eine possenhafte Vorstellung aufführten.

Bald verließen einige von ihnen ihre angestammten Plätze. Mit hölzernen Bewegungen schwankten sie unbeholfen über die grauen Granitplatten und vollführten dabei groteske Tänze, mit denen sie ihre neu gewonnene Freiheit feierten. Doch ihre Freude sollte nicht lange währen. Als ich zu den geschwungenen, offenen Toren kam, bemerkte ich,

dass sich zwischen ihnen ein Streit anzubahnen begann.
Fast schien es mir, als wenn der Platz nicht groß genug für
alle war. Sie beäugten sich plötzlich misstrauisch, bedachten
sich gegenseitig mit obszönen Gesten und diejenigen, die
eine Lanze oder ein Schwert bei sich trugen, scheuten sich
nicht, hiermit drohend herumzuschwenken.

Einer von ihnen gar hob sein Schwert gegen die Frau,
die einst in ein Ungeheuer verwandelt worden war. Mit
einem gewaltigen Hieb schlug er ihr den Kopf ab und prä-
sentierte ihn mit hoch erhobenem Arm. Ihr enthaupteter
lebloser Leib krümmte sich zu seinen Füßen, und aus ihrem
Kopf quollen die Überreste ihrer Metamorphose.

Als die niederträchtige Skulptur mich sah, vollführte sie
mit dem Schwert einen Kreis. Sechs Speichen …, rief sie mir
zu. In der vierten sind es sechs. Dort ist die Erniedrigung.

Clara war jetzt nicht mehr zu halten. Ihr Gehirn lief
auf vollen Touren. In der dritten Vision hatte Daniel
die *offenen Tore* erwähnt; waren hiermit vielleicht die
Arkaden gemeint?

Er hat sie geköpft, Wanderer, so stand es in der zweiten Geschichte. In der dritten wurde eine Frau geköpft,
es gab also tatsächlich eine Verbindung. Die einzelnen
Träume ließen sich also vielleicht als eine zusammen-
hängende Vision deuten, die den *Wanderer* am Ende in
die mittelalterliche Stadt führen würde, in der seine
Bestimmung lag. Welche auch immer das sein könnte?

Zum Teufel mit den Skrupeln, dachte sie euphorisch
und startete Daniels Laptop, um anhand des Browser-
verlaufes nachzuvollziehen, wonach er gegoogelt hatte, doch Fehlanzeige. Der Suchverlauf war gelöscht

worden. Schade, doch offenbar nicht zu ändern. Enttäuscht widmete sich Clara wieder ihren eigenen Recherchen. Verschiedene Ideen gingen ihr durch den Kopf.

Plätze mit Brunnen und Skulpturen? Ich sollte mich auf eine Stadt konzentrieren, die derartiges auch heute noch zu bieten hat. London, Paris und Prag fliegt raus. Italien hat da mehr zu bieten. Venedig oder Rom, aber auch Florenz hat entsprechendes im Angebot. Hmm ...?

Clara googelte sich durch die europäischen Städte, die ihrer Meinung nach in Frage kamen, und las die letzten Sätze der dritten Vision noch einmal.

Sechs Speichen? ... ein Rad?

In früheren Zeiten gab es Räder mit sechs Speichen, doch oft hatte ein Rad auch acht oder noch mehr Speichen, wie Clara bei ihren Recherchen im Internet herausfand.

Vielleicht ist die Zahl der Speichen gar nicht so wichtig, spekulierte sie. *Die versteckte Botschaft ist das Rad, und in einer mittelalterlichen Stadt fuhren ... Kutschen und Lastkarren.*

Clara verspürte ein leichtes Kribbeln im Nacken.

Kutschen in Venedig? Nein, Venedig fliegt raus!

Sie ging zum Bücherregal und durchsuchte die Ecke mit den Reiseführern. Sie hatte das Gefühl, auf der richtigen Spur zu sein, und nahm den *Wiener* Reiseführer mit auf das Sofa, um neugierig darin herumzublättern. Vor Jahren hatte sie zusammen mit Daniel dort einige Tage verbracht und jetzt, als sie sich die Illustrationen in dem Guide anschaute, kehrten die Erinnerungen daran zurück.

Dort gab es jede Menge Kutschen, sogar an ein Kutschenmuseum konnte sie sich erinnern. Die Stadtrundfahrt im traditionellen *Fiaker*, der zweispännigen Lohnkutsche, war ihnen zu teuer gewesen, doch die prachtvolle Stadt an der Donau war weltberühmt für ihre Pferdekutschen.

Außerdem: In *Wien* gab es zahlreiche historische Gebäude, Plätze, Fresken und Skulpturen. Neben dem die Stadtsilhouette dominierenden Stephansdom fanden sich mehrere Kirchen, ebenso verwinkelte Gassen, Museen und sogar Ausgrabungen aus der Zeit der Römer. Alles, was bisher in Daniels Notizen stand, passte zu der österreichischen Hauptstadt, außer vielleicht die erste Geschichte, in der er dem Teufel begegnet war. Clara durchsuchte das Internet nach einem Zusammenhang zwischen *Wien* und dem Fürsten der Finsternis, doch so sehr sie sich auch bemühte, es gab keinen plausiblen Treffer, der sie weiterbrachte.

Du musst nur um die Ecke denken!

Und tatsächlich, ihre Beharrlichkeit wurde belohnt. Schließlich wurde Clara doch noch fündig. Der Teufel in Menschengestalt hatte einige Jahre in *Wien* verbracht. Das Puzzle schien sich zu vervollständigen.

Erschöpft ging sie ins Bad und begann sich abzuschminken. Anschließend wusch sie sich gründlich, zog ihren Pyjama an und fiel kraftlos ins Bett.

Morgen würde sie die vierte und letzte Geschichte lesen … und sich mit dem Teufel in Menschengestalt beschäftigen.

44.

Als der Wecker klingelte, ahnte Clara bereits, dass der heutige Tag alles andere als angenehm werden würde. Kopfschmerzen, Unterleibschmerzen, Übelkeit – das volle Programm. In der Aufregung um Daniels geheimnisvolle Abreise hatte sie tatsächlich vergessen, dass der Zyklus ihrer Tage erneut bevorstand. Kurz entschlossen griff sie zum Telefon und rief ihre Vorgesetzte an, um sich krank zu melden. Magen-Darm-Virus ging immer, da alle Kollegen höllische Angst vor einer Ansteckung hatten. Letztes Jahr war ein Mitarbeiter aus der Bauabteilung trotzdem zum Dienst erschienen und hatte auf diese Weise die komplette Dienststelle für eine Woche außer Betrieb gesetzt. Eine Katastrophe, die der Innensenator gar nicht witzig fand.

Die Büroleiterin wünschte ihr eine gute Besserung; Clara legte auf und nahm eine Kopfschmerztablette ein. Danach setzte sie Tee auf, steckte zwei Scheiben Toastbrot in den Toaster und kochte Wasser für die Wärmflasche. Im Bett frühstückte sie, legte sich die Wärmflasche auf den Bauch und schaltete den Laptop an. Sie öffnete den Artikel über Adolf Hitler, den sie bereits gestern Abend überflogen hatte, und nickte zufrieden. Der größenwahnsinnige Diktator – ein Teufel in Menschengestalt – lebte für einige Jahre in *Wien* und war dort bereits ein eifriger Anhänger des Okkultismus gewesen.

Bis hierhin schien alles zu stimmen. Unter Berücksichtigung ihrer Recherchen über Hitler passte auch die erste Geschichte mit dem Teufel zu der Kaiserstadt an der Donau. Vor ihrem geistigen Auge vervollständigten sich die Bruchstücke von Daniels Visionen zu einem Gesamtbild. Es fehlte nur noch eine Geschichte.

Die vierte Vision!

Voller Enthusiasmus nahm sie sein Notizbuch und begann zu lesen.

Der Pöbel ereiferte sich. Krakeelend, lästernd und schreiend trieben sie den erbarmungswürdigen Gefangenen durch die engen Straßen der Stadt. Heute waren alle erschienen. Die Kaufleute, der Adel, Beamte und Handwerker, Bauern und Mägde. Auch die unteren Stände nutzten die Gelegenheit, um sich an dem beschämenden Schauspiel zu ergötzen. Einige trugen feines Tuch, Schuhe aus Leder und bunte Kopfbedeckungen, andere hatten kaum mehr als Lumpen am Leib – verdreckt und abgewetzt.

Bellende Hunde begleiteten die Prozession, die den Angeketteten zum Platz der Bestrafung führte. Einen zahlungsunfähigen Schuldner trieben sie vor sich her. Einer von ihnen aus der Stadt, doch heute war er ein Ausgestoßener, ein Frevler, auf den sie alle mit Fingern zeigten, so als hätte die Pest von ihm Besitz ergriffen.

Auf dem Marktplatz, ein Kreis mit sechs Speichen markierte die Stelle, wurde der Unglückselige gefesselt. Dann zogen sie ihm die Hose herunter und schlugen auf seinen nackten Hintern. Sie erniedrigten ihn, doch die sabbernde Menge brüllte, klatschte in die Hände und lachte schaden-

froh über das entwürdigende Leid des Schuldners.

Ich stand etwas abseits, lehnte mich an eine der hohen Säulen, die das Gewölbe trugen, das sich über dem Marktplatz ausbreitete, und verachtete die Bürger dieser Stadt, die die Erniedrigung zur Strafe erkoren hatten. Doch dann besann ich mich eines Besseren. Wer war ich, mich über sie zu erheben? Hatte ich das Recht, ihre Sitten und Gebräuche in Frage zu stellen? Beschämt ging ich von dannen, zog ziellos durch die verwinkelten Gassen und betrat ein Museum, von dessen Decken biblische Gemälde auf mich herabblickten, die meine Augen in ihrer opulenten Schönheit blendeten.

Ich war völlig allein und bemerkte verwundert, dass sich eine gespenstische Dunkelheit durch das alte Gemäuer hindurchbewegte. Sie kam auf mich zu, hüllte mich ein, und auf einmal stieß Satans Fratze auf mich nieder. Seine riesige Gestalt verharrte über meinem Kopf; es roch nach Schwefel, und aus seinem geifernden Maul tropfte Feuer und Blut auf mich hernieder. Hämisch grinste er mich an und ließ seine Zunge über die langen Fangzähne gleiten.

Um die vier in ihrer Gesamtheit zu sehen, musst du dich auf den Weg über den Fluss machen, sagte er mit grunzender Stimme zu mir. Aber störe die Kreise des Meisters nicht, sonst wird das jüngste Gericht über dich kommen.

Sein boshaftes Lachen ließ die Erde erzittern, dann war er plötzlich verschwunden …

Enttäuscht legte Clara das Notizbuch beiseite. Das Rad war kein Rad, sondern ein Kreis, der den Ort einer seltsamen Bestrafung anzeigte. Kein einziges Wort von einer Kutsche. Sollte sie sich so sehr getäuscht haben?

Ihr begann zu dämmern, dass sie sich – ohne nach links und rechts zu blicken – zu sehr auf *Wien* als Daniels Reiseziel fokussiert hatte. Ganz einfach, weil es ihr persönlicher Wunschkandidat gewesen war.

So wird das nicht funktionieren!

In einem Anfall von hektischer Betriebsamkeit durchsuchte sie das Internet und kombinierte einige Begriffe aus Daniels letzter Geschichte. *Kreis, Speichen, Bestrafung.* Nichts! Doch auch mit *Demütigung, Erniedrigung* und *Marktplatz* gab es keine Treffer, mit denen sie etwas anfangen konnte.

Sollte die Suche hier beendet sein?

Vielleicht sollte sie noch einmal ganz von vorne beginnen, um die Rätsel aus einer anderen Perspektive zu betrachten. Unschlüssig blätterte Clara auf die erste Seite zurück und überlegte. Es fing mit dem Teufel an, und auch am Ende der Visionen wurde der Angst und Schrecken verbreitende Höllenfürst erwähnt.

Ein Zufall? … der Teufel!

Ihre Gedanken drehten sich im Kreise. Sie kam nicht weiter, legte Daniels Notizbuch beiseite und schloss die Augen.

Und wenn schon, dachte sie in einem Anflug von Resignation. *Selbst wenn ich das Rätsel gelöst hätte, was für einen Nutzen hätte ich daraus ziehen können?*

Die Hotels abtelefonieren? Ein Flugzeug besteigen und ihm hinterherreisen? Wenn sie das täte, könnte sie ihm nicht mehr verheimlichen, sein Notizbuch gelesen zu haben. Und das wollte sie doch, oder?

Clara stellte sich vor, was geschehen würde, falls sie sich ihm offenbaren würde. Keine Frage, sie fühlte sich hintergangen und belogen, Daniel wiederum hätte kein Vertrauen mehr zu ihr – vermutlich würde ihre Beziehung in einem Riesenstreit enden.

War es das wert?

Immerhin hatte Daniel Schreckliches durchgemacht; seine Psyche hatte stark gelitten, und für die Albträume, unter denen er immer wieder litt, konnte er nicht verantwortlich gemacht werden.

Doch, fügte sie ihren Gedanken relativierend hinzu. Sein übermäßiger Konsum an Gruselfilmen konnte nicht gesund sein – er stumpfte ab. Sie hatten oft darüber diskutiert; Daniel jedoch war anderer Ansicht. Er präsentierte ihr verschiedene Artikel aus dem Internet, in denen Gegenteiliges behauptet wurde. Gesunde, erwachsene Menschen trugen keinerlei Schaden davon, sofern sie die Horrorfilme nicht in einem extremen Maße konsumierten. Diese schrecklichen Träume würden ihn auch bei einer entsprechenden Abstinenz befallen, so seine Argumentation. Es war angeblich nichts weiter als eine erblich bedingte Veranlagung.

Keinesfalls, dachte sie und erinnerte sich an die Zeit nach den schrecklichen Ereignissen im Haus des *Modellbauers*, in der sein Schlaf ohne Auffälligkeiten gewesen war.

Jetzt hatte es wieder angefangen!

Die teils furchterregenden Visionen waren der Beweis, aber sollte sie ihn deswegen verurteilen – oder gar verlassen? Oder wäre es das Beste, einfach abzuwarten? In wenigen Tagen würde er wieder zu Hause sein, dann gäbe es immer noch die Möglichkeit für ein klärendes Gespräch. Vielleicht gab es ja eine simple

Erklärung für sein geheimnisvolles Verschwinden. Sie beschloss, das Notizbuch wieder an seinen angestammten Platz zurückzulegen und die eigene Charakterschwäche vorerst zu verschweigen.

Clara ließ es dabei bewenden.

Dennoch! Seine Visionen gingen ihr nicht aus dem Kopf. So klar und präzise, aber voller Rätsel und Andeutungen. Detaillierte Beschreibungen und eindeutige Dialoge, die auf der anderen Seite keine exakten Interpretationen zuließen. Faszinierend!

Der Teufel schien eine besondere Rolle zu spielen.

Warum nur?

War er vielleicht in die Fänge einer Sekte geraten? Eigentlich unvorstellbar. Daniel war überhaupt nicht der Typ, der sich auf so etwas einließ, und außerdem hätte sie es sicherlich bemerkt, oder …?

Vielleicht nimmt Daniel an einer schwarzen Messe teil?

45.

Er wird keine Ruhe geben, ich spüre es. Als der Uniformierte die Bühne betrat, erzitterte das Universum um mich herum. Es gelang mir zwar, mich den Vollstreckern des Staates vorerst zu entziehen, doch die Heimsuchung ist noch nicht beendet. Die Verbindung könnte neu erwachen. Im Traum sah ich die Zeichen, aber dieses Mal war es anders. Nicht er, sondern ich näherte mich dem dämonischen Treiben, das unser beider Schicksale zu bestimmen scheint. Es war einer jener seltenen Träume, die im Gedächtnis haften bleiben ...

Ein Kreißsaal .... Ich kannte die Frau, die sich vor Schmerzen in dem angerosteten Bett krümmte. Es war diejenige, die mich hasste. Um sie herum standen Ärzte und Schwestern, doch die Weißkittel wichen angstvoll zurück. Schreiend umfasste die Frau ihren prallen Bauch. Aus ihren gespreizten Beinen wuchs plötzlich eine Schlange heraus, die zischend um sich biss. Dann wandte sich eine zweite, eine dritte und eine vierte Schlange aus ihrer Vagina, bis das Bett voller Schlangen war, die über ihren nackten Körper glitten. Und dann, mit einem gewaltigen Ruck, entleerte sich ihr Leib und spie ein Wesen aus, das den Körper einer Schlange und den Kopf eines Jungen hatte. Sofort erkannte ich das Gesicht des Uniformierten und wandte mich angeekelt ab, doch sie legte ihn auf ihren Bauch und umsorgte ihn liebend.

Jetzt kannte ich seine wahre Identität ...

46.

Seit Tagen hielt sich Daniel Brechter in Florenz auf. Es gab nur einen Direktflug von Hamburg nach Pisa, sodass er für die restlichen achtzig Kilometer den Bus nehmen musste. Er bezog ein zentral gelegenes Hotel mit drei Sternen und ärgerte sich über den unverhältnismäßig hohen Zimmerpreis. Die Ausstattung des Raumes ließ seiner Meinung nach zu wünschen übrig und entsprach nicht den vollmundigen Versprechungen, die er auf der Internetseite des Anbieters vorgefunden hatte.

Wie vereinbart sendete er eine SMS an Clara, aus der allerdings nicht sein momentaner Aufenthaltsort hervorging. Natürlich war ihm aufgefallen, dass Clara ein gewisses Maß an Misstrauen zu entwickeln begann, als er ihr von der *angeblichen* Auslandsdienstreise erzählte, doch Brechter sah keine andere Möglichkeit, um seine geheime Mission in Florenz alleine anzutreten. Im Übrigen tröstete er sich mit dem Gedanken, Clara im Kern der Sache fast die Wahrheit gesagt zu haben, da es bei der Exkursion ausschließlich um die Verfolgung eines international gesuchten Mörders ging. Allerdings – und das war die einzige Unwahrheit an der brisanten Geschichte – ohne das Wissen der ermittelnden Behörden.

Als er im Hotel den Inhalt der Handgepäcktasche über die erneuerungsbedürftige Matratze kippte, fiel ihm auf, dass sein Notizbuch fehlte. Verärgert kontrollierte er den Koffer, aber Fehlanzeige! Er musste es zuhause vergessen haben. Das war unbefriedigend, aber nicht weiter schlimm, da er den Inhalt seiner *Visionen* Wort für Wort auswendig konnte. Er schrieb einfach alles noch einmal auf und nahm den altertümlichen Stadtplan zur Hand, um die entsprechenden Stellen, die er jetzt täglich auskundschaften wollte, darauf zu markieren. Die Orte seiner Suche lagen dicht beieinander und waren fußläufig zu erreichen. Der Kriminalbeamte aus Hamburg benötigte weder einen Leihwagen noch war er auf öffentliche Verkehrsmittel angewiesen.

Die Jagd konnte beginnen.

Florenz hatte einiges zu bieten. Die Stadt am Arno platzte vor altertümlicher Kultur aus allen Nähten, lag allerdings klimatisch ungünstig in einem Talkessel. Der Smog der zahllosen Autos erinnerte Brechter an das tägliche Verkehrschaos in Hamburg. Immerhin hatten die Verantwortlichen in Florenz die Notbremse gezogen und reagiert: Zahlreiche Straßen der Altstadt waren in reine Fußgängerzonen umgewandelt worden, in denen sich ihm ein Geruch offenbarte, der eine Mischung aus Smog, Schweiß, Wein, Urin, Innereien und Pferdemist zu sein schien.

Jetzt im Mai waren die Temperaturen glücklicherweise noch erträglich, und das Wasser des Arno trug die eine oder andere frische Brise in die Gassen der toskanischen Kunstmetropole. Zahlreiche Touristen wälzten sich von einer Sehenswürdigkeit zur nächsten und Brechter, der sich hauptsächlich im historischen

Zentrum der Stadt aufhielt, hatte Mühe, in dem Gewimmel von Menschen auf die Person zu achten, der sein besonderes Interesse auf dieser ungewöhnlichen Reise galt.

Wolfgang Möller, *der Modellbauer*.

Der Altenheim-Mörder, der Körperteile amputierte, um aus den Knochen hässliche Modelle anzufertigen, die wie abscheuliche Dämone aussahen. Möller, der Terrorist, das Monster, das ihn fast umgebracht hätte und mit dem er auf geheimnisvolle Weise über das Morphische Feld verbunden war. Den Grund hierfür kannte Brechter immer noch nicht, doch es war ihm mittlerweile egal. Das Ungeheuer musste um jeden Preis unschädlich gemacht werden und vielleicht, so spekulierte er des Öfteren, verbarg sich genau an dieser Stelle die Antwort auf das Geheimnis ihrer übernatürlichen Verbindung. *Irgendetwas* schien ihn auserkoren zu haben, diesen gefährlichen Job zu erledigen. Das Rüstzeug hierfür war die Fähigkeit, über die Träume in die Welt des Monsters einzudringen und auf diese Weise seine Spur zu verfolgen.

So wie jetzt.

Die Visionen waren kein Zufall gewesen. Nach seiner albtraumhaften Gefangenschaft in dem Folterkeller des *Modellbauers* war er monatelang unfähig gewesen, ein halbwegs normales Leben zu führen. Es schien ihm, als wenn er in einem Warteraum saß, in dem es keine Türen gab. Stattdessen lief Wasser von den Wänden herunter, und er hatte das permanente Gefühl, in diesem Raum ertrinken zu müssen. Unangenehme Situationen blendete er damals einfach aus, und die Erinnerung an die Folter schien mit dem Wasser weggespült zu werden, doch in Wahrheit tobte in seinem Inneren ein Hurrikan, der Brechters Synapsen wie Konfetti durcheinanderwirbelte. Auf seine Umwelt wirkte er anfänglich apathisch und in sich gekehrt, aber fast alle um ihn herum reagierten mit Verständnis. In Anbetracht der leidvollen Grausamkeiten, die ihm widerfahren waren, zollten ihm viele der Kollegen und Bekannten anlässlich seines nervenstarken Einsatzes ihren Respekt.

Mit der Zeit machte Brechter Fortschritte. Die Situation wurde erträglicher, sein Seelenleben stabilisierte sich, die Normalität kehrte zurück, und dann, ein Jahr nach den schrecklichen Ereignissen in Großseedorf, fielen sie über ihn her wie ein ausgehungertes Rudel Wölfe.

47

Der Arno glitzerte in der Mittagssonne.
Daniel Brechter stand auf der *Ponte alle Grazie* und blickte gedankenverloren auf die Oberfläche des träge dahinfließenden Flusses.

Die anfängliche Euphorie war verflogen. Brechter hatte gehofft, nein, er war sich sicher gewesen, Möller an einem der Orte, die er in seinen Visionen gesehen hatte, zu begegnen. Und er hatte sich vorbereitet auf ein Zusammentreffen mit einem der gefährlichsten Verbrecher Europas, doch bisher blickte er lediglich in die faszinierten Gesichter der Touristen, die sich voller Eifer dem kulturellen Reichtum der Stadt hingaben.

Dabei hatten ihn die Visionen förmlich angesprungen. Nach Monaten der Traumlosigkeit erlebte er plötzlich vier intensive Nächte, in denen sich ihm die Dinge auf eine Art offenbarten, die die Realität noch weit übertraf. Der Unterschied zwischen Traum und Vision war eine neue Erfahrung für Brechter, die ihn buchstäblich umgehauen hatte.

Sie waren unmissverständlich und glasklar, mit einer eindringlichen Intensität, die sich nicht ignorieren ließ. Der jeweilige Inhalt seiner Visionen war unglaublich präzise, sodass die Erinnerungen daran auch am nächsten Morgen noch fest in seinem Gedächtnis verankert waren. Es fiel ihm nicht schwer, am Tage darauf alles aufzuschreiben, doch die Botschaften, die darin zweifelsohne enthalten waren, schienen verschlüsselt zu sein. Voller Symbolkraft, von rätselhafter Natur, scheinbar verworren, mit geheimnisvollen Dialogen und Metaphern. Ein Mysterium, welches es zu lösen galt.

Selbstverständlich konnte er sich niemandem anvertrauen, Clara nicht und auch sonst keinem. Es war schon schwierig genug gewesen, eine plausible Erklärung für den Alleingang in Großseedorf abzugeben. Wenn er jetzt den Kollegen das Morphische Feld als Verbindungskanal zu dem *Modellbauer* präsentieren würde, hätte das vermutlich eine Einlieferung in die Psychiatrie zur Folge. Unmöglich, niemand würde ihm glauben, außer vielleicht Bollweidenthaler, doch der *dicke Bayer* war tot. Im Grunde war er es gewesen, der ihm im allerletzten Moment das Leben gerettet hatte.

Nicht auszudenken, was passiert wäre, wenn …

Doch er hatte Glück gehabt und war noch einmal davongekommen. Hier in Florenz würde ihn niemand mit Wolfgang Möller in Verbindung bringen. Falls er den *Modellbauer* tatsächlich finden sollte, würde er ihn einfach bei der nächsten Polizeidienststelle mit der Handfessel an irgendein Geländer anketten und verschwinden. Und bei Widerstand? Brechter hatte keine Ahnung, wie er den gefährlichen Mann überwältigen könnte, doch notfalls würde er auch bis zum Äußersten gehen, um das Monster endgültig aufzuhalten.

Die Visionen jedenfalls waren ein deutliches Zeichen dafür, die Suche nach dem Mörder erneut aufzunehmen, da war er sich sicher. Zuerst konnte er nichts damit anfangen, doch dann ergab sich nach und nach ein Muster. Über Tage hinweg beschäftigte er sich mit seinen Aufzeichnungen, recherchierte stundenlang im Internet und vervollständigte auf diese Weise Stück für Stück das mysteriöse Puzzle.

Brechter lehnte sich an das Brückengeländer und ging im Geiste die Orte durch, die er heute bereits aufgesucht hatte.

Die erste Vision führte ihn an die *Piazza di San Giovanni*, zu der *Battistero di San Giovanni*. Das *Baptisterium* ist die Taufkirche des gegenüberliegenden Doms; ein kompaktes, achteckiges (*... doch ich war in einer Acht gefangen, die mich in ihrer Mächtigkeit umschloss ...*) Bauwerk aus dem elften Jahrhundert, in dessen Innenraum sich ein gewaltiges Kuppelmosaik befindet. Neben der Gestalt Christi und verschiedenen biblischen Szenen ist dort auch das Jüngste Gericht dargestellt, in dem ein furchterregender Teufel mit mehreren Schlangen (*... sie alle fraßen die Menschen, die lauthals um Erbarmen bettelten ...*) fortwährend Menschen frisst. Brechter konnte sich noch genau daran erinnern, wie die Angst ihn lähmte und er seinen Blick von Satan abwenden musste (*... sah ich geometrische Mosaike ...*), um letztendlich von ihm zu erfahren, dass das Rätsel aus insgesamt vier Visionen bestand (*... das eine Geheimnis besteht aus vier Geheimnissen ...*).

Gleich am zweiten Tag nach seiner Ankunft hatte ihn ein älterer Mann mit Bart in gebrochenem Englisch angesprochen, während er das Kuppelmosaik im *Baptisterium* bewunderte.

»Ein fantastisches Kunstwerk, nicht wahr?«, hatte der Mann, der einen zerknitterten weißen Anzug trug, einleitend gesagt.

»Ich bin beeindruckt!«, hatte Brechter geantwortet. Sie unterhielten sich eine Weile, bis Brechter bemerkte, dass der Bärtige seine Fähigkeiten als Fremdenführer anbieten wollte – gegen ein fürstliches Honorar.

Nein, diese Sache muss ich alleine durchziehen!

In der zweiten Vision besuchte Brechter den *Sasso di Dante*. Dantes Stein – ein kleiner rundlicher Felsbrocken – liegt nahe der Kathedrale *Santa Maria del Fiore* in einer engen Gasse (... *die Gasse, durch die ich ging, wurde immer enger* ...) mit dem Namen *Piazza delle Pallottole*, genau zwischen der *Via dello Studio* und der *Via Proconsolo*. Der Legende nach soll *Dante Alighieri*, der im dreizehnten Jahrhundert in Florenz geborene berühmte Dichter und Philosoph, sinnierend auf diesem Stein gesessen haben (... *ein Mann zu meiner Linken, der auf einem Stein saß* ...), und voller Interesse den Bau des Doms mitverfolgt haben (... *ihre Schönheit blendete mich, obwohl sie noch unvollendet war* ...). Zu seinen berühmtesten Werken zählt die *Göttliche Komödie*; ein gewaltiges Epos; eine Vision, in welcher der Verfasser über seine beschwerliche Reise durch die Hölle, das Fegefeuer bis hin zum Paradies (... *einen Ort, sagte er, da stehen Zeit und Raum still* ...) in gereimten Versen erzählt.

Hier in unmittelbarer Nähe zur Kathedrale konnte Brechter die Präsenz des Dichters förmlich spüren. Er sehnte sich danach, diesen magischen Moment festzuhalten, und besuchte regelmäßig das kleine Café um die Ecke, wo er Espresso bestellte und einen stummen Dialog mit *Dante* führte, in dem sie um die Existenz des Paradieses stritten.

Brechter war fasziniert von diesem geheimnisvollen Mann mit dem roten Gewand, der eine kraftvolle spirituelle Weisheit auszustrahlen schien, die ein Lächeln in sein Gesicht zauberte, als er am nächsten Morgen erwachte. Ganz im Gegensatz zu der Teufels-Vision, die ihm jetzt noch Angst einjagte, wenn er daran zurückdachte. Und: Der weise Philosoph *Dante* hatte ihm eine Brücke von der zweiten zur dritten Vision geschlagen (*... den dritten findest du bei den Arkaden ...*). Natürlich vergaß Brechter nie, die Umgebung aufmerksam zu beobachten, auch nicht auf dem Weg zu seinem nächsten Bestimmungsort.

Die *Piazza della Signoria* ist einer der größten Plätze in Florenz und zugleich einer der berühmtesten Italiens. Dort steht der im gotischen Stil erbaute Arkadenbau *Loggia dei Lanzi* (*... als ich zu den geschwungenen, offenen Toren kam ...*), zu dem Brechter in seiner dritten Vision gereist war. In der Vorderseite der linken der drei Arkaden steht die aus Bronze gegossene und über drei Meter hohe Skulptur *Perseus mit dem Haupte der Medusa*. Der *Perseus* zählt zu den bedeutendsten Plastiken der italienischen Renaissance. In seiner Rechten hält der Sohn des *Zeus* ein Schwert, in der Linken präsentiert er als Triumphator das abgeschlagene Medusenhaupt (*... hob sein Schwert gegen die Frau, die einst in ein Ungeheuer verwandelt ...*); zu seinen Füßen liegt nackt und gekrümmt der leblose Leib (*... ihr enthaupteter lebloser Leib krümmt sich zu seinen Füßen ...*) der Enthaupteten. Auch *Perseus* verließ Brechter nicht, ohne ihm einen mysteriösen Hinweis (*... sechs Speichen, in* *der vierten sind es sechs, dort ist die Erniedrigung ...*) auf das nächste Rätsel zu geben.

Das Rätsel mit dem Wagenrad fand ich am schwersten!

Und in der Tat. In der vierten und letzten Vision musste er mit ansehen, wie die Bürger dieser historischen Stadt – Brechter vermutete zu diesem Zeitpunkt bereits, dass Florenz gemeint war – einen säumigen Schuldner mittels einer ungewöhnlichen Bestrafung (*... der Pöbel ereiferte sich ...*) erniedrigten. Die Prozession führte ihn zur *Loggia del Mercato Nuovo,* der Loggia des Neuen Marktes; an der Ecke zwischen der *Via Porta Rossa* und der *Via Calimala* gelegen. Das quadratische Gebäude des Neuen Marktes ist nach allen Seiten hin offen, und auf dem Fußboden befindet sich der sogenannte *Stein des Skandals,* der *dell' acculata,* ein grünweißes Marmorbild, das ein Wagenrad mit sechs Speichen (*... ein Kreis mit sechs Speichen markierte die Stelle ...*) darstellt. An dieser Stelle fanden die demütigenden Bestrafungen statt. In aller Öffentlichkeit wurde dem gefesselten Beschuldigten die Hose heruntergezogen (*... sie erniedrigten ihn ...*), um ihm dann auf den nackten Hintern zu schlagen.

Die letzte Vision endete wiederum auf Furcht einflößende Weise. Brechter verließ das Spektakel und traf erneut auf den Teufel, der von einem fünften Ort jenseits des Flusses sprach, von welchem Brechter die Vorherigen als Ganzes sehen würde (*... um die vier in ihrer Gesamtheit zu sehen ...*). An dieser Stelle endeten die Visionen abrupt, und im Verlauf der folgenden Wochen normalisierten sich seine Traumphasen wieder.

Am Anfang hatte er eine harte Nuss zu knacken, doch den größten Teil der Rätsel konnte Brechter innerhalb weniger Tage lösen. Nachdem er einmal auf Florenz gekommen war, ergaben sich die nachfolgenden Zusammenhänge fast von alleine. Auch das letzte Teil des Puzzles – der fünfte Ort – fügte sich am Ende automatisch in das Gesamtbild des Geheimnisses ein. Das Muster vervollständigte sich. Alle Visionen fanden ihren Ursprung in Florenz, hatte Brechter herausgefunden, und es gab in dieser schönen Stadt nur einen besonderen Ort, der einem genialen Meister gewidmet war (... *störe die Kreise des Meisters nicht* ...), und der gleichzeitig einen unvergleichlichen Panoramablick über die gesamte Stadt Florenz gewährte. Der riesige Aussichtsplatz *Piazzale Michelangelo* lag auf der anderen Seite des Arno – auf einer Anhöhe – und der Blick über die Stadt und damit auch auf die vier anderen Örtlichkeiten aus den Visionen war von atemberaubender Schönheit.

Nachdem Brechter die Mosaiksteine des Rätsels zu einer Botschaft zusammengefügt hatte, war er nicht mehr zu halten. Wolfgang Möller musste sich einfach in Florenz aufhalten, daran bestand für Brechter kein Zweifel mehr. Es war nur eine Frage der Zeit, bis er ihm über den Weg laufen würde. Noch hatte er keine Vorstellung darüber, warum sich der gesuchte Schwerverbrecher ausgerechnet die historische Stadt am Arno für seine Zwecke ausgesucht hatte, doch er war sich sicher, dass Möller nicht zufällig an diesen Ort geflohen war. Geografisch jedenfalls war Florenz als Fluchtpunkt durchaus nachvollziehbar. Möller konnte nicht in Deutschland bleiben, so viel war klar, und mit dem Motorrad war sein Radius eingeschränkt, da die Benzinvorräte irgendwann zur Neige gehen würden. Außerdem blieb ihm nicht viel Zeit, um sich in das benachbarte Ausland abzusetzen. Die *Toskana* war keine schlechte Wahl; Italien gilt als eines der korruptesten Länder Europas. Organisiertes Verbrechen, Korruptionsskandale, die überall präsente Mafia und instabile politische Verhältnisse sorgen dafür, dass sich mit den entsprechenden Finanzmitteln so ziemlich alles regeln ließ. Falsche Papiere, eine sichere Unterkunft, Fahrzeuge, Waffen und Kontakte: Möller standen vermutlich alle Türen offen. Was auch immer er plante, hier in Florenz hatte er gute Chancen, unentdeckt agieren zu können.

Brechter blickte von der Brücke hinauf zum *Piazzale Michelangelo*. Die Aussichtsplattform war sein letzter Anlaufpunkt für den heutigen Tag. Alle anderen Örtlichkeiten hatte er bereits abgearbeitet. So wie an jedem Tag seines Aufenthaltes lief er die Plätze seiner Visionen nicht einfach ab, sondern verbrachte viel Zeit, manchmal Stunden, am jeweiligen Ort, um die Umgebung und vor allem die Menschen zu beobachten. Bisher nur eine ermüdende Sisyphusarbeit, die ohne Ergebnisse seinem Ende entgegenging, da er in zwei Tagen die Koffer packen müsste.

Brechter überquerte den Arno und bemerkte im Gehen, wie ein Kanu mit zwei Ruderern geräuschlos unter der Brücke verschwand. Ihm fiel auf, dass die Anzahl der Fußgänger heute auffallend gering war. Er ging links die *Lungarno Serristori* in Richtung *Piazza*

Giuseppe Poggi und überprüfte währenddessen den sicheren Sitz seiner Waffe, die er in der Innentasche seines hellgrauen Sakkos trug.

Noch hatte er nicht aufgegeben.

Für einen kurzen Moment bewunderte er den alten Aussichtsturm, der sich auf der *Piazza Giuseppe Poggi* unterhalb des *Piazzale Michelangelo* befindet, und überlegte unschlüssig, ob es sinnvoll wäre, die Routine zu durchbrechen, um den Turm zu besteigen, doch Brechter entschied sich für die zahlreichen Treppen hinauf zum *Piazzale Michelangelo.* Plötzlich ging ein Ruck durch seinen Körper. Verwundert blieb er stehen und blickte sich aufmerksam um, doch da war nichts. Von einer Sekunde auf die andere fühlte er sich krank. Er spürte einen Druck auf der Brust und bereits nach kurzer Zeit war der schlanke Polizist, der sich in den letzten Monaten wieder in Form gebracht hatte, derart außer Atem, dass er eine Pause einlegen musste.

Ungewöhnlich!

Vielleicht ein Virus ...?, dachte er unruhig und tastete beiläufig nach seiner Waffe.

48.

Oben angekommen erschien es ihm, als hätte er eine fremde Welt betreten. Dabei hatte sich seit seinem letzten Besuch nichts verändert. In der Mitte des *Piazzale Michelangelo* thronte noch immer die über fünf Meter hohe Bronzekopie des *David*, flankiert von weiteren Skulpturen des Meisters der italienischen Hochrenaissance – ebenfalls in Bronze gegossen. Das Original befindet sich in der *Accademia di Belle Arti* in Florenz; Michelangelo hatte es vor über fünfhundert Jahren aus einem einzigen tonnenschweren Marmorblock herausgehauen.

Daniel Brechter sah sich erschöpft um. Der große, grau betonierte Aussichtsplatz war bis zur Hälfte mit parkenden Fahrzeugen vollgestellt, trotzdem schien die Anzahl der heutigen Besucher überschaubar zu sein. Viele standen an den steinernen Pfeilern der Brüstung und genossen den phänomenalen Ausblick über Florenz bis weit in die Toskana hinein. Einige kleine Marktstände mit bunten Sonnenschirmen säumten den Platz. Das Angebot reichte von Souvenirs, Taschen und Tüchern, Gemälden, Kleidern, Mützen und T-Shirts bis hin zu Kaffee, Eis und kleinen Snacks. Das Interesse an den Artikeln schien sich in Grenzen zu halten; viele Besucher gingen achtlos vorbei, um den grandiosen Panoramablick mit der Kamera einzufangen.

Für die Aussicht über Florenz interessierte sich Brechter schon seit Tagen nicht mehr, stattdessen setzte er sich auf eine der Marmorbänke und atmete tief durch.

Hier stimmt heute irgendetwas nicht!

Bereits bei seinem Aufstieg war ihm aufgefallen, dass eine seltsame Stimmung in der Luft lag, die sich wie ein Leichentuch über ihn gelegt hatte. Zugegeben: Die bisher leider erfolglos gebliebene Suche frustrierte ihn zunehmend, doch hier, am *Piazzale Michelangelo*, fiel er plötzlich in einen beunruhigenden Zustand der Orientierungslosigkeit, der ihm sogar körperlich zusetzte. Wie die anrollenden Wellenberge einer Panikattacke, die aber nicht über ihm zusammenbrachen, sondern langsam das Fundament seiner Seele zu unterspülen begannen. Ein nagender Prozess, der ihm auf der Stelle eine Heidenangst einjagte und von dem er nicht wusste, wie er ihn einordnen sollte.

Brechter versuchte sich abzulenken, stand auf und schlenderte scheinbar planlos über die große Aussichtsplattform. Er ging zu den bunten Ständen, schaute sich einige der mehr oder weniger sinnlosen Souvenirs an und beobachtete verstohlen die wenigen Besucher, die ihm entgegenkamen. Viele der Frauen trugen luftige Kleider, während die Männer in Shorts, Hemden oder T-Shirts umherliefen; einige mit einem Rucksack auf dem Rücken. Am anderen Ende des Platzes sah Brechter den Imbissstand, auf dessen Dach mehrere italienische Fahnen im Wind flatterten. Hier hatte er vor Tagen einen Hamburger gegessen, der nach allem Möglichen geschmeckt hatte – nur nicht nach Hamburgern. Außerdem gab es Hotdogs, Pommes frites, gekühlte Getränke, Kaffee und Eis. Vor dem Stand, der an drei Seiten mit Schatten spendenden Markisen ausgestattet war, standen einige Tische, umgeben von blauen Plastikstühlen. Die meisten waren unbesetzt, doch an einem der Tische saß ein Mann. Er trug eine Sonnenbrille und schien zu telefonieren.

Brechter fokussierte seinen Blick auf den Gast an der Imbissbude und erstarrte. Der Mann schien groß zu sein und ... er hatte eine Glatze. Plötzlich blieb ihm die Luft weg. Seine Beine fingen an zu zittern; ihm wurde schwindelig und fast wäre er gestürzt. Nur mit Mühe gelang es ihm, sich auf den Füßen zu halten und einen klaren Gedanken zu fassen. Sollte dies der Moment sein, auf den er so lange hingearbeitet hatte? Und wenn es so wäre, was würde er als Nächstes tun?

Im Geiste hatte er die Situation schon oft durchgespielt und keinen Gedanken daran verschwendet, dass ihm sein Körper einen Strich durch die Rechnung machen könnte, doch jetzt spürte er eine unbeschreibliche Panik in sich aufsteigen, die ihn zu lähmen begann. Brechter war unfähig, sich zu bewegen, und spürte an seinem Hinterkopf einen langen Metallbohrer, der sich langsam in sein Gehirn hineinschraubte.

Schließlich, nach scheinbar endlosen Minuten, in denen er so viel Luft in seine Lungen gepresst hatte, dass diese zu platzen drohten, ging er schwankend einige Schritte vorwärts, um den Glatzköpfigen prüfend einzuschätzen. Groß und kräftig, kantiges Gesicht mit tiefen Falten, blaue Jeans und ein weißes Hemd, das die sonnengebräunte Haut hervorhob. Vielleicht jemand, der dem *Modellbauer* nur ähnlich sah?

Ein Zufall?

Noch konnte er Möller nicht zweifelsfrei erkennen, doch von diesem Mann ging etwas Unberechenbares, Diabolisches aus, und Brechter kannte dieses Gefühl, das irgendwo zwischen Todesangst, Ohnmacht und Verzweiflung angesiedelt war. Es zerriss ihn innerlich, da er nicht wusste, ob er sein Vorhaben überhaupt noch in die Tat umsetzen wollte. Er könnte jetzt sofort umkehren, die Hotelrechnung bezahlen, den Flug umbuchen und aus Florenz verschwinden. Einfach so! Es würde niemanden interessieren.

Doch im anderen Fall gab es kein Zurück mehr. Falls dieser Mann tatsächlich der gesuchte Mörder Wolfgang Möller war – und Brechter spürte es förmlich –, dann musste er sich dem Ungeheuer stellen.

Jetzt! Mit allen Kosequenzen!

Brechter zögerte.

49.

Die Umgebung, die Personen, der Imbissstand, ja sogar die Zeit schien sich in einem verzerrten Zustand der Andersartigkeit zu befinden, als Daniel Brechter aus seiner Schockstarre erwachte. Selbst die Fahnen hatten ihren hektischen Tanz verlangsamt und flatterten wie in Zeitlupe im Wind. Seine Wahrnehmung spielte verrückt. Bizarr gedehnte Wortfetzen hallten dröhnend zu ihm herüber, als er an einem jungen Paar vorbeiging. Die ganze Szene kam ihm unwirklich vor. So als wäre er nur ein Statist in einem schlechten Hollywoodfilm, der quälend langsam über die Leinwand eines verstaubten Kinos flimmerte.

Brechter war sich jetzt sicher, den *Modellbauer* gefunden zu haben, und versuchte, so gut es ging, die seltsam verzerrte Projektion seines Gehirns zu ignorieren. Er stellte sich mit verschränkten Armen seitlich neben den Imbissstand und tat so, als würde er den Ausblick genießen, doch über die Schulter hinweg lag sein Blick auf dem Mann, der ihn beinahe umgebracht hatte. Auf dem Tisch vor Möller stand ein Espresso, daneben lagen eine deutsche Zeitung und das Smartphone, mit dem er eben noch telefoniert hatte. Der Hüne machte einen ausgeglichenen Eindruck. Er nahm die Zeitung zur Hand und begann zu lesen.

Jetzt oder nie, dachte Brechter und nahm all seinen

Mut zusammen. Er ging auf Möllers Tisch zu, setzte sich ihm gegenüber auf einen der blauen Stühle und positionierte die Waffe schussbereit unter der Tischplatte. Möller wurde aufmerksam, senkte die Zeitung ein Stück weit und lächelte.

»Der … *Uniformierte*«, sagte Möller freundlich. »Eigentlich hab ich sogar schon mit dir gerechnet.«

Brechter fixierte den Glatzköpfigen schweigend.

»Du machst Urlaub in Florenz!«, stellte Möller fest.

»Wie kannst du dir da so sicher sein?«

»Wärst du dienstlich hier, hätte man mich gewarnt.«

»Du überschätzt dich, Mistkerl«, fauchte Brechter.

»Was, keine nette Begrüßung?«, fragte Möller verschmitzt. »Das finde ich jetzt, ehrlich gesagt, etwas unhöflich.«

»Arschlöcher wie du sind es nicht wert, begrüßt zu werden«, sagte Brechter kalt.

»Du scheinst nachtragend zu sein.«

Brechter verzog angewidert das Gesicht. »Ich hätte auch kein Problem damit, dich hier auf der Stelle zu erschießen.«

»Wow, markige Worte. Damit begibst du dich auf unsicheres Terrain, aber ich kann dich schon verstehen. Schließlich habe ich dich etwas … unsanft behandelt, mein Freund«, bedauerte Möller in unglaubwürdiger Weise.

»Ich bin nicht dein Freund.«

»Stimmt«, bemerkte Möller mit einem hämischen Grinsen. »Wir stehen in einer anderen Beziehung zueinander.«

»Wie meinst du das?« Brechter schaute ihn fragend an und ärgerte sich gleichzeitig über die eigene Neugierde.

Möller überging die Frage und nippte bedächtig an seinem Espresso. Er fuhr fort: »Dann erzähl mal, wie hast du mich gefunden? War es schwierig? Und vor allem, was hast du vor ..., falls du mich nicht auf der Stelle erschießt?«

Brechter ging sofort aufs Ganze: »Was ich vorhabe? Ganz einfach. Wir gehen gemeinsam in die Stadt zur nächsten Polizeistation.« Er klopfte einige Male unter dem Tisch mit dem Lauf der Pistole gegen die Tischplatte.

»Natürlich!«, sagte Möller.

»Natürlich«, echote Brechter.

Die Luft am Tisch schien sich vor Spannung zu entzünden. Möller setzte seine Brille ab und fixierte Brechter, der dem Blick des Blauäugigen standhielt.

Sie schwiegen eine Weile.

»Zugegeben, deine Waffe ist ein handfestes Argument«, sagte Möller und fügte hinzu: »Ich selbst bin unbewaffnet. Trotzdem sollten wir vorher ein wenig plaudern.«

»Ich wüsste nicht worüber.«

»Zum Beispiel darüber, wie du mich gefunden hast.«

»Das hat dich nicht zu interessieren«, sagte Brechter. »Und du? Warum ausgerechnet Florenz?

»*Brigate Rosse*«, antwortete Möller. »Schon mal gehört?«

»Die *Roten Brigaden*? Das italienische Pendant zur

RAF gibt es doch schon lange nicht mehr.«

»Inoffiziell schon«, widersprach Möller. »Das *Netz der Medusa* hat niemals aufgehört zu existieren, aber es würde zu weit führen, wenn ich dir Einzelheiten nenne. Außerdem: Je weniger du darüber weißt, umso besser für dich.«

Die Roten Brigaden: In den Siebziger- und Achtzigerjahren verübten Italiens linksextreme Terroristen eine Vielzahl von Morden und Anschlägen. Sie standen ihren Kollegen aus Deutschland in nichts nach. Im Gegenteil: Zwischen den beiden terroristischen Vereinigungen kam es regelrecht zu einem Wettbewerb der Gewalt – die den regen Austausch von Informationen allerdings nicht ausschloss. Offiziell wurden beide Organisationen für aufgelöst erklärt, doch hinter den Kulissen manifestierte sich ein neues Netzwerk des internationalen Terrorismus.

»Was meintest du damit, dass wir in einer anderen Beziehung zueinander stehen?«, fragte Brechter spontan. Der Bann war gebrochen. Wie berauscht genoss er das Gefühl der absoluten Macht, über die er jetzt dank seiner Waffe verfügte. Er hatte sich fest vorgenommen, ein längeres Gespräch mit seinem Peiniger zu vermeiden und ihn so schnell wie möglich bei der italienischen Polizei abzuliefern, doch die Endorphine in seinem Körper versetzten ihn in einen euphorischen Zustand, den er aufrechterhalten wollte. Zumindest für eine gewisse Zeit. Und falls Möller Schwierigkeiten machen sollte? Keine Frage, er würde schießen, sollte es nötig sein.

Möller spürt, dass ich es ernst meine! Ich kann es in sei-

nen Augen sehen.

Möller quittierte seine Frage mit einem breiten Grinsen und trank den Espresso aus. »Das führt uns zu der spannenden Frage, wie du mich gefunden hast«, sagte er und starrte zum Horizont. »Eine ehrliche Antwort bitte!«

Brechter sah keine Veranlassung, sich zu offenbaren und sagte nebulös: »Ich habe da so meine Kontakte und kann ...«

»Blödsinn«, fiel ihm Möller ins Wort und machte eine wegwerfende Handbewegung. »Erzähl mir doch keinen Scheiß. Wir wissen beide, dass etwas Besonderes zwischen uns existiert.«

»Und was soll das sein?«, hörte sich Brechter fragen.

»Na, wenn du es nicht weißt, wer dann?«, antwortete Möller. »Meine Intuition sagt mir, dass deine Fähigkeiten diesbezüglich besser ausgebildet sind als meine. Respekt, du bist also eine Art Medium, vor dem ich mich nicht verstecken kann.

Brechters Pupillen weiteten sich. »Das sinnlose Gerede eines Wahnsinnigen.« Er lächelte gequält und bemerkte den großen Ring an Möllers Finger. Das Bild darauf war winzig, doch Brechter glaubte mehrere Schlangen zu erkennen, die ein verschlungenes Knäuel bildeten.

Möller kniff die Augen zusammen. »Hast du dich nicht manchmal gefragt, warum diese seltsame Verbindung zwischen uns besteht?« Er machte eine bedeutungsschwere Pause, ehe er fortfuhr: »Oder weißt du es bereits und willst es nur nicht zugeben?«

»Was?«, fragte Brechter.

»Dann hast du nicht das gesehen, was ich im Traum gesehen habe. Ja, stell dir vor, selbst ein Wahnsinniger wie ich träumt gelegentlich. Und ich hab es gesehen. Ich verstehe das Band, das uns zusammenschweißt. Es ist etwas … Unglaubliches.«

50.

Die Begegnung verlief anders als erwartet. Eine unangenehme Entwicklung, die Daniel Brechter so schnell wie möglich beenden wollte, doch auf der anderen Seite faszinierte ihn der Gedanke, dass Möller offensichtlich eine Antwort auf das Geheimnis ihrer mysteriösen Verbindung gefunden hatte.

Vielleicht eine Falle!

Möller konnte viel behaupten. Brechter hielt sich an seine eigenen Erfahrungen. Er würde sich nicht von einem geisteskranken, mehrfachen Mörder manipulieren lassen, der lediglich den Kopf aus der Schlinge ziehen wollte. Er hatte sich vorgenommen, den abstrusen Erklärungen Möllers keine besondere Beachtung zu schenken, platzte aber insgeheim vor Neugierde.

»Und, willst du nicht wissen, was uns verbindet?«, fragte Möller lächelnd.

»Weiß ich längst«, antwortete Brechter gereizt.

»Das bezweifele ich«, mutmaßte Möller.

»Negativen Kräften stehen positive gegenüber. So einfach ist das.«

Möller nickte. »Kann schon sein, aber in unserem Fall kommt noch etwas hinzu.«

»Willst du jetzt philosophisch werden?«

»Nämlich, dass wir Geschwister sind«, sagte Möller. »Brüder, genau genommen.«

Brechter zuckte zusammen. *Brüder?*

Die Vorstellung, einen Mann wie Möller als Bruder zu haben, ließ ihn erschaudern.

»Ich bin mit Sicherheit nicht dein Bruder, du Arschloch«, zischte Brechter. Verwundert bemerkte er, dass in Möllers Gesicht so etwas wie eine unerfüllte Sehnsucht zu erkennen war.

Du wirst das Schwein nicht auch noch bemitleiden, ermahnte er sich innerlich.

»Immerhin sind wir Halbbrüder. Eine triviale Geschichte«, sagte Möller. »Zwei Söhne von verschiedenen Männern. Den ersten hasste sie, er störte nur und musste weg, und der zweite ...«

»Du redest nur gequirlte Scheiße!«, unterbrach Brechter Möller.

»... der zweite wird Polizist und hat keine Ahnung davon, was sich in seiner Familie früher einmal abgespielt hat. Wie in einem schlechten Heimatroman, findest du nicht ...«

»Halt das Maul!«, schrie Brechter aufgebracht.

Einige der Besucher warfen ihm fragende Blicke zu. Brechter verzog das Gesicht zu einer Grimasse und kratzte sich am Kopf. Es dauerte nicht lange, da beachtete sie niemand mehr.

»Ich glaube dir kein Wort«, sagte er. »Mit dieser Psychokacke willst du doch nur ne billige Show abziehen. Wir gehen jetzt. Los, komm schon, steh auf.«

»Stell doch Nachforschungen an, dann wirst du fündig werden«, sagte Möller ohne äußere Regung. »Du bist doch bei der Polizei, da dürfte es dir nicht schwerfallen, Licht in Mutters Vergangenheit zu brin-

gen.«

»Beweg deinen Arsch«, knurrte Brechter.

»Ingelore war ganz anders, als du dir das in deiner verklärten Erinnerung vorstellst, du Träumer.«

»Meine Mutter ist tot«, stammelte Brechter.

51.

Die Beschaffung der schallgedämpften Waffe erforderte einiges an Vorbereitungen, doch der Aufwand hatte sich gelohnt. Das *dunkle* Internet erwies sich als zuverlässige Quelle.

Thomas Storak vermutete, dass Brechter sich auf ähnliche Weise eine Pistole organisiert haben könnte, und beschleunigte seine Schritte. Kriminalbeamte besaßen Insiderwissen, das es zu nutzen galt, wenn Entscheidungen getroffen werden mussten, die unangenehm, aber notwendig waren.

Die Bestellung der brisanten Ware über das *Darknet* erfolgte über einen Rechner in Hamburg. Nach Zahlungseingang wurde an jeden beliebigen Ort in Europa geliefert – bis in das Hotelzimmer hinein. Diskret und termingerecht.

Um das Geheim-Internet rankten sich allerlei Mythen und Gerüchte. Fakt war, dass nicht nur Kriminelle das Verschleierungs-Netzwerk als Tummelplatz für ihre Interessen nutzten, sondern dass es auch genügend Waffenhändler gab, die gegen Zahlung einer entsprechenden Summe so ziemlich jeden – legalen oder illegalen – Wunsch erfüllten.

In Storaks Blouson steckten zwei Waffen; nur eine von ihnen war echt – aus gutem Grund. Er trug eine weiße Baumwollhose, ein zerknittertes blaues Sommerhemd, eine verspiegelte Sonnenbrille und auf dem

Kopf einen Strohhut, um sich vor der sengenden Sonne zu schützen.

Seit er in Florenz angekommen war, gingen ihm die besorgniserregenden Ereignisse des letzten Jahres durch den Kopf. Die Behörden hatten damals alle Vorwürfe gegen Brechter fallen gelassen, doch Storak war misstrauisch geblieben und heftete sich verbissen an Brechters Fersen. Wolfgang Möller – der *Modellbauer* – befand sich immer noch auf freiem Fuß, irgendwo in Europa, und Storak war fest davon überzeugt, dass Kriminaloberkommissar Daniel Brechter in besonderer Weise in den Fall des Altenheim-Mörders verwickelt war. Brechter wusste mehr, als er zugeben wollte, zumal seine verstorbene Mutter Mitglied einer terroristischen Vereinigung gewesen war – so wie Wolfgang Möller.

Storak war förmlich besessen von dem Gedanken an Brechters Verfehlung und hatte es sich zur Angewohnheit gemacht, in dessen Leben herumzuschnüffeln. Privat und auch dienstlich, denn Storak war nach Auflösung der Soko-Altenheim von Kiel zum Landeskriminalamt Hamburg versetzt worden. Auf eigenen Wunsch. Der unberechenbare Einzelgänger lebte allein und genoss die Rolle des einsamen Privatdetektivs, der den Fall mit unkonventionellen Ermittlungsmethoden lösen wollte – auf seine Art.

Storak hatte sich schnell in Hamburg eingelebt und Gefallen an der hanseatischen Schwulenszene gefunden, die mit zahlreichen Bars, Kneipen, Klubs und Saunas für viel Abwechslung sorgte. Jahrelang war der Bisexuelle überwiegend mit Frauen ins Bett gegangen, mittlerweile fühlte er sich mehr zu Männern hingezogen. Vorsichtshalber ließ der trinkfreudige Nachtschwärmer regelmäßig einen anonymen HIV-Test durchführen, den er aus eigener Tasche bezahlte.

Storak war davon überzeugt, dass Brechter erneut die Spur des *Modellbauers* aufnehmen würde, und fühlte sich bestätigt, als er Wind von der Reise nach Florenz bekam. Bereits vor Monaten war es ihm gelungen, sich in Brechters Dienst-PC einzuloggen, um regelmäßig dessen Mails zu checken. Eine Miniaturkamera, versteckt in Brechters Büro und nicht größer als ein Fingernagel, lieferte die Bilder für die Passwort-Eingabe. Neben dem üblichen dienstlichen Schriftverkehr entdeckte Storak auch private Mails, unter anderem die Buchungsbestätigung des Hotels, in dem der Kripo-Kollege Quartier beziehen wollte. Seltsamerweise allein, ohne seine langjährige Lebensgefährtin.

Er verband kurzerhand das Angenehme mit dem Nützlichen und beantragte Urlaub, um Brechter nach Florenz zu folgen. Schon nach wenigen Tagen allerdings bereute er sein ungewöhnliches Engagement, da ihm die italienische Stadt am Arno gehörig auf die Nerven ging. Uralte Kulturdenkmäler an jeder Ecke, enge, verwinkelte Straßen, in denen die Hitze stand, und über der Stadt eine Smog-Glocke, die ihm sogar den Spaß am Rauchen verdarb. Zu allem Verdruss gestaltete sich die Observierung des Kollegen als langweilig. Jeden Tag lief der Rothaarige bestimmte Örtlichkeiten in der Stadt ab, hielt sich dabei aber nicht an eine feste Reihenfolge. Zwischendurch besuchte er ein Restaurant oder ein Café; manchmal setzte er sich auch im Schatten eines Gebäudes auf die Kante eines Brunnens oder einer Skulptur und schrieb in seinem Notizbuch.

Es passierte rein gar nichts.

Seit neun Tagen immer die gleiche Prozedur. Dennoch achtete Storak darauf, sein Zielobjekt nicht aus den Augen zu verlieren. Mit dem Strohhut und der Sonnenbrille sah er wie jeder x-beliebige Tourist aus, hielt aber vorsichtshalber Abstand zu Brechter, der momentan – wie an jedem anderen Tag auch – den *Piazzale Michelangelo* auf der anderen Seite des Arno besuchte, um von dem hoch gelegenen Platz die Aussicht auf die toskanische Metropole zu genießen.

Etwas anderes tat er dort nie; heute allerdings blieb er ungewöhnlich lange dort oben. Als Storak die riesige Aussichtsplattform betrat, blickte er sich suchend um und entdeckte den Polizisten aus Hamburg am Tisch einer Imbiss-Bude – zusammen mit einem anderen Mann.

Storak blinzelte.

Er steckte sich eine Zigarette an und zoomte mit der kleinen Digitalkamera auf den Glatzköpfigen, der Brechter gegenübersaß. Damals in Großseedorf hatte er das mordende Monster nicht zu Gesicht bekommen, doch die Phantombilder, bei deren Erstellung auch Brechter mitgeholfen hatte, waren von guter Qualität. Er hatte das Bild auf dem Smartphone gespeichert, verzichtete aber auf eine Überprüfung, da er es sich eingeprägt hatte. Und jetzt war er sich sicher.

Bingo!

Zweifelsfrei war der Typ an Brechters Tisch der gesuchte Wolfgang Möller – der *Modellbauer.*

Storak platzte fast vor Selbstgefälligkeit. Er hatte also Recht behalten – mit allem – und wäre fast vor eine Gruppe bunt gekleideter Touristen getreten, um den Ahnungslosen von seinem grandiosen Erfolg zu berichten.

Storak hielt sich im Hintergrund. Die beiden schienen eine anregende Unterhaltung zu führen, und Storak fiel auf, dass Brechters rechter Arm unter der Tischplatte zu kleben schien.

Er hat eine Waffe und will das Schwein vermutlich irgendwo hinbringen.

Als das Duo aufstand, ließ Brechter die Waffe blitzschnell in seinem Sakko verschwinden. Storak heftete sich an ihre Fersen und ging währenddessen im Geiste die Orte durch, die ihm zur Durchführung seines Plans geeignet erschienen. Er ging davon aus, dass Brechter Möller ins Zentrum bringen wollte, und entschied sich für die *Ponte alle Grazie,* auf der heute nur wenige Menschen unterwegs waren.

Ein Glücksstreffer, dachte Storak, da der Arno perfekt dazu geeignet war, um das Stück *Scheiße* unauffällig zu entsorgen. Storak folgte ihnen den Serpentinenweg hinunter, überquerte die *Via dei Bastioni,* überholte die beiden unauffällig auf der *Piazza Giuseppe Poggi* und ging die *Lungarno Serristori* in Richtung Brücke entlang. Ab und zu blickte er über die Schulter zurück, um sicherzustellen, dass sie nicht einen anderen Weg einschlugen. Brechter ging leicht versetzt neben Möller und hatte die Hand in die Sakkotasche versenkt. Storak betrat die *Ponte alle Grazie,* überquerte den Arno hastig und wartete auf der anderen Seite der Brücke auf die Nachkömmlinge.

Ihm war durchaus bewusst, dass jegliche Form der Selbstjustiz gefährlich war und dass er Kopf und Kragen bei der Aktion riskieren würde, doch manchmal gab es – seiner Meinung nach – keine Alternative. Der schwerfällig arbeitende Behördenapparat hatte versagt; das Maß war voll, nein, es war bereits übergelaufen. Dann kamen Leute wie er zum Zuge, die die Kohlen aus dem Feuer holen mussten und die bereit dazu waren, auf ausrangierte Konventionen zu scheißen.

Diese Gesellschaft lief schon seit Jahren aus dem Ruder. Während die Einen voller Gier rücksichtslos aus dem Vollen schöpften, blieb die große Masse auf der Strecke und wurde nach Strich und Faden verarscht. Irgendjemand musste ein Exempel statuieren, und sei es eben im Bereich der Kriminalitätsbekämpfung. Storak fühlte sich berufen, endlich ein Zeichen zu setzen.

Als Brechter und Möller die Brücke betraten, setzte auch er sich langsam in Bewegung. Der Zeitpunkt erschien ihm günstig, da momentan nur wenige Fahrzeuge den Arno querten; Fußgänger waren weit und breit nicht zu sehen. Er würde sich dem ungleichen Paar auf der Mitte der Brücke zu erkennen geben und passte seine Geschwindigkeit entsprechend an.

Dann zog er die Attrappe und …

52.

Als sie die Brücke betraten, fiel Brechter auf, dass ihnen ein untersetzter Mann mit Strohhut entgegenkam. Auf den ersten Blick sah der Fußgänger wie ein Tourist aus, doch Brechter stutzte, da er etwas Vertrautes zu erkennen glaubte.

Doch was? Woran erinnert mich das?

Seit er mit Möller den *Piazzale Michelangelo* verlassen hatte, waren sie schweigend nebeneinanderher gegangen – allerdings mit leicht versetztem Abstand. Die Waffe in Brechters Tasche war entsichert; er war jederzeit bereit, sie auch einzusetzen, falls Möller auf dumme Ideen kommen sollte. Doch Möller trottete dahin, als wäre er mit einem alten Freund zu einem Restaurantbesuch verabredet. Der Fremde mit dem Hut war jetzt nur noch wenige Schritte entfernt, da wurde Brechter plötzlich bewusst, an wen dieser Mann ihn erinnerte.

Der hat einen Gang wie Thomas Storak, das Arschloch, und die Nase sieht genauso ...

Der vermeintliche Tourist reagierte blitzschnell.

Als er sich in Höhe von Möller befand, drängte er den sichtlich Überraschten kraftvoll gegen das Brückengeländer und presste sich gegen ihn. Mit der Linken würgte er ihn am Hals, mit der Rechten versuchte er, Möller eine Waffe in die Hände zu drücken.

»Hier, du Arschloch. Nimm die Kanone und hau

ab. Eine zweite Chance bekommst du nicht mehr. Los, nimm schon!«

Brechter stand fassungslos daneben. Völlig perplex zog er die eigene Waffe aus der Tasche und richtete sie auf Storak.

»Thomas …?«, sagte er verwirrt. »Was soll das? Was zur Hölle machst du …?«

Storak kümmerte sich nicht um ihn. Verbissen bedrängte er Möller und schob ihm die Waffe förmlich in die Hand hinein.

»Nun greif schon zu und verpiss dich, du elendiges Stück Scheiße. Der abgewichste Typ da …«, er deutete auf Brechter, »… macht sonst kurzen Prozess mit dir.«

»Thomas, hör sofort auf mit dem Scheiß!«, schrie Brechter wie von Sinnen. »Lass ihn los, sonst …«

Storak blickte ihm in die Augen, das Gesicht zu einer hasserfüllten Fratze verzerrt.

»Sonst was …?«, sagte er eiskalt. »Willst du mich umlegen?«

»Geh aus dem Weg«, ereiferte sich Brechter. »Du willst ihn doch gar nicht befreien, sondern erschießen. Ich werde das verhindern!«

»Um was zu tun?«

»Ich liefere ihn bei den italienischen Kollegen ab.«

Storak lachte laut auf. »Mann, bist du wirklich so bescheuert, Brechter? Der ist doch im Nu wieder draußen, und dann macht er dich fertig, du naives Arschloch!«

»Und du bist nicht besser als er!«, brüllte Brechter und hielt Storak die Waffe an die Brust.

»Ich mache die Drecksarbeit, Daniel!«, fuhr Storak

ihn an. »Zu der du gar nicht fähig wärst, Kleiner.«

Möller war es zwischenzeitlich gelungen, sich aus dem Würgegriff zu befreien. Er hing mit dem Rücken bereits halb über der Brüstung, drückte Storak von sich weg und schlug ihm gleichzeitig die Waffe aus der Hand. Die Attrappe rutschte klappernd über den Betonboden.

»Ich störe euch ja nur ungern bei eurem kleinen Disput«, sagte er scharf, »aber ich habe Besseres ...«

Er griff nach Brechters Arm, um ihm die Waffe zu entreißen, doch in dem unübersichtlichen Handgemenge löste sich ein Schuss, der Möllers Bein streifte. Mit schmerzverzerrtem Gesicht rempelte er Brechter an, um sich den beiden Kontrahenten zu entziehen. Dabei ließ er unauffällig einen kleinen, zusammengefalteten Zettel in Brechters Sakkotasche verschwinden.

Storak hatte zwischenzeitlich die echte Waffe aus seinem Blouson gezogen und richtete den Lauf auf Möllers Kopf.

»Du gehst nirgendwo hin«, schrie er aufgebracht. »Ich mach dich zur Sau, du Wichser!«

Möller befand sich in einer ausweglosen Situation. Brechter stand wie erstarrt da; erschrocken über den Schuss, den er selbst abgegeben hatte. Storak jedoch schien zu allem entschlossen zu sein. In seinen Augen flackerte ein grenzenloser Hass, der sich auf diesen Augenblick zu fokussieren schien. Möller riskierte alles. Er drehte sich seitlich zu Storak und schlug mit der Handkante nach der Waffe. Storak drückte ab. Die Kugel wurde abgefälscht, traf Möller jedoch in die Brust. Das weiße Hemd des *Modellbauers* färbte sich

rot. Er griff sich stöhnend an die Einschussstelle, beugte sich schwer atmend über die Brüstung und ließ sich
in den Arno fallen.

»Bereit für die Hölle?«, fragte Storak ins Nichts
hinein, warf seine Waffe hinterher und ging, ohne sich
noch einmal umzudrehen. Die auf dem Boden liegende Attrappe kickte er während des Gehens ebenfalls in
die dunklen Fluten des Arno.

»Du blödes Arschloch!«, schrie Brechter ihm mit
erhobener Faust hinterher. »Was hast du getan? Ich
mach dich fertig. Ich bring dich in den Knast!«

53.

Der Blick aus zehntausend Meter Höhe war atemberaubend. An einem sonnigen und wolkenarmen Tag wie heute gab es nichts Schöneres als diesen spektakulären Flug über die verschneiten Alpen. Die Berge lagen wie ein riesiges Ölgemälde unter ihm, dessen Farben mit einer Intensität strahlten, die es ihm unmöglich machte, den Blick aus dem ovalen Seitenfenster des A-320 abzuwenden.

Daniel Brechter befand sich auf dem Rückflug von Pisa nach Hamburg. Der fantastische Blick auf die Alpen hatte ihn abgelenkt, doch seit dem Start der Maschine ging ihm das katastrophale Ende seiner Mission durch den Kopf. Er hatte mit allem Möglichen gerechnet, doch dass Storak in Florenz auftaucht, um auf rücksichtslose Art Selbstjustiz zu verüben, wäre ihm nie in den Sinn gekommen.

Natürlich war das kein Zufall gewesen. Storak musste ihn von Anfang an überwacht haben. Selbst die freiwillige Versetzung nach Hamburg erschien plötzlich in einem anderen Licht. Sie konnten sich beide nie besonders gut leiden, doch eine derartig brutale Vorgehensweise hatte Brechter ihm nicht zugetraut. Knallhart, systematisch und kompromisslos.

Der hat mich schon seit damals auf dem Kieker gehabt. Und ich Idiot führe ihn direkt zu Möller.

Auf der Brücke war alles sehr schnell gegangen.

Möller hatte sich natürlich zur Wehr gesetzt. Eine normale Reaktion, die er nachvollziehen konnte. Die Waffe, die Storak ihm in die Hand drücken wollte, war nur Teil eines bescheuerten Plans, den Möller sofort durchschaute. In Notwehr erschossen: so ein Bullshit. Storak hätte wissen müssen, dass er einen brutalen Mord beging, egal, ob er Möller vorher eine Waffe aufzwang oder nicht. Ein erbärmlicher Trick, um das eigene Gewissen zu beruhigen.

Brechter versuchte sich zu erinnern.

Storaks Gesicht war voller Hass gewesen. Sicher: Er fand ihn unsympathisch und seine Methoden fragwürdig, doch dass sich sein Kollege als unberechenbarer Psychopath entpuppen würde, war ihm bislang nicht in den Sinn gekommen. Diese Aktion war nichts weiter als ein hinterhältiger, geplanter Mord.

Nach Möllers Brückensturz verschwand Storak. Einfach so. Brechter hatte gar nicht erst versucht, ihn in Florenz ausfindig zu machen. Er war selbst kurz darauf gegangen und wunderte sich darüber, dass offensichtlich niemand die Schießerei mitbekommen hatte. Seine eigene Waffe hatte er ebenfalls in den Arno geworfen, und da ihm niemand gefolgt war, wähnte sich Brechter in Sicherheit. Jedenfalls bis zu seinem Rückflug. Am liebsten wäre er noch am selben Tag abgereist, doch der damit verbundene Aufwand schreckte ihn ab, sodass er noch eine schlaflose Nacht im Hotel verbrachte.

Er zerbrach sich den Kopf darüber, wie er sich nach seiner Rückkehr nach Hamburg verhalten sollte?

Storak zur Rede stellen, ihn anzeigen, seine Vorgesetzten informieren, das BKA einschalten ... oder so tun, als wäre nichts gewesen. Immerhin hing sein eigener Kopf mit in der Schlinge. Er würde eine Vielzahl von Fragen beantworten müssen und womöglich selbst in den Fokus der Ermittlungen geraten. Außerdem: Es gab keine Zeugen. Storak könnte den Spieß einfach umdrehen und ihn des Mordes an Möller bezichtigen. *Er* hatte ein Motiv.

Eine verfahrene Situation.

Eine voreilige Entscheidung könnte fatale Folgen nach sich ziehen. Er nahm sich vor, alle Möglichkeiten abzuwägen und die jeweiligen Konsequenzen gedanklich durchzuspielen, doch im Grunde hatte sein Bauchgefühl bereits für ihn entschieden. Er musste nur noch zulassen, dass sich sein Verstand der Bauchintelligenz unterordnete.

Am besten unternimmst du gar nichts.

Genau genommen konnte er froh sein. Das Monster war tot. Letztendlich hatte die Gerechtigkeit gesiegt, auch ohne ordentliches Verfahren. Der Mann, der ihn fast zu Tode gequält hatte, wurde für sein Handeln zur Rechenschaft gezogen.

Als Möller, getroffen von zwei Kugeln, in den Arno stürzte, hatte er wie gelähmt beobachtet, wie sein blutüberströmter Körper in den Fluten versank. Die Strömung trieb ihn unter der Brücke hindurch, doch als Brechter auf die andere Straßenseite lief, um den Leichnam im Wasser zu lokalisieren, war da nichts als die dunkle, von Schmutz getrübte Wasseroberfläche.

Das Monster war verschwunden.

Brechter suchte daraufhin hektisch die Uferregion

ab, doch Fehlanzeige. Möller musste ertrunken sein. Vielleicht war er auch an den Schussverletzungen gestorben und hatte sich dann am Grund des Arno an illegal entsorgtem Müll verhakt. Der Schuss aus Storaks Waffe hatte ihn direkt in die Brust getroffen, dann noch der Sturz von der Brücke: Das hätte er unmöglich überleben können.

Irgendwann würde die Leiche vermutlich wieder an das Ufer gespült werden, doch Brechter hoffte, dass die italienische Polizei den Fall schnell zu den Akten legt. Er glaubte nicht an umfangreiche Ermittlungen; die Behörden hierzulande scheuten den damit verbundenen Aufwand. Und selbst wenn: Es war nicht verboten, in Florenz Urlaub zu machen, und auch seine Waffe würde niemals wieder auftauchen.

Nein, niemand würde ihm – oder Storak – etwas beweisen können. Möller war tot, die Sache war erledigt, das Schwein endgültig verschwunden.

Und wenn das, was Möller behauptete, wahr sein sollte? Würde es einen Unterschied machen?

Oder doch nicht?

Mein Halbbruder! Unvorstellbar! Das Ungeheuer behauptete sein Bruder zu sein. Er hatte Möller kein einziges Wort geglaubt, und doch, warum sollte sich der *Modellbauer* so einen Scheiß ausdenken? Und eines stimmte tatsächlich: Die Verbindung über das Morphische Feld existierte, wobei er selbst offenbar das bessere Medium gewesen war. So jedenfalls hatte Möller sich ausgedrückt. Natürlich gab es die Möglichkeit, Licht in das Dunkel zu bringen. Er konnte Nachforschungen anstellen, Dokumente beschaffen, Personen befragen und die Archive durchforsten. Keine Frage, er würde herausbekommen, ob seine Mutter einen Sohn zur Welt gebracht hatte, von dem er noch nichts wusste. Die Frage war nur, ob er es überhaupt wissen wollte. Wie würde er reagieren, wenn sich herausstellen sollte, dass Möllers Behauptungen der Wahrheit entsprachen? Es war durchaus denkbar, zumal vieles in der Geschichte seiner Familie tatsächlich im Dunkeln lag. Vielleicht war es besser, die Vergangenheit ruhen zu lassen, zumal seine Mutter und Möller jetzt tot waren.

Vielleicht war alles aber auch ganz anders gewesen. Möller hatte nur geblufft, um ihn aus dem Konzept zu bringen. Es gab eine andere Erklärung. Sein seltsamer Lebenswandel konnte ihm zum Verhängnis geworden sein. Der ständige Konsum der Horrorfilme und die schlimmen Träume wirkten wie ein Magnet auf das Böse, das sich in der Person des *Modellbauers* personifizierte. Wie zwei ungleiche Pole zogen sie sich an, unfähig, voneinander loszukommen, da die Entfernung im Großraum Hamburg am Anfang ihrer seltsamen Verbindung zu gering war. Brechter begann sich zu fragen, ob die dunkle Seite in ihm der Schlüssel zu all den Katastrophen gewesen war. Kopfschüttelnd blickte er erneut aus dem Fenster des Flugzeuges.

Und damit verblassten die Erinnerungen an die schrecklichen Erlebnisse.

Als sie die Alpen überquert hatten, nahm er eine Zeitschrift und begann darin herumzublättern. Schon nach kurzer Zeit legte er sie wieder beiseite, um Clara eine SMS zu schreiben.

EPILOG

Herr Brechter benötigt keine Betäubung!«
Das hinterhältige Grinsen des Zahnarztes
ließ ihm das Blut in den Adern gefrieren,
doch die blonde Assistentin mit den langen künstlichen Wimpern und der wohlgeformten Figur unter dem weißen Kittel zuckte nur lächelnd mit den Schultern.

»Natürlich nicht«, sagte sie mit piepsiger Stimme und legte das Besteck für die Wurzelbehandlung zurecht. Der Arzt verließ währenddessen das Behandlungszimmer und murmelte so etwas wie ›*komme gleich wieder*‹ zu der Assistentin, die seine anzüglichen Blicke frivol erwiderte.

Keine Betäubung!

Voller Panik fiel sein Blick auf die flache Schale, die auf der Konsole neben ihm stand. Die Assistentin bestückte sie mit zahlreichen medizinischen Gerätschaften, die ihn an das Besteck eines Folterknechtes erinnerten. Neben langen und spitzen Bohrköpfen lagen dicke, walzenförmige, die, so vermutete er, einen Zahn in Sekundenschnelle wegfräsen konnten. Er sah Skalpelle, Wurzelheber und Scheren, lange Metallstifte mit gebogenen Köpfen, Mundsperren, Handmeißel und Zangen.

Ein eiskalter Schweißfilm benetzte seine Stirn.

»Doch … bitte«, stammelte er. »Ich möchte eine Betäubung haben. Bitte!«

Großer Gott!

»Der Herr Doktor kommt gleich«, sagte die Assistentin lächelnd. »Er behandelt nebenan noch eine andere Patientin.« Nach einer Weile fügte sie schmunzelnd hinzu: »Ein äußerst schwieriger Fall. Da ist so ziemlich alles im Arsch.«

Dann ging sie zu einem Schrank, öffnete eine Schublade und entnahm eine kleine Box, die sie vorsichtig öffnete. Sie strich sich das Haar nach hinten und drückte sorgsam den Gehörschutz in ihre Ohren.

Ein Gehörschutz! Wieso ein Gehörschutz?

Daniel Brechter versuchte voller Panik aus dem Zahnarztstuhl aufzustehen, doch es gelang ihm nicht einmal, den kleinen Finger zu bewegen, geschweige denn seine Beine. Er war wie gelähmt und blickte an sich herab, um festzustellen, ob man ihn gefesselt hatte, aber da war nichts.

Hilfe …, ich kann mich nicht bewegen!

Ich bin gelähmt … Hilfe …

Die Assistentin hörte ihn nicht, oder sie ignorierte seine Hilferufe. Stattdessen grinste sie zynisch, als aus dem Nebenzimmer die markerschütternden Schreie einer Frau zu hören waren.

Um Gottes Willen! Was geschieht mit dieser Frau?

Ihre Schreie wurden immer wieder abrupt unterbrochen; dann hörte er das jaulende Lärmen eines Bohrers, der sich knirschend durch den Kiefer der Frau durchzuarbeiten schien. Wortfetzen, die lauter wurden, drangen an seine Ohren.

»… stellen Sie sich nicht so an, sonst …«

Lärmendes Knirschen.

»… die müssen alle raus …«

Vor seinem geistigen Auge sah er, wie sich die Frau in dem Behandlungsstuhl vor Schmerzen aufbäumte.

»Wie gesagt, ein besonders schwerer Fall«, erläuterte die Assistentin und öffnete die Tür zu dem zweiten Behandlungszimmer ein Stück weit, um ihm die Dimension der notwendigen Behandlung zu demonstrieren. »Hören Sie selbst. So ist das, wenn man die Dinge vernachlässigt. Das kommt dabei heraus!«

Brechters Augen weiteten sich vor Schrecken.

Jetzt konnte er die grauenvolle Geräuschkulisse mit allen Details wahrnehmen, während der Arzt – oder sollte er ihn als perversen Sadisten titulieren – mit seinen Gerätschaften im Mund der Frau hantierte.

Brechter kollabierte. »Nein …, NEIN … bitte nicht! Ich werde nie wieder etwas vernachlässigen. Ich verspreche es …«

Die Frau schrie jetzt wieder wie am Spieß.

Der Zahnarzt schob die Tür auf, kam mit erhobenen Händen herein, von denen das Blut triefend herunterlief, und sagte mit erwartungsvoller Stimme zu seiner Assistentin: »Kommen Sie jetzt bitte rüber, Helga. Es ist soweit, ich hab fast alles weggefräst und Sie müssen den Kram auffangen, wenn ich endgültig durch bin.«

»Natürlich«, antwortete sie und hüpfte voller Vorfreude einmal kurz in die Luft.

»Hilfe …, ich will hier raus! Warum hilft mir denn niemand?«

»Wir sind gleich fertig«, sagte die Assistentin, während sie dem *Schlachter* im Arztkittel folgte. »Dann kümmern wir uns um Sie, Herr Brechter. Versprochen!«

»N-N-N-NEIN!«, schrie Brechter gequält.

Als der Arzt und die Assistentin im Nebenzimmer verschwunden waren, schloss sich hinter ihnen die Tür. Er wollte nicht, doch er konnte nicht anders, als die grauenvollen Geräusche, die jetzt aus dem Behandlungszimmer zu ihm herübertönten, mitzuverfolgen. Den spitzen Schreien der Todesangst folgte ein röchelndes Gestöhne, das ihn an einen Asthmaanfall erinnerte, bei dem einer seiner früheren Freunde fast zu Tode gekommen wäre. Es folgte ein fürchterliches Krachen und ... plötzlich eine gespenstische Ruhe, die sich wie ein Leichentuch um seinen Körper legte.

Brechter zitterte am ganzen Körper.

War er jetzt an der Reihe?

Als die Tür sich wieder öffnete, kam *ER* herein.

Der Mann, der ihn schon einmal fast zu Tode gequält hatte. Sein angeblicher Halbbruder, das Ungeheuer, das Monster, das Böse in Menschengestalt.

Möllers Gesicht verwandelte sich plötzlich in die Fratze eines Dämons, der grinsend und blutüberströmt auf ihn zukam.

»NEIN! NEIN!... Hilfe ... um Gottes Willen!«

In seinen Händen hielt der *Modellbauer* eine Bohrmaschine mit einem *sehr* langen Bohraufsatz. Auf dessen Spitze steckte etwas, das Brechter noch nicht erkennen konnte, doch er war sich sicher, nein, er wusste, dass das Objekt nur etwas Grauenvolles sein konnte. Möller war von oben bis unten mit Blut besudelt; es tropfte ihm von der Glatze herunter und bildete dort, wo er stand, eine scharlachrot schimmernde Lache.

»Hallo, Daniel«, sagte er hämisch. »Ich hab heute meinen Arzttag. Eben war ich beim Augenarzt und jetzt ...«

Als wolle er seine Behauptung beweisen, betätigte er den Schalter der Bohrmaschine. Der Motor heulte auf, der lange Bohrer rotierte rasend schnell und das Auge, das auf der Spitze des Bohrers steckte, flog quer durch den Raum. Es klatschte gegen die Wand, blieb einen Moment wie angeklebt haften und rutschte dann langsam zu Boden.

»Ha ... Ha, ha ... Hm ... Har!« Brechter lachte hysterisch – dem Wahnsinn nahe, gleichzeitig bettelte er verzweifelt um Gnade. »NEIN! ... bitte nicht.«

Möller betätigte die Bohrmaschine immer wieder aufs Neue und näherte sich ihm. In seinen blauen Augen funkelte so viel Bosheit, dass sich Brechter vor Angst in die Hose entleerte.

»Diesmal bohre ich von vorne«, sagte er beflissen. »Dann klappt es bestimmt besser als beim letzten Mal. Versprochen.«

Er hielt ihm den rotierenden Bohrer genau vor den Mund. »Und deine maroden Zähne machen wir bei dieser Gelegenheit auch gleich mit.«

»NEIN! NEIN! ... Hilfe ... ich mache alles, was du willst. Bitte!«

»Schon mal mit dem Teufel getanzt, kleiner Bruder?«

Möller schob den kreischenden Bohrer immer dichter heran. Brechter presste die Lippen zusammen, doch dann schrie er sich die Seele aus dem Leib.

»NEIN! NEIN! ... Hilfe ... bitte ...! NEIN!«

Clara Sommer hielt inne. Sie stand allein auf einem Bootssteg und blickte auf die andere Seite des Flusses, dessen Ufer von einer Nebelbank verschleiert wurde. Es war ein idyllischer Abend. Der wunderschöne Sonnenuntergang wurde von Vogelgezwitscher untermalt, eine seichte Brise spielte mit ihrem Haar und dicht unter der Wasseroberfläche konnte sie pfeilschnelle Delfine beobachten, die gelegentlich aus dem Wasser sprangen, um sich dann klatschend zurückfallen zu lassen.

Die gegenüberliegende Seite ...?

Auf der anderen Seite des Flusses gab es etwas, das sie beunruhigte. Noch wusste sie nicht, was es war oder auf welche Weise sie herausbekommen sollte, wer sich dahinter verbarg, doch dann kam der alte Fährmann angerudert und bot ihr seine Hilfe an.

»Soll ich ihn für Sie rüberholen, meine Dame?«, fragte er freundlich. »Dann haben Sie Gewissheit.«

Clara nickte. Sie blickte ihm nach, bis sein Boot vom dichten Nebel verschluckt wurde, und setzte sich auf die Kante des Bootssteges. Nach kurzer Zeit fiel ihr auf, dass der Nebel zu pulsieren begann. Sie sah die Konturen des Bootes und vernahm gellende Rufe aus der Ferne, die langsam lauter wurden.

»Nein! Hilfe! ... nein ... ich will hier raus!«

Diese Stimme? Sie klang wie ... Daniel. Natürlich, dieser Mann auf dem Boot war Daniel, doch warum rief er um Hilfe? Seine Stimme wurde immer lauter.

»HILFE! … NEIN … ich will nicht …!«

Sie drang immer tiefer und kraftvoller in Claras Bewusstsein und auf einmal, mit einem schmerzvollen Ruck, der sich wie ein elektrischer Schlag anfühlte, wurde die schlafende Frau in die Realität katapultiert.

Schlagartig begriff sie, was geschehen war.

Es fängt wieder an …!

Wie von der Tarantel gestochen fuhr sie hoch und schaltete die kleine Nachttischlampe ein. Ihr Blick fiel auf Daniel, der offensichtlich in einem Albtraum gefangen war. Mit geschlossenen Augen schrie er panisch um Hilfe, sodass sich Clara genötigt sah, schwere Geschütze aufzufahren. Schwankend verließ sie das Bett, schaltete die Deckenbeleuchtung ein und rannte quer durch das Schlafzimmer. Dabei stieß sie mit dem Fuß gegen die Kommode. Fluchend humpelte sie zu Daniels Bettseite, holte kräftig mit der Rechten aus und verpasste ihm eine schallende Ohrfeige, die so grob ausfiel, dass Clara im selben Moment von Schuldgefühlen gepeinigt wurde. Seine Schreie verstummten; Daniel öffnete die Augen.

»Tut mir leid, Daniel«, sagte Clara reumütig, »aber du hattest einen Albtraum und hast wieder das ganze Haus zusammengeschrien. Na, jetzt ist es ja glücklicherweise vorbei.«

Daniel antwortete nicht. Er setzte sich auf die Bettkante und starrte sie ausdruckslos an. Aus seinem Mundwinkel lief ein dünner Faden Blut, das auf den Pyjama tropfte.

Clara erwiderte seinen Blick verunsichert. »Daniel? Hallo, schläfst du immer noch?«, fragte sie behutsam.

»Wach auf, Daniel, du blutest.«

Keine Reaktion. Offenbar schlief Daniel mit offenen Augen. Clara kannte mittlerweile seine beängstigenden Schlafphänomene, doch eine derartige Situation hatte sie bisher noch nicht erlebt.

Vielleicht wird er jetzt noch zum Schlafwandler?

Plötzlich fokussierte er sie mit seinem Blick.

»Zieh dich aus!«, sagte er mit monotoner Stimme.

»Was? Spinnst du ...?« Erschrocken wich Clara zwei Schritte zurück.

»Zieh dich aus!«, wiederholte Daniel seine Aufforderung, während er aufstand.

»Verlierst du jetzt endgültig den Verstand?«, schrie Clara und wendete sich ab, um das Zimmer zu verlassen, doch er stellte sich ihr in den Weg.

»Zieh dich aus, mach schon. Ich ... will deine Haut einsalben.«

»Lass mich sofort vorbei! Du bist ja krank!«

Daniel umfasste ihre Handgelenke und drückte sie gegen die Wand. »Du weißt, was geschieht, wenn du nicht machst, was ich sage?«

»Lass mich los, du tust mir weh!«

»Dann zieh dich jetzt aus. Ich muss deine Haut eincremen, damit sie geschmeidig bleibt.« Seine Stimme schnitt wie ein Rasiermesser durch ihre Gehörgänge. »Tu es ... bitte ... dann wird alles gut. Wirklich, ich verspreche es dir ... *Sandra.*«

Er lockerte seinen Griff und fixierte einen imaginären Punkt an der Wand. *Es gibt da draußen so viel Abschaum, Sandra. Die warten auf uns ...*